传记报告文学

田木 著

团结出版社

图书在版编目（CIP）数据

三峡骄子 / 田木著. -- 北京 : 团结出版社，
2023. 10
ISBN 978-7-5234-0413-3
Ⅰ. ①三… Ⅱ. ①田… Ⅲ. ①传记文学-中国-当代
Ⅳ. ①I25

中国国家版本馆 CIP 数据核字（2023）第 173359 号

出　　版：团结出版社
（北京市东城区东皇城根南街 84 号　邮编：100006）
电　　话：（010）65228880　65244790
网　　址：www.tjpress.com
E - mail：65244790@163.com
出版策划：力扬文化
经　　销：全国新华书店
印　　刷：四川科德彩色数码科技有限公司

开　　本：170mm×240mm　1/16
印　　张：19. 375
字　　数：264 千字
版　　次：2024 年 1 月第 1 版
印　　次：2024 年 1 月第 1 次印刷

书　　号：ISBN 978-7-5234-0413-3
定　　价：78. 00 元

2023 年 3 月，郭代军作为全国政协委员参加全国两会

2023 年 3 月，郭代军参加全国两会期间接受央视记者采访并登上《新闻联播》

2023 年 3 月，郭代军参加全国两会期间与驻川委员合影

2016 年 4 月，郭代军参加公司乔迁庆典

2018 年 6 月，郭代军前往重庆江津吴市小学开展捐赠活动

2018 年 7 月，郭代军率队前往北京参加《组织系统》课程学习

2018 年 8 月，郭代军代表中诚投建工集团与北海合浦县签订框架合作协议

2018 年 10 月，郭代军率公司员工前往延安参观学习

2018 年 10 月，郭代军率队前往凉山州木里县锄头湾村开展脱贫帮扶慰问活动

党群服务中心
心系凉山 不辱使命 倾情扶贫 匠心育才
中诚投建工集团赴凉山扶贫队

2019 年 1 月，郭代军参加成都忠县商会十周年庆典

2019 年 1 月，郭代军在年度工作会上作报告，并在新春团拜晚宴致祝酒词

2019 年 2 月，郭代军随同省工商联领导一行前往达州开展万企帮万村调研活动

2019 年 4 月，郭代军到在建工地检查工作

2019 年 6 月，郭代军出席公司歌咏比赛颁奖仪式，并为获奖部门颁奖

2019 年 9 月，郭代军到南充项目工地检查指导工作

2019 年 10 月，郭代军应邀参加 2019 全国工商联主席高端峰会

2019 年 10 月，郭代军参加公司拓展培训活动

2020 年 1 月，郭代军出席公司年会并作报告

2020年5月，郭代军出席四川省政协十二届三次会议

2020 年 8 月，郭代军赴河北实地考察项目

2020 年 9 月，郭代军荣获 2020 杰出青年川商人物，并出席圆桌会议

2020 年 10 月，郭代军再次率队前往凉山州木里县乔瓦镇锄头湾村开展扶贫帮困慰问活动

扶贫帮困解民忧　千里送暖显真情
中诚投建工集团木里扶贫之行

2020 年 11 月，郭代军出席川商创新发展商会成立大会

2020 年 12 月，郭代军入选脱贫攻坚“四川好人榜”

2021 年 2 月，郭代军率公司高层领导亲切慰问员工

2021 年 5 月，郭代军荣获“四川省‘万企帮万村’精准扶贫行动先进个人”称号

2021 年 7 月，郭代军到泸州市政项目检查指导工作

2021 年 7 月，郭代军受邀参加庆祝中国共产党成立 100 周年主题展览参观活动

2021 年 9 月，郭代军到西安分公司在建项目检查指导工作

2021 年 10 月，郭代军参加中诚投首届职工运动会并致开幕词

2021 年 12 月，郭代军出席忠县政府在蓉招商考察座谈会并作讲话

2021 年 12 月，郭代军为员工培训授课

2021 年 12 月，郭代军应邀接受央视主持人水均益专访

2021 年 12 月，郭代军出席四川省光彩事业促进会第五次会员大会暨五届一次理事会并连任副会长

2022 年 1 月，郭代军参加四川省政协十二届五次会议

2022 年 2 月，郭代军出席公司 2022 年度工作会并作重要讲话

2022 年 6 月，郭代军作为爱心捐赠企业代表出席四川省未成年人保护基金暨“明眸皓齿 · 正心立身”启动仪式

2022 年 8 月，郭代军当选四川省工商联副主席

2022 年 11 月，郭代军出席四川民营企业家“世情国情党情”教育活动并作讲话

2022 年 12 月，郭代军参加中国工商业联合会第十三次全国代表大会，并当选第十三届执行委员会委员

2023 年 1 月，郭代军出席中诚投建工集团党委成立大会

2023 年 2 月，春节后开工首日，郭代军慰问员工

2023 年 2 月，郭代军参加 2023 年工作会

2023 年 3 月，郭代军热情接待重庆市忠县中学领导

2023 年 4 月，郭代军带队赴陕西榆林项目调研

2023 年 5 月，郭代军带队赴东北开展重点项目巡查

2023 年 6 月，郭代军当选四川省园林产业商会会长

2023 年 7 月，郭代军接受央视《中国新闻》栏目采访

创业与奉献之歌

序（一）

原成都军区副政委　张少松　中将

宝剑锋从磨砺出，梅花香自苦寒来。军中著名新闻工作者田木，继《一把胡子一支笔》《田木文集》等几部作品出版发行之后，又向社会、向读者推出了他的新作——传记报告文学《三峡骄子》。

已经退休的老新闻工作者田木，退而不休，不断向社会、向读者奉献作品，这在军旅退休干部中不多见，其精神之可嘉，其追求之执着难能可贵，也印证了“老当益壮”“老骥伏枥，志在千里”的名言。“文以载道，为时而作”，此话用在田木身上，再贴切不过。

1992年11月，我从四川省军区政委到原成都军区任副政委时，田木已是军中颇有影响的新闻工作者了。1992年12月初，我随军区张工政委到开县参加刘伯承100周年诞辰纪念活动暨刘伯承铜像落成典礼和去达州参加红军入川60周年纪念活动，这两个重大活动由田木一人负责文字和图片的新闻报道，任务完成得很好。

他善于学习，工作很努力，肯钻研，能吃苦，平均每年有三分之二以上的时间都在部队采访，几乎跑遍了原成都军区所属边防作战部队，西藏边陲的查果拉、乃堆拉、甘巴拉等人迹罕至的雪山哨卡，驻守珠峰脚下的雅鲁江畔、亚东河谷、尼洋河岸的军营以及分散在两千多公里川藏运输线上的风雪兵站，都不止一次留下他的足迹。

他走出一山，又走进一山，足迹遍布守卫在云南老山、哀牢山等千山万壑之间，遍访澜沧江、盘龙江、怒江大峡谷等艰苦地区驻守的边防部队。恰如一首古诗中说“正入万山圈子里，一山放过一山拦”，所到一处，无不为群山深处火热的军营生活所激发，无不为基层广大官兵赤诚的奉献精神所感佩。他笔下的人和事没有夸张，没有人为杜撰，吹糠见米，实实在在，且生动活泼，如蜜蜂采花，像春蚕吐丝，斟字酌句，精心雕琢，把自己的心、自己的血深深融入每个人物和每件事情中。

习近平总书记在第十三届全国人大一次会议重庆代表团审议时，强调“要既讲法治又讲德治”“把法律和道德的力量、法治和德治的功能紧密结合起来”，引导全社会积极培育和践行社会主义核心价值观，树立良好道德风尚。两千三百多年来，巴蔓子刎首留城，忠信两全的英雄壮举在巴渝大地广为传颂，感染和激励着世世代代忠县儿女。田木和他的新作《三峡骄子》的主人公郭代军同为忠县人。巴蔓子的英雄壮举和以“忠信、忠义、忠诚、忠勇、忠孝”为核心的“忠”文化，已深深融入他们的脑海里、血液中。

1993年4月1日，田木在飞往北京的飞机上从电视里看到江泽民主席在第八届全国人大一次会议闭幕式上，提出了“解放思想，实事求是，积极探索，勇于创新，艰苦奋斗，知难而进，学习外国，自强不息，谦虚谨慎，不骄不躁，同心同德，顾全大局，勤俭节约，清正廉洁，励精图治，无私奉献”64字新时期创业精神，在北京一下飞机就直奔解放军原总后勤部准备向时任总后勤部长傅全有汇报，建议将西藏驻军作为全军艰苦创业的典型进行宣传，得知首长已在郑州某军干离休所视察工作，又马不停蹄赶到郑州向首长报告。第二天一早拿到首长批示后，就立即奔赴西藏采访，一个月的奋战，《解放军报》一版转三版一个整版刊登了《西藏军人创业歌》长篇通讯，全面而生动地反映了西藏军人发扬“特别能吃苦，特别能战斗，特别能忍耐，特别能团结，特别能奉献”的老西藏精神，为了西藏边防的安全巩固和西藏经济发展、社会稳定繁荣创造了“百个第一”的伟大创举，在全军、全国引起强烈震撼。

田木在新书《三峡骄子》里反映的主人公——中诚投建工集团有限公司董事长郭代军，出生在三峡库区腹心地带的一个小山村。他在农村长大，从大山沟里走到大城市读书，通过知识改变人生，改变命运。从辞去工作到下海单干，遇到过许多坎坷和难以言状的艰辛，但他没有沉沦，坚持一步一个脚印，硬是走出了一条属于自己该走的路，实现了自己的梦想。郭代军坚定的信念、坚强的意志、顽强的拼搏精神，使其成为同行学习、追赶的佼佼者。

郭代军领导的中诚投建工集团年年跃上新台阶。四川省百强企业榜单显示：2018年中诚投名列第59位，2019年第36位，2020年第28位，2021年又跃升到第20位。这些辉煌成绩，是郭代军与中诚投人汗水和智慧的结晶，无不体现着企业家艰难奋进的历程。

掩卷深思，心有所悟，不吐不快，于是写下这些文字，是以为序。

笃定初心深谋发展　牢记使命踔厉奋进

序（二）

原成都军区副政委　马子龙　中将

长篇传记报告文学《三峡骄子》，真实鲜活，恢宏大气，蓬勃温润，集中书写了主人公郭代军先生的学习史、成长史、奋斗史、光荣史，以及他二十多年初心如始，洗尽铅华，厚德载物，努力做好自己、回报社会，并以善良为本，扶弱帮贫的动人事迹。

本书作者田木同志，本名曾祥荣，我们多年前就熟悉了。我在14集团军任主任、政委以及原成都军区副政委期间，他是原成都军区新闻处处长和中央广播电视总台驻原成都军区记者站站长。

多年前，田木同志出版的第一部新闻作品集《一把胡子一支笔》，由原成都军区司令员傅全有上将作序，重磅推出，紧接着，他的反映川藏线部队和驻滇、驻藏官兵不畏艰险，苦练作战本领的纪实文学《冰峰热血》《情满红土雪山》相继出版，军中著名新闻工作者、散文作家刘德鑫作序，分别由著名书法家李力生和全国书协副主席刘蔚题写书名。

田木同志笔耕不辍，今又邀我为《三峡骄子》作序，我感觉既荣幸又艰巨，既兴奋又沉思，心里沉甸甸的——一个年过古稀的军旅作者，他所思、所感、所忆，所写的人、事、物，为这个新时代竖立了标杆、启迪了未来、树立了榜样。

与田木同志初次接触是在1991年夏秋之季，他来14集团军40师采访时任师长即现任军委副主席张又侠同志。那时部队条件相对较差，行车道路崎岖艰险，他成天起早摸黑，采写的长篇通讯《牢记使命　求真务实》被《解放军报》头版头条加评论刊出后，受到中央军委领导的肯定和表扬。他后续采写的第二篇长篇通讯《夜训探索录》，都在军内外引起热烈反响。

我感觉田木同志善于人物描写，笔中之人，跃然纸上，形象丰满，感觉立体，兵味十足，有呼之欲出的现场冲击感。

“讲好中国故事”这是新时代的新使命，也是报告文学的新使命，其核心是讲什么、怎么讲。西方文学界根据文学叙述依据不同通常把文学简要分为两大类：虚构文学和非虚构文学。小说、戏剧和诗歌这类文体归为“虚构”，其余的大略归为“非虚构”。国人将历史纪实文学，如司马迁《史记》，视为非虚构纪实文学典型文本，中国报告文学的“母体”。报告文学，要求既有新闻特质，又有文学特性，是散文和特写的总和。真实，是非虚构文学的力量所在；真实，是非虚构文学能够震撼人心的源泉；作为文学“轻骑兵”的这一文体，曾经在中国文坛和中国社会中产生过极其重大的影响，如夏衍的《包身工》、魏巍的《谁是最可爱的人》、穆青的《县委书记的好榜样——焦裕禄》，特别是后两部，令无数人动容，感染了一代又一代的读者。近些年来，许多人一提到“报告文学”就会摇头，因为他们看到的，是“破的”报告文学作品，如同喝一杯白开水，没有“文学味道”，干瘪的纪实，也没有了那种“令人心颤”的阅读快感。《三峡骄子》犹如一颗划破夜空的流星，惊奇闪耀回味，集文学性、可读性、知识性、传记特色于一书。

纵观田木同志的文学作品，从《西藏军人创业歌》到《八十一个风雪夜》，从《雅鲁藏布江畔的文明使者》到《军中华佗》……无论是反映西藏百万藏族农奴翻身得解放，西藏社会的文明进步、经济腾飞；或是固边强国做出巨大奉献牺牲、创造了“百项第一”的军中奇迹，让敌人闻风丧胆的18军将士，或是如今驻西藏、川藏线的部队官兵；无论是享誉全军全国的蒙古族军医、骨科专家、八一骨科医院院长何天佐，还是扎根高原30载，大爱写在藏区的全军全国重大典型的西藏工布江达县武装部部长单杰，再到这次发行的新作《三峡骄子》等，都是描写了那些一心报国的战斗者、奋斗者、建设者、奉献者——这些血肉丰满、铁骨柔情、胸怀大志的中国男子汉。

现我就阅读《三峡骄子》后谈点读后感。

首先，主人公郭代军山积而高，泽积而长，胸怀大志，万千苦难不改其志。郭代军从1992年走出校门，在建筑业这条路上有了山的伟岸、水的浩荡，生命的力量深沉无垠。人在社会的每一点成就，都是靠硬实力拼出来的。我们之所以看不到黑暗，是因为有郭代军他们这样的一群人拼尽全力，把黑暗挡在了我们身后。

再是，人生最重要的财富是奋斗的那种经历。人们常说，成功是奋斗换来的，光鲜的背后需要付出泪珠与汗水，需要时间来积淀。有人讲，努力或许不能成功，但成功必须努力，这是一个并不公平却不可逆转的命题，我赞成这个观点。在这个世界上，每天都在上演跌宕起伏的人生故事，每天都能看见人性的复杂和极致。“全国政协委员”“全国工商联执委委员”“中国光彩事业促进会理事”“四川省工商联合会（省商会）副主席”“四川省光彩事业促进会副会长”“第三届四川省优秀中国特色社会主义事业建设者”“2020四川杰出企业家年度人物”等称号和入选脱贫攻坚“四川好人榜”……郭代军头上的这一个个闪耀的光环，哪一个不是他一步一个脚印，脚踏实地奋斗来的？

最后，奋斗者就在我们身边。郭代军这些年，经历了他人生中最饱满丰厚的岁月。尽管他自打毕业之后，就在成都建工集团、四川弘盛达建筑工程公司、中英国际建工集团上班，后来当了领导，工作环境是半封闭的，搭档和同事多数是固定的，每天的忙碌几乎是程序化的。在别人眼里，每天穿着正装上班的职业生涯是一种可望而不可即的生活，但对他来说，建筑老板是三百六十行中的一种，与炊事员、驾驶员是相同的，都是凭借大脑和双手辛勤耕耘的劳动者，跟其他各行各业的从业人员一样。每个人面对的都是鲜活真实的又不完全一样的人生故事，感叹的是是非曲直的人性。有一点是肯定的，那就是他觉得自己所做的一切对社会和国家是有意义、有价值的。

会当凌绝顶，一览众山小。像郭代军那样的千千万万的建筑企业家——初心和使命内聚于胸，强化意识、坚定信念，坚持初心和使命外化于行，锁定目标真抓实干——希望他们永远朝着幸福生活的阳光奔驰，奔驰！

马子龙

前 言

人生是一段旅程。我们在旅行中不断成长，不断在摸爬滚打中变得成熟、坚强。

走过二十多年的艰辛历程，郭代军感慨良多，体会颇深，这里仅摘录几段以飨读者。

——成长中，我们都会受伤，都会疼痛。伤过，就会明白，人生并不是一马平川；痛过，就会懂得，生活不会一帆风顺。生活总会有坎坷，总会有辛酸，在经过生活的五味杂陈后，我们要时刻警示自己：幸福很近，仍需前进；幸福很远，继续努力。

——人生的成长在于经历，个人的经历有多有少，有浓有淡，有顺有逆，有成有败，喜怒哀乐愁尽在其中。任何经历，无论是成功或失败，总会在人生的道路上留下痕迹。当有一天我们回首往事，回首人生之路时，是丰富多彩还是苍白一片，是辉煌灿烂还是风尘弥漫，这完全取决于昨天的我们究竟到过什么地方，做过哪些事情，有过什么追求，取得哪些成绩。明天的我们又将开始怎样的旅程，又会去结识哪些形形色色的人，经历怎么样的阴晴圆缺、悲欢离合？

——任何经历都是一种积累，积累越多，人越成熟。经历得多，生命有长度；经历得广，生命有厚度。经历过险恶的挑战，生命有高度；经历过困苦的磨难锤炼，生命有强度；经历过挫折的考验，生命有亮度。

——如果说成长是一种经历，那么成熟则是一种阅历。每个人都会成长，但不是每个人都会成熟。郭代军说："心智成熟的人，不为得而狂喜，不为失而悲痛，竭尽全力之后，坦然接受而已；心智成熟的人，不因功成名就而目中无人，也不因籍籍无名而卑躬屈膝，保持一颗平淡的心，不卑不亢地生活；心智成熟的人，能够担当，懂得感恩，心静气和，淡定从容。"

——心智成熟的人，对自己有清晰的认识，善于发现自己的弱点，接纳不完美的自己，并不断塑造更好的一面。他们有独特的个性，活出自己的风采；他们有自己的方向，把快乐与幸福当作人生的终极目标。

——心智成熟的人，对生活的态度显得积极、乐观，坚持阳光总在风雨后，他们相信自己，那一份自信的魅力打动人心；他们为人低调，做人做事毫不含糊，一丝不苟；他们平易近人，胸怀宽广；他们懂得放下，不纠于过去，不担心未来，只着眼于当下，干自己的事业，享受奋斗的快乐。

——心智成熟的人，在有苦有乐的人生旅途中，总是善于掌控自己的情绪，善待自己，不嫉妒不怨恨不攀比；懂得释放不良情绪，及时清理心理垃圾，让自己轻松上阵，无比轻松释怀。在市场的激烈竞争中收获满意的事业；在人心复杂、世态炎凉的社会中懂得自我保护与外圆内方的灵活的处世法则。

——心智成熟的人，在追求梦想，走向成功的道路上，不断磨砺自己，不断学习、充实自己，让自己拥有良好的思维方式和习惯，培养自己各方面的能力，逐渐改进工作方法以提高效率，在一次次失败之后，在一次次从逆境中爬起来之后，迈向成功的彼岸，实现自己最初的梦想。

《三峡骄子》一书的主人公郭代军，虽然不是军人，但有军人的骨气和血性，他还有三个"不相信"的英雄誓言：不相信有完不成的任务，不相信有战胜不了的困难，不相信胸怀大志不成器！他常说，哪有什么岁月静好，只是有军人替你负重前行，而对企业人而言，本职岗位就是奉献的最佳阵地。

作为企业家，郭代军可以像其他人一样只管打扫自家门前雪，不顾他人瓦上霜，安享一辈子，何乐而不为？但是他心里装的是企业家的誓言，是人生的追求，是慈善人的责任担当……

在作者印象中，凡是接触过郭代军的人都说他身上有许多常人不具有的优秀品质。是的，他是带着很多与常人不一样的风采，一身男儿血、满腔报国志走上建筑业这条路的。

甘于奉献的牺牲精神是他的人生观、价值观的升华，是人生给予他的礼物，是铁与火的赠予，是无数血与汗的赠予。作为优秀企业家，郭代军深知企业家讲忠诚讲的是对党绝对忠诚——这既是誓言也是行动，既是认识更是实践。

刚过半百的郭代军，仍一如既往，脚踏实地，默默地奋战在建筑业第一线。他以优秀企业家特有的情怀和敏锐的观察力，寻找新的突破点，攀登新的高峰。用他自己的话说就是“手中有今天，眼中有明天，心中有永远”。

郭代军简介

中国的建筑基石上烙上了他的名字，中国的建筑史册上镌刻着他的业绩！

郭代军，一个从小打小修的包工头发展成四川百强企业掌门人的企业家——中诚投建工集团有限公司董事长。他丰富的人生经历、艰辛创业的故事、辉煌的创业成果，激励和影响着无数企业人士。

郭代军非常热爱读书，坚持走“读万卷书，行万里路”的提升途径。他说：“读书成了我生命中最重要的部分，知识是我走向成功的阶梯。”

当前，适逢全国人民深入学习贯彻党的二十大精神之际，郭代军带领中诚投人凝聚一心、共克时艰，为全面建成社会主义现代化强国，实现党的第二个百年奋斗目标和实现中华民族伟大复兴而踔厉前行，贡献力量！

郭代军简历

郭代军，男，汉族，重庆市忠县人，1971 年 12 月 6 日（农历十月十九）生，硕士研究生学历。

现任第十四届全国政协委员、全国工商联第十三届执行委员会委员、中国光彩事业促进会理事、四川省工商联合会（省商会）副主席、四川省光彩事业促进会副会长、中诚投建工集团有限公司董事长。

郭代军始终勇于担当，努力拼搏，艰苦创业。他从一个做装修的小摊白手起家，经过十余年艰苦创业，顽强拼搏，成就一家国家一级建筑企业，并在重庆、深圳、辽宁、陕西等成立了四十多家分公司，成为中国建筑业的领军人物之一。他秉承“诚信得天下，匠心铸辉煌”的企业精神，在企业管理中坚持“安全第一，质量至上”的施工理念和“客户至上，用心服务”的原则。

中诚投建工集团承建了四川省综合应急救援训练基地、成都华西上和创世纪、隆昌双创示范园黄土坡工业区、利世康低碳产业园、成都国际铁路港多式联运项目、资阳市人民医院、绵阳一环路、三利广场、深圳桂福楼、金鼎盛工业厂区、沈阳化工大学基础教学实验中心及创新创业综合训练中心、河北临城县石城互通至石观线公路等几百项工程，形成了住宅、医疗卫生、城市综合体、大型工业厂房和市政路桥等建筑系列产品。公司已获得“成都市总部企业”和“高新技术企业”认定，先后荣获“国家AAA安全文明标准化工地”“四川省诚信示范企业”“四川省安全文明施工标准化工地”“四川省优质结构工程”“四川省建设工程天府杯”“四川省安装工程优质奖（蜀安杯）”“重庆市市级优质工程”“三峡杯优质结构工程”“辽宁省建设工程优质结构奖”“成都市安全文明施工标准化工地”“成都市优质结构工程（芙蓉杯）”“沈阳市建设工程玫瑰杯”等数十项国家、省、市级荣誉。

郭代军是一个知恩图报的人，每次回老家都要去看望教过他的王万方、郭荣武、罗卫平三位老师，报答师恩。逢年过节，他慰问军烈家属、孤寡老人、贫困户、失能人员。

他更是一位充满爱心的慈善家。“5·12”汶川特大地震、芦山地震和泸定地震、河南特大洪灾、新冠疫情期间，他都是第一时间捐款捐物。

在“万企帮万村”扶贫攻坚的路上，中诚投建工集团与凉山彝族自治州木里藏族自治县乔瓦镇锄头湾村建立对口扶贫关系。扶贫攻坚的3年，郭代军多次带队前往木里。在他的精心组织和全力相助下，锄头湾村205户、871口人已全部脱贫致富。村民们评价郭代军说：“这个大老板每次上山来都跟大家一样身上有灰、脚上有泥，但他心里有光有爱，是个大好人!”

爱心助学，点亮学生求学路，是郭代军的初衷。十余年来，他共资助一百多名贫困学生完成学业，走上工作岗位。

数十年来，郭代军捐款捐物累计数千万元。一组组醒目的数字、一笔笔沉甸甸的爱心救助金，为保障和改善民生发挥着温暖而坚实的力量。郭代军先后获得了“第三届四川省优秀中国特色社会主义事业建设者”“2020杰出青年川商年度人物”“‘爱心助贫’四川好人”等诸多荣誉称号。

目录

CONTENTS

奋斗篇

诚信篇

爱心篇

感悟篇

企业篇

童年篇

TONGNIANPIAN

童年是一段美好的时光，这段时光有一生中最美妙的回忆。童年是一条路，路上有无数的花朵：有暗淡的，勾起伤心的回忆；也有灿烂的，使人回想起童年的可爱。郭代军走在那条路上，寻觅着最美丽的那朵花。

“这些美好的回忆不会随着时间的冲淡而被忘却，会在蓦然回首时如潮水般涌来，铺天盖地。”他说。

生在农村

三峡地区，开始步入萧瑟的初冬。

没有北方的冰天雪地，见不到银装素裹，也看不见西藏高原“千山鸟飞绝，万径人踪灭”的旷野。

这里有一地萧条之色。

地处三峡库区腹心的忠县，1971 年的冬天，却是另一番景象，天气虽然变凉，阳光减少，但依然风景如画，秀气可餐。路旁绽放正艳的各色花瓣蓬勃灿烂，一点没有变老的想法，山上林木苍翠葱茏，开得正艳的枫叶映红了半边天。满山遍野的柑橘、柚子、红橘组成了橘海，红红的果子压弯了枝头，为库区的山色描绘出一幅美丽动人的画卷。

1971 年 12 月 6 日，农历十月十九日。

“夜深人静”是二十世纪中国大地特有的山村夜景。要是平常，郭家湾大院的人们早已进入了梦乡，可是今夜家家户户都亮着灯光，老远望去，犹如夜空繁星点点，照射着绵延不绝的大山和初秋微风摇曳的树梢。

凌晨的第一声钟声刚刚敲过，年轻夫妇郭仕川、文佑芳家里迎来特大喜事：他们的儿子呱呱落地！婴儿红扑扑的小脸蛋，黑黑的大眼睛眨巴眨巴地眨个不停，灵巧的两只小手不停地摆动，极富穿透力的哭声，划破寂静长夜。

第二天，阳光照在花草树木上也照在竹林荫蔽下的郭仕川家房顶。村民们纷纷来到郭家湾大院，可能是因为阳光洒在脸上，也可能是因为郭仕川家喜添贵子，笑意满满地挂他们脸上。当了 8 年兵，退伍还乡 3 年才喜得儿郎的郭仕川一家子简直高兴惨了！院子里的叔叔、阿姨、爷爷、婆婆都登门道喜，把这个胖嘟嘟的小子叫“小熊猫”！“小熊猫”的降生，让郭家大院接连沸腾了三天！

这是一个收获的季节，也是一个美丽的夜晚。

郭仕川家住的平房外面是青葱翠绿的树木、竹子，门前是鲜花、绿草，交相辉映，构成一幅美丽的画图，天上银河闪烁，仿佛是因郭仕川家新生儿降生而眨眼欢呼。

天快亮了，东方的天际露出了鱼肚白，渐渐地，鱼肚白变成了淡红色，接着，它又由淡红色慢慢变成深红色，再由深红色变成金黄的颜色。这时，周围的白云，仿佛涂上了缤纷的色彩。

啊！多么艳丽的朝霞！多么美丽的画卷！

喜得贵子的郭仕川和文佑芳夫妇幸福的心情简直难以言表。郭仕川看到如此美景，情不自禁地脱口而出：“假如我是个画家，我一定会把今晨美丽的景色描绘下来。”

谁知，大人的话音刚落，床上的婴儿对着天上不停地“画”起来了，大人们都说：“这娃娃好乖好聪明，好讨人喜欢啰！”

郭仕川给儿子取名郭代军。

这个仅有“小学”文化的郭仕川竟然当众赋诗一首：

亘古开出郭家湾，千门万户皆喜欢。
文官武将同一院，人杰地灵风水顺。
华夏忠州在渝东，山高水长路路通。
英勇忠义今犹在，仕川喜得小胖童。

郭代军的父亲郭仕川、母亲文佑芳都出身于地地道道、老实巴交的农民家庭。郭仕川只读过三年小学，文佑芳连碗大的字还认不到一箩筐，但他们身上都秉存着中华民族的本性：诚实、善良、坦荡、勤劳、朴实。

郭仕川，1960年应征入伍在陕西某二炮部队（二炮今为火箭军），曾任战士、班长、代理排长、代理司务长，入了党，当满8年兵退役还乡。退伍后在农村干了几年农活，然后重操旧业，外出打工干起了他熟悉的老本行——缝纫生意。

这天一大早，他与妻子携上爱子小代军，来到忠县县城乘长途汽车向云南曲靖市进发。

这是一段八百余公里的路程，路途遥远险峻，只有到了驿站才能休息一会儿。

沿途翻山越岭，穿洞过桥，山路弯多弯急，坑洼不平，车子像筛糠一样不停地上下颤抖、左右摇摆，妻子文佑芳翻肠倒肚，呕吐了好几次。

在众多打工仔眼里，成昆公路是一条颠簸不堪，痛苦万分的艰辛旅程。

而在小代军眼里，却是满眼的新奇：高山是凝固的美，路边的野花、野果、树木是流动的美，行程中左右摇摆、上下颠簸是流畅的美，弯弯曲曲的小道是婉转的美，车子的喇叭声是动听的美，远山深处的朦胧则是淡雅的美。

用代军后来的话说，只要有一颗童心，生活中处处都是美，只要有一双发现美的眼睛，有一颗感悟的心灵，世界就充满美、充满爱。

经过十多个小时的颠簸，他们终于在22：00刚过时到达了曲靖市沾益县郊区的一个镇上，租了一间四面透风，唯独没有通风窗户的平房。

虽说是个镇，其实很小，只有逢场赶集时才有点儿街市的喧嚣，平时冷清得有点让人喘不过气。

第一个夜里，小代军就体验到了这里的多变和恐怖。

云南的月亮出来得早，他们刚吃罢夜饭，圆圆的月亮就悬在天空了。

房屋里没有电灯。屋外月光如水银般倾泻大地，郭仕川带着儿子来到一个池塘边，小代军指着水里的月亮，高兴地对爸爸说："爸爸你快看，水塘里的月亮好乖呀!"

这时，不知哪个调皮的顽童往池塘里扔了一块石头，"咚"的一声，搅动了一塘清水，池塘明镜的月亮破碎了。

小代军"哇"的一声哭了："爸爸，你看，月亮为啥变成这个样子啦?"

爸爸对他说："儿子别难过，你看天上的月亮没有破，还是那样圆，那样亮。"

小代军仰头一看，又哈哈笑了。

过了一会儿，池塘平静了，爸爸又说："你看，水里破碎的月亮又修好了。"

"是谁修好的?我长大了也要修月亮。"小代军对爸爸讲。

"好，等你长大了就去修月亮。"爸爸一边对小代军讲，一边起了心思：这么艰苦的条件能让儿子长大成人吗?

人生的理想何等虚幻，好比镜花水月一般，任何的打击都可以粉碎你的梦。

郭仕川抱着儿子回到屋里，怎么也睡不着。

夜空阴下来了，盖过来的乌云把月亮藏起来了，屋外的树木随风摆动。直到下半夜，风才停了下来。山上的狼又开始嚎叫，吓得小代军钻进妈妈怀里。他紧紧抱住妈妈，久久不肯松手。

那个夜晚，给小代军幼小的心灵烙下了不灭的印记。他们一家三口在安全镇的日子还算"安全"。初来乍到，郭仕川夫妇的生意做得不算大，因此每天收工的时间也并不算晚，他们就利用空隙时间培养儿子的兴趣爱好，有意识地给儿子讲中华民族的传统美德，讲抗日战争、解放战争、红军长征中的英雄事迹，讲小兵张嘎、雷锋、王杰、欧阳海等英雄为人民服务、临危不惧，舍生忘死抢救人民生命财产等感天动地的故事。

夫妇俩还给小代军说起了县委书记的好榜样——焦裕禄的儿子焦跃进。他当了河南省杞县县委书记，处处以父亲为榜样，老百姓夸他像当年焦裕禄书记。焦跃进的母亲，是新时代的一位良母。她经常嘱咐儿子说："你工作干好了，人民会说你不愧是焦裕禄的儿子，你的工作没干好，别人会说你哪儿像焦裕禄的儿子！”

小代军的父亲郭仕川，这位再平凡不过的退伍军人，同中国千千万万个平凡的父亲一样，心怀“望子成龙”的美好愿望。

在云南的那些艰辛日子，为培养儿子开发脑筋、增强记忆，郭仕川夫妇还教只有四五岁的小代军背诵简单的古诗和《为人民服务》《纪念白求恩》《愚公移山》等名篇。

郭代军刚满6周岁那年，父亲郭仕川带他到新春大队小学报名入学，成为一名小学一年级的新生，面对老师的一连串提问，郭代军对答如流，老师们无不惊讶，报以阵阵掌声。

看到儿子的成长进步，郭仕川夫妇心里非常欣慰，非常“乐”，母亲文佑芳说：“这两年我们在云南的凄苦经历，有付出也有收获，收获的是我们两代人的人生财富！”父亲郭仕川接过话茬讲：“苦难不会永远延续，幸福也并不能永恒幸福，经验告诉我们，往往最出色的工作是在逆境中干出来的，思想上的压力甚至身体上的痛苦，都可能成为精神上的兴奋剂。”

聪明的小代军，听着爸、妈的话，似懂非懂地不时微笑着点点头。

父母骄傲的乖宝宝

一个男娃坐在院坝的石凳上。他穿一条宽裆阔腿裤子，一头蓬松的黑发在阳光下泛着亮光。他身体瘦小，哪怕对一个年龄不大的孩子来说，他的个子也不算高。他明亮的眼睛中似乎充满了梦想。他的任务很简单，就是把鸡、鸭、斑鸠和麻雀等鸟类赶走，不让它们来吃晾晒在院坝的谷子和责任地里快成熟的粮作物。

轮廓清晰而翠绿的小山包，环抱着被开辟为农田的“袖珍平原”，绿色中点缀着用石头砌墙，用黑瓦片盖顶的农舍。一口历史悠久的水井、一座上了年纪的石桥，坐落在郭家湾这个农村大院的中央，它们是这个院子的地标性建筑。

除了坐在凳上的小男孩和他身边已翻得像油渣一样很旧很烂的连环画《小兵张嘎》的小书以外，一切都显示出这里是 20 世纪 70 年代的一处巴渝农村田地，周围是宁静的自然景色和乡村惯常的生存状态。

这个农家小男孩姓郭，伟大的文学家郭沫若的郭，小男孩的名字叫郭代军。郭代军的父亲叫郭仕川，母亲叫文佑芳。他们家所在大院叫郭家湾。

在长满青杠树、柏树和竹子的山坡下面，是郭家湾大院的尽头，有一个

“门”字形、用石头加木质结构修建的小院，小院左厢房的第一间就是郭仕川家。

郭仕川中等身材，个头瘦小，面孔是棱角分明的国字形，是郭家湾帅翻了的美男子。年轻时郭仕川在西安当兵，干满 8 年退伍回到了生他养他的郭家湾。

郭代军就出生在这间厚实而宁静的木石结构的屋子里。现在，他慢慢长大且精力越来越旺盛，在这排老祖宗留下的房梁之下，在郭家湾大院里幸福成长。

入夜，空气炎热而凝滞，只有蛙鸣和蟋蟀的鸣叫划破寂静的长空，也听不到人的说话声，更见不到有人走动的身影，山村似乎完全融入了大自然。一个微弱的黄色斑点使房屋的一面隐约显现，在没有玻璃的窗子里，郭代军不在意是否已该入睡。在那一地域的农村里，天黑后只能是睡觉的时间，而代军常常会在夜里埋头复习功课。他紧紧地靠着一盏小油灯，油灯的小火苗小得如一粒黄豆。他脸上满是汗水，依旧用一条被子半掩着光亮、半掩着自己，因为父亲不大喜欢他在夜里读书，这样浪费灯油。

郭仕川家所住的地坝边有一道两三米高的坎子，这道坎子把郭家湾上下两个院子隔离开，平常人们相互串门的时候不多，但要是有点啥事，大家相互转告，很快便聚集一堆叽叽喳喳看热闹。曾经还发生过这样的故事：一天，代军穿了过年或是做客时才穿的衣服，跟着父亲站在长满荷花的池塘边。不一会儿，几乎整个郭家湾的几十户人家，除个别在院坝外的，大多数都站在自家门前，像看新媳妇似的看着他们父子俩，弄得父子俩着实有点尴尬。

然而，就在一瞬间，郭家湾大院的宁静消失了——郭仕川大发雷霆！郭代军站在父亲面前，脸涨得通红，大家都看着他。家里爆发了一场争吵。当着一屋子客人的面，郭仕川指责儿子懒惰无用。代军也和父亲顶了嘴，跑出家门。父母一起追了出去，客人们也茫然地跟了出去。跑到池塘边的时候，代军生硬地对父亲说：“如果你再靠近一步，我就跳进去！”

听到代军如此说，郭仕川的暴怒才有所节制，停止了追逐并开始与代军理论。他要求代军对他的不敬认错，并保证从今往后要听话，不再重演这种“戏”。代军在客人跟前毫不示弱，郭仕川只得退让一步。和解的条件是互相妥协：代军向父亲认错并磕个头，父亲承诺不打儿子。

在靠工分过日子的年代，郭家湾同中国所有农村一样贫穷。20 世纪 70 年代中期是郭代军的童年时期，他家在村里还算稍微好点的，家境从贫困上升到了“小康”。父亲郭仕川从部队复员回来，不久就去云南做缝纫生意赚钱，不缺饭吃不差零花钱，日子过得还算殷实。

代军一直在生活有保障的环境中长大，无忧无虑。他的爸爸妈妈非常渴望儿子好好读书，长大成才，将来能够出人头地。

郭家湾十分优美、宁静，这样的环境全赖大自然的鬼斧神工。在那个时代，郭家湾到乌杨街上只有一个小时的路程，距忠县县城也不过两个多小时的距离——要知道那时全凭两条腿丈量。

这片“小平原”居住着上千户人家，他们大多数姓郭和姓文，两姓人你来我往，和谐相处，彼此结下了深厚的友谊。郭家湾的主调是浅丘陵，房前屋后是葱茏茂密的竹林，当门是大片大片的水网稻田，银色的水面上点缀着一排排稻谷秧苗，在阳光下像带有千万条划痕的巨大镜面，反射着光影。一丛丛竹子以及它们精致的绿叶，构成了精美别致的画框，衬托着远处雾气笼罩的青色山峦，青杠、松树、柏树肩并肩地站立高处，似乎在威严地保卫着赋予它们阳刚生命力的山坡。

难忘的记忆

年幼时的代军眉清目秀，不大不小的眼睛镶一圈乌黑闪亮的长睫毛，眨动之间，透出一股灵气，胖乎乎的小白脸，圆滚滚的小脑袋，穿一身父亲特意量身缝制的蓝布童装，稍显肥胖的小脚，穿一双蓝色胶鞋。小代军语言不多，不喜欢与人搭话，见到陌生人时爱低着头，或者跑开了悄悄望着别人。别人转过脸来，他就又把头低下去，像捉迷藏似的。小代军从出生就惹人喜欢，是郭家湾大院一颗闪耀的明珠。

代军喜欢热闹，害怕寂寞，从小就爱往人群里钻。

夏季晚上，大人们搬个板凳坐在地坝讲鬼故事，小代军也挤在人堆里听得津津有味，越听越怕，越怕越要听。正听得入迷，猛一回头，看见黑黝黝的竹林里，小猫正在捉壁虎、萤火虫，不禁吓得呀呀直叫。哪怕这样，小代军仍然往人群里挤，照样怂恿大人们继续讲下去。

给作者留下深刻印象的是在小代军四五岁时的一件事儿。也是在夏季，院里在外打工的年轻人回来休假，每天晚饭后都要用收音机听节目，遇到音乐还会用扩音器播出，他们甚至还带回来唱机和唱片。代军狼吞虎咽地吃完饭后，抹抹嘴急忙跑到大门口去听、去张望、去等候，不得到结果，他是不会离开的。有时候，门口围上一群小孩子和拄拐杖的爷爷、婆婆，他们都聚精会神地听着。

人少的时候，主人就请听众到屋子里听，小代军跟着大伙进屋；人多的时候，屋小容纳不了，主人把机器、桌子搬到屋外的坝子播放，小代军就随着人群跟进跟出，抢占最佳位置，他虽说人小，一点不吃亏，几乎每次都能站在距播放机最近、最佳的位置。

片子转动了，现场鸦雀无声，听众神情专注。有时候针头会在早该退休的唱片上摩擦出吱吱嘎嘎的声音，歌声就这么嗞嗞啦啦地唱起来了，有时像猫叫，有时像敲破锣鼓，小代军跟着哥哥姐姐们一块起哄、凑热闹。如果碰到好的片子，他又跟着大家一起跳跃、拍着小手鼓掌。

小代军的爸爸或妈妈，抑或是有时爸爸、妈妈一起循着音乐找到他，哄他、拉他回家睡觉，他怎么也不肯离去，只有哄他说“明天早点上街买玩具、看电影”等他才心动。每次都是“演出”结束，大伙都已退场，他才坐在爸爸的肩头、抱住爸爸的头，跟着爸爸优哉游哉往回走。

之后，村民们几乎每家都有了电视机，收音机、扩音机、播放器惨遭淘汰。特别是改革开放以来，农村面貌发生了翻天覆地的变化。对于代军那一代人来说，这些“社会习俗”不值得被书写、记录——这些事情只是童年经历的片段罢了，这些经历的碎片也是真正的欢乐，是无忧无虑的、不折不扣的童趣。

现在的乡镇，那时候叫人民公社，公社下属的是大队、生产队。郭代军所在生产队是全大队果树最多的队，品种也最多，几乎一年四季都能吃上新鲜水果。每年春天，百花争奇斗艳，鸟语花香。梨花、李花、杏花、淡黄色的枣花、粉红色的桃花、白中带黄的橘子花，芳香扑鼻，把郭家湾大院点缀得这么美丽，因此被誉为醉人的天然仙境、世外桃源。

代军家里房前屋后，满地花草果树。春暖花开时节，各种各样各色的花交结在一起，汇成了花的海洋。那浓郁的幽香，散发在空气中，熏得人都

“醉”了。那时候的环境没有受到污染，是很美丽的：山是翠绿的，河水是清澈的，人们的体质虽说不是很棒，但基本没有什么疑难杂症和怪病，癌症也很少听说。对比当今，人们的生活水平虽大大提高，日子越过越甜，但依旧挡不住人们对孩提时那美丽的大自然和原汁原味农耕生活的向往。

代军自幼喜爱李花、梨花、柚子花，它们开的花都是白色的，洁白芬芳，素雅端庄。如果说白莲像出浴时少女的皮肤，玉兰像无瑕疵的白玉，月季像月下白雪，白玫瑰像在牛奶缸里浸泡过——笔者也不愿再煞费心机地寻找更蹊跷的比喻来描写梨花、李花、柚子花了。代军觉得梨花集一切白色果花之大成，堪称果花之魁首。

代军孩童时顽皮，时常爬上树去摘梨花拿回家插在泥墙缝隙中。墙壁经过白色梨花装点后十分漂亮。夜里他睡在床上，长时间地看着梨花，尽情地欣赏梨花的高雅，闻着梨花纯粹的清香，久久不能入眠。

特别是到鸟儿筑巢、生蛋、孵化小鸟的季节，便是代军大忙的时候。他跟着年龄大他几岁的小哥哥们爬上树，从鸟窝里取走鸟蛋，带走小鸟回家喂养。没有鸟笼，他便用缝衣服的线拴住小鸟的翅膀，不让鸟儿飞走。

美丽的自然环境给生态平衡增添了几分姿色，引来了许多种鸟类在郭家大院一带筑巢繁衍。一次，代军在一片竹林里发现了一个很大的秧鸡巢——这时正值秧鸡繁殖期。于是，他悄悄地爬上那根足有六七米米高的竹子。在他刚刚接近鸟巢，伸手取秧鸡蛋时，“嚓”的一声竹子断了，竹子下端虽然长得粗壮有力，上端却纤细不能承受他的体重，他被重重地摔在地上，好在没有伤及筋骨。他吓得心里扑通扑通直跳，瘫在地上好半天才回过神来。他这次冒险，纯属幼稚，不计后果。谈及此事，他至今仍心有余悸。

有一次，同院的两个常与代军一块玩耍的小哥哥带着代军去水塘旁边的树林里玩。孩子们刚走进茂密的树林，便发现从一棵老麻柳树上的稻草垛里飞出一对小鸟。

常言道“吃一堑，长一智”。代军想：上次自己吃了哑巴亏，这次不能再上当了。他说："这棵树太大了，我爬不上去，你们两个哥哥哪个上？"平时大伙叫胖哥的那个哥哥自告奋勇地说："我上。"胖哥背上背篼，手拿镰刀，顺着草垛爬了上去，用手往小鸟飞出的巢里摸去，可非但没有摸着鸟蛋和小鸟，却摸出来很多蜇人的小蚂蚁。蚂蚁很快爬满了他的手背，吓得胖哥直甩手，一个劲地叫喊，不要命似的滑下草垛，尽管他及时抖掉了手背上的蚂蚁，手背还是很快红肿起来。

那个时代，生活在偏僻山村的孩子们，没有什么好玩好耍的，踢毽子、滚铁环、跳橡皮筋等都少有人玩。有时候有的孩子却不计后果地瞎胡闹。

又一次，代军和几个小伙伴耍得无趣，就把套在犁头上的绳子拴在堆放肥料的茅草棚的大梁上荡秋千，还是那个胖哥打头阵，当他荡了几个回合，兴趣正浓时，绳子突然"嘎"的一声断了，小胖哥被重重地甩在一堆干枯的牛粪上，当场"闭气"，只有出气没有进气，直翻白眼，代军和其他小家伙都被吓跑了。过了好一阵子，小胖哥才舒缓过来。这回可把小胖哥的父母及另外几位家长都吓坏了！从此，他们再也不玩秋千了。

孩子们每次遇险都能化险为夷，可是急坏的是家长，孩子们却不以为然。话又说回来，那时的孩子没有玩具，见过的玩具也不多，更没有进过啥子娱乐场所，只有自娱自乐地瞎玩、傻玩来打发时光。

郭家大院的孩子们玩游戏的土法子是出了名的，比如抓石子、下跳棋、煮酒、打叉子，可以玩上多种花样。煮酒游戏，是在水田边挖一个二十多厘米的圆洞，在洞口的半腰用小树枝铺垫一层，上面用稀泥盖上，然后把水渗进去，再用一根小棍捅成几个小孔，让水从孔里往下渗漏，漏出的水不断冒水泡、水花，很具观赏性，这就是孩子们讲的"煮酒"游戏——这种游戏，要挖烂田埂，不利于农民耕种，农民很讨厌孩子们玩这种游戏。

20 世纪 70 年代，代军的家乡自然灾害频繁，人们生活困难，每年春夏时期，青黄不接，有的家庭吃了上顿愁下顿。郭家大院的孩子们，在家里吃不饱饭，就用生产队种的果子填补肚子。为了防止果子丢失，防止孩子们的践踏，郭家大院制定了严格的防范措施，工作做得很细。队里一年四季都组织专人守护果山，看果子的人非常隐蔽地躲在对面山上密林深处，地处山下的水果林哪里有啥动静，守护者都会一清二楚，要想偷吃一个水果，绝非易事。“道高一尺，魔高一丈”，孩子们每次行动，都是集群作战，施“调虎离山之计”来解决眼前饥渴。

一次，代军与几个伙伴实在饿极了，冒着被家里罚的后果，静悄悄地溜到李子树下，朝着挂满枝头的李子连投几个石头，李子掉了一地。肚子填饱了，他们就乖乖地待在家里，等待父母回来“处罚”。后来，作者问及“李子风波”时，代军笑着说：“当孩子时不懂事，肚子饿了就什么都不顾了。不过，我们很感激前辈们栽种的果树，让我们享用不少，真是前人栽树，后人乘凉；前人种果树，后人有口福!”

最有趣的事，莫过于瞒着父母亲在野外“煮锅锅饭”。何为“锅锅饭”?就是把家里的米、面、油、盐等食材和调料带到野外，堆上几坨石头，放上锅儿，边煮边吃（现在人称“野炊”）。所说的锅，实为古式的铜锅罐，平时人们多用于烧热水。每次野炊，小伙伴们按照分工，有的拿米，有的准备调料，还有的带上肉类。他们在山洞里架几块石头，把铜罐往上面一放，加上水就生火煮了。饭菜熟了，没有碗筷，他们用竹条、树枝当筷子，围着罐子开心地享用。餐后，他们把铜罐了装进背篼里，上面盖着猪草、牛草，伪装得十分巧妙，大人难以发现。回到家里，趁父母不留意，他们再迅速将铜罐放归原处。

郭家大院对面的山垭口，有一棵生长了百年的老黄桷树，根深叶茂，顶着擎天的伞盖，昂然挺立，与郭家湾大院遥相对望。老黄桷树盘根错节，有的根子比其他树干还粗，根须串至几十米处的地方。这棵老树枝青叶绿，俯瞰长江，是人们赶集归来乘凉歇息的好去处。

郭家湾大院的小朋友们也常以这棵老黄桷树为中心捉迷藏、玩游戏，甚至在树杈处拴上绳索当床午休。

其实，郭家湾生产队的大小树枝，几乎都留下了这些娃娃的脚印。队里有一棵比老黄桷树还年长的老皂角树，树干要两三个壮年手拉着手才能合围，树高五六十米，树枝交错生长，绿油油的树叶遮天盖地，闪着绿光，活像顶着一片绿色地毯，带着皂角药性，芬芳飘向远方。春暖花开时，喜鹊、斑鸠……各种鸟类聚集到这棵既安全又不被人为破坏的大树上筑巢，繁衍后代。喜鹊唱着悦耳、清脆、动听的歌声，跳跃着，雌雄嬉戏，忙碌奔波。大黄蜂也不甘落后地赶来凑热闹，飞进飞出忙着筑窝，“嗡嗡”的叫声，方圆百来米的地方都能听见。有的蜂窝大如箩筐，整棵树上起码住有“百户人家”，大家相处和谐，睦邻友善。

那阵子，无论是在这棵皂角树下攻击鸟巢和蜂窝，还是上树采摘皂角，都少不了代军，他经常累得满头大汗，气喘吁吁。孩子们爬上树梢往下看，双腿直打战，大人们很是担心，吓唬他们说，以后哪个再爬这棵皂角树就打断他的腿，后来就很少有人爬这棵树了。一次不知是谁用石头打蜂窝，惹怒了黄蜂，顺着风势，黄蜂毒刺扎进了一个孩子的后脑勺，痛得他在地上直打滚，其他的孩子则赶紧抱头，拼命逃离这个危险地带。

郭家大院地处浅丘陵，山不算高，没有河流，是一个靠天度日的地方。没有河流，就没有游泳的地方，人们于是成了旱鸭子。为了蓄水抗旱，生产队专门修了两口小堰塘，堰塘平时蓄满了水，以防旱时用水。蓄水全靠春夏季节雨水充沛时完成。塘里有水了，人们就入塘洗澡嬉戏。一次，代军瞒着父母，跟伙伴们悄悄地溜进堰塘洗澡，冒着危险学会了蛙泳、自由泳等好几项游泳技能。

代军的童年，充满了传奇，有过危险，几多教训，好在老天保佑，都能化险为夷。

日复一日，年复一年，代军与院里其他孩子一样，好不容易熬到了上学的年龄。孩提时的童趣，可谓回味悠长。童年生活是那样的浪漫而坎坷，不管生活是苦是乐，爱与恨都是自己孩提时代生活的组成部分。代军的童年生活，就是在这样平凡而火热的氛围中度过的。

郭代军是父母的掌上明珠，是郭家湾大院的佼佼者，有的爷爷婆婆叫他“儿王”，他没跟院子里其他孩子一样，几岁就跟父母下地耕耘。他从小受到郭氏家族的正派教育，耳濡目染了正确严格的家训。他乖巧听话，经常帮助父母干些力所能及的活儿，并且在大哥哥大姐姐都上学读书的影响下，对学习产生了浓厚的兴趣：一定好好读书，有了知识才能当干部，吃商品粮、拿工资；有吃有穿，有房住，有车坐，过上幸福生活！

爸爸带我看花花

这是一段代军童年的记忆，也是代军父亲的回忆。

代军 8 岁那年春天，父亲郭仕川带儿子去春游，呼吸大自然的气息，欣赏家乡的巍巍青山、滔滔江河。

吃罢早饭，父子俩走出郭家湾大院，顺着羊肠小道向鸡公山顶爬去，山路两旁长满不常见的花草，满目青翠。爬到半山腰，遇一地势较为平缓处，有勤劳的农人在地里种满了庄稼，绿油油的麦苗迎风起舞——绿浪翻滚，间以盛开正艳的白色、红色、紫色的豌豆花和胡豆花，花草像蝴蝶一样爬满山坡，如诗如画，美不胜收。

待登上山顶，山风戏耍着树枝不停摆动，山风拂面，凉爽怡人。爸爸指着杜鹃花对代军讲：杜鹃花在西藏高原才有，而茶花开在云南，鸡公山以前没有这两种花，不知咋的，近十几年有了这些花，鸡公山也因此有了“神山”的名声。

俯视长江北岸，春游踏青的人络绎不绝。他们或三五为伴，或成群结队，人声鼎沸之中，踏青简直成了世界级的春游盛会。立于山顶极目远望，阳光照在方斗山上，山顶上积雪金光闪耀。

“爸爸，那是啥子树呀，怎么没有开花呢？”好奇的代军手指那一簇簇、一笼笼形态各异，高矮不一，只有枝叶、没有花朵的灌木丛，好奇地问爸爸。爸爸告诉了他：“它们都是开花的灌木丛，高的开杜鹃花，矮的开茶花，现在还不是开花的季节，它们都在夏天才开花。开花时，香溢十里、花朵硕大、颜色好看，很受人们喜爱。”

从山上下来，他们置身油菜花海。那金灿灿的油菜花，活像一张巨大的、黄绒绒的毛毯，一直铺向远际。当时，代军好激动好兴奋，他问爸爸：“这是啥子花，啥时候开，要开多长时间呢？”

爸爸告诉他：“这是油菜花，春天开，只开十多天，然后长出油菜籽角，角里面再生长出一粒一粒的油菜籽，油菜籽成熟了用来榨油，我们平时吃的菜油就是用这种菜籽榨出来的。”

父子俩漫步田间，深嗅着那熟悉、充盈的气味，只一刹那，昨日在记忆里生根发芽，他仿佛回到幼年的光景，追着蜜蜂，赶着青蛙，无所顾忌地在油菜花田里冲杀，毫不费力的眼神惊醒涂满颜料的油画，踉踉跄跄的脚印在田间地头肆意涂鸦。一瞬间，他被生气的小蜜蜂教训，又一瞬间，生机勃勃的土地绽放出美丽可爱的泪花。如流水的光阴，随日光在菜花田里游走。一转眼，那个以前喜欢露出白白胖胖乳牙的小男孩儿，那个喜欢玩青蛙蹦蹦跳跳的小男孩儿，长大了。

童颜不再，花香依旧。四十多年前，代军的爸爸妈妈很年轻，身板如橡树般挺拔。后来，爸爸妈妈以爱和血脉把儿子也浇灌成青年，期盼儿子长大成才。他们把年轻封存在老照片里，那些由黑白光影所编织出的花间腼腆，直到今天，依旧洋溢着微笑，如春风拂面。代军说，那个时候，空气里时常飞翔着油菜花特有的馥郁，跟爸爸妈妈身上散发的温和气息一样迷人。

40年后，团簇的花香里只剩下逆行的代军，或者说，其实代军就是那缕逆行的香气，由远及近，从懵懂走向清晰，在铺天盖地花花世界的繁华中，寻找着从前的简单和无忧无虑。这命运的画笔，这惊天地泣鬼神的辽阔，如绝美的油彩倾盆如瀑，将世间万物、将人的一生浇灌得如此灿烂，如此恢宏。

“我记忆犹新，父亲带我看菜花时也像个孩子似的，哼着小调，和我一起寻找大自然的奥秘。他的笑容，他的背影，他寻找蝴蝶的片刻，他仰望空中飞鸟的瞬息……我都记得。那个时候，我父亲也在开满油菜花、豌豆花和胡豆花的时间里逆行，表情同样是溪流边、堰塘里嬉戏的少年、青年小伙子。”代军边回忆边告诉作者。

那片燃烧的金黄，在时空交错光影重叠的罅隙里，呐喊着信天游般的爽朗，牵引着爸爸的从前，迎着暖阳，一步一步，从幼稚走到伟岸，走到老迈，再走到下一个油菜花盛开的春天。

在那些个年轻到发齁的岁月，放学归家的小代军，在花香里蹿累了，总会采撷一些多余的嫩茎，找一片毛芋头叶一裹，咚咚咚跑回家，交给妈妈，妈妈总会把这些野菜做成一道香味可口的绿色菜肴。那个时候，小代军的脸蛋白里透红，歪斜的帽檐和军绿色的书包上，挂着零星的花瓣。那个年代，小代军和爸爸都爱吃奶奶秘制的菜花尖腌菜，清香可口，唇齿生香，偶尔拢着新鲜的蜂蛹一起凉拌，色香味和营养俱全，满口留香，让人食指大动。那时的油菜花含蓄、淳朴，和栽种它的农民们一般实在，一枝一叶总关情。

郭代军说：“油菜花仿佛就是一条细带、一座桥梁，联结着朝花夕拾的岁月。”

他说，只要回归花田，抚摸着金灿灿的颜色，就会想起那次和父亲一起赏花时的脚步，就会一点点拾起天真无邪的笑容，拾起散落在花田和水溪、池塘边的故事，找回从前那个喜欢光着脚丫在阳光下做梦的孩子。

“那个孩子显然是我，那个孩子也可以说成是父亲。”代军说，当时父亲在油菜田里情不自禁地哼起了家乡的歌谣和他在部队时经常唱的军歌。浓浓的乡音，雄浑嘹亮的军歌，仿佛遥远边关吹来的风，带着泥土的芬芳。看到爸爸年轻时的照片，岁月的剪影在逆行的光芒中穿行，我看见他逆行的光阴，看见他的背影越走越小，后来蜕变成奶奶目光里最惹人疼爱的孩子，欢天喜地雀跃在回家的路上。回忆起父亲，代军充满深情。

家，就是爸爸妈妈和家人的诗和远方。

当时的路，长满了铺天盖地的油菜花。许多年以后，代军突然想起，在那片光阴故事里自由逆行的金黄，其实还有一个刚健与温柔并存的名字，就是“老兵”。代军和本书作者很感谢朋友们对他父亲的尊敬、爱戴。代军的父亲在解放军部队里是优秀士兵，很帅气，具有军人特有的血性和风骨，而且为人正直，忠厚诚实，低调行风，一生写满传奇。

代军的父亲在生命垂危之际，依然强打起精神，想离开病床到外面走走，他不为别的，只想在人生的最后时刻再次感受温暖的风，这温暖足够他逆行时光。那一刻，老人家多么激动！代军和家人、亲戚们多么感动！代军说，这些流淌的文字，恰似铺天盖地的花香，恰似朝花夕拾年代的父爱……

代军说：“父亲虽然走了，走到了‘阴国’的世界，但他诚实有信，为人谦和，以及他身上特有的军人骨气和血性，永远都在我心中有着深刻的记忆！”

励志篇

L I Z H I P I A N

十年寒窗苦读，一路梅花芬芳。读书是获取知识的渠道，是提高个人素养的“捷径”，更是静心养气的乐园。读书可以增长知识、提高素养、开阔眼界、丰富精神；读书可以使人不再愚昧，更可以使人内心充盈。常读书的人眼界开阔、视野高远；常读书的人心中少挂俗事，少有羁绊，阅读使他们平和。

腹有诗书气自华，正是读书赋予了这些人心灵深处的纯净和物我两忘的安宁，升华了他们的灵魂，饱满了他们的内心。

现代社会竞争日趋激烈，只有树立终身学习的观念，才能站得高看得远，才能振翅翱翔；只有终身学习的人才不会被这个时代抛下，落后于他人、落后于社会。

在新春读小学

1978 年 9 月，郭代军启蒙上学读书了。

学校叫新春小学，在他家所在的乌杨人民公社新春大队，现改名为乌杨镇文峰村。

教室非常简陋，没有正规的木制课桌，大队从各生产队抽调木工、石匠，从山上采来木石材料，做成石头课桌；没有凳子，学生从家里自带。

在那个“宁要社会主义的草，也不要资本主义的苗”年代，农村的孩子们一般都是七八岁启蒙上学读书，也有个别的过了十岁才上学，还有相当数量的家长不让孩子上学的。那时候小学生也不交学费。学校的老师很负责，如果哪个学生请假缺课，老师就要登门问责，做家长的思想工作，劝导家长让孩子及时回校上课。个别重男轻女的家长，受“无才便是德”封建思想影响，认为女孩子读书再多也要嫁人，读书是帮人家读，不如在家干活，就干脆不让女孩子上学。这些没有上学的女孩子一般都是放牛、割草、打猪草、带小孩、煮饭、料理家务等，再长大点就下地干活。

开学第一天，小代军就闹了个笑话。王老师教孩子们数数，学习拼音字母，写阿拉伯数字，开始几遍他都把“6”和“9”倒着写。老师手把手地教他，他很快纠正过来，写得工工整整，受到老师的表扬。

老师评价他读书有天赋，反应敏捷，理解能力强，也很勤奋、肯钻研，如果能坚持下去，是能够“读出来”，成为对国家有用之才的。

郭代军清楚地记得，进入二三年级时，课本上已经有毛主席语录、英雄事迹等内容。孩子们在接受文化教育的同时，也开始接受与那个时代同步的政治教育。学校要求学生德、智、体全面发展。“德”是排在第一位的。同时，也要进行一些力所能及的劳动，还要接受如助人为乐，同学间团结友爱等思想品德方面的教育培养。

劳动课和忆苦思甜等政治课内容，一般都是请村上勤俭持家和过去苦大仇深的老农民作忆苦思甜报告，讲共产党、毛主席如何领导贫苦人民翻身得解放，用活生生的、有血有肉的具体事实教育孩子们要珍惜来之不易的新社会生活，努力学习，防止资本主义复辟，防止人们再吃二遍苦，再受二茬罪。

当时，年级高一点的学长学姐们几乎是毛主席语录不离手，毛主席、共产党、解放军万岁不离口。学校大门和墙壁上毛主席语录无处不在。唱的歌是东方红、不忘阶级苦、社会主义好……老师、学生胸前佩戴毛主席像章，手拿毛主席语录本算是标配。

进入小学高年级，郭代军一如既往地每天按时到校，家中有什么事情也不缺课。他上课集中精力认真听讲，按时完成作业。由于学习自觉刻苦，遵守校纪校规，老师们都很器重他。每当老师把批改的作业发给学生时，都要把郭代军的作业本发给全班同学轮流传阅，表扬他作业认真，错误少，字迹写得好认又好看，号召同学们向他学习。同学们都以郭代军为榜样，郭代军在同学中的威信越来越高，每学期他都被评为“三好学生”。

1984 年春秋之交，郭代军在新春小学读完五年制的小学后，参加乌杨镇中学统一招生考试，以名列全校前茅的高分成绩被顺利录取。接到录取通知书，郭代军的爸爸妈妈和爷爷奶奶都高兴得合不拢嘴。亲戚们都登门祝贺。因为那个时候，如果连初中都考不上，就意味着将要当一辈子农民，一辈子面朝黄土背朝天，在田间辛苦劳作。

在乌杨读中学

进入中学，郭代军吃不起学校的伙食，便自带红苕、土豆、蔬菜和少许杂粮在学校搭伙。他学习十分努力，成绩一直冒尖，深得老师的欢心和同学们的羡慕。

那几年，无论是春寒料峭还是盛夏酷暑，学生啃书本、学知识的担子始终担在肩上。“一条扁担一身汗，踏泥双脚蓝布衫”，就是那个时候一个走路风尘仆仆的学生形象。带到学校的南瓜、红苕、萝卜等，是那个时候学生最常见的食材，至于玉米粉、大米等粮食，则是最稀罕不过的超级细粮。几年下来，每个学生的那个蒸萝卜红苕的小蔑篼，绝对不会弄错的，偶尔找不着了，宁愿置换一个新的，也不愿把旧的找回来。

现代科学研究说，红苕、萝卜、南瓜也是食品中最有营养价值的保健食品，可以减肥、降脂、预防高血压和癌症，二十世纪七八十年代社会几乎找不到患肥胖病和高血压、高血脂疾病的，可这种“健康”的日子，有谁愿意再过呢？再好吃的东西吃多了也会腻、也会厌烦，以致相当长的时间里，很多人一提“红苕”二字，胃里都直冒酸水。

衣被单薄，是同学们普遍犯难的问题。同学们夏天没有多余的衣服换洗，冬季没有秋衣秋裤，枕头是一块砖头或一节木块，床上铺垫的褥子是用一张草席替代的。数九寒冬实在太冷了，两个同学合睡相互抱脚取暖是常有的事，不足为奇。几个来自山区家境更困难的同学，常年就是一套衣服，冬天来了，夹袄里塞上棉花成了棉衣，天气变热了，取掉棉花又成了单衣，平时换洗都很困难。

有一年夏天放农忙假的头天夜里，同学们睡得很沉，一个小偷悄悄溜进宿舍，一下抱走了几个同学的裤子。那个时候丢失一条裤子，在经济上就是一项重大损失，而非常尴尬的是多数同学只有那么一条裤子，他们起不了床，出不了屋，连盗贼都没有办法追击，只能在被窝里厉声咒骂。

那时候，“艰苦奋斗艰苦朴素”是主旋律，穿着打扮越朴素越光荣，衣服上补丁压补丁不是丑事。说实在的，郭代军家里经济状况还算好的，父亲是缝纫师傅，供家里零花有保障，母亲年轻能干，勤俭持家，郭代军是独生儿子，自然是爸妈的掌上明珠，从小没有受到过多的苦和累。为了不让儿子睡光席子，妈妈专门为他准备了一条长秋裤。每学期爸爸早早为他准备好学杂费和零花钱，准备好新衣服，比起那些家庭人口多、劳动力少、年年欠工分的同学和学杂费靠借的同学，郭代军算是幸运的。

郭代军告诉作者，他能顺利读完中学，考进省城继续就读，多亏爸爸妈妈操心。他说：“常怀报恩之心，长念相助之人，是做人的基本品德。”我们应该做一个知恩图报，品德高尚的人，尽自己的努力，创造条件报答亲人、报答社会，报答一切帮助过自己、风雨同舟、患难与共的人，若还有余力，要找机会报效祖国。

在乌杨上中学的那几年，郭代军与同班同学彭宏成是好朋友。他们以心换心，以情换情，彼此真诚相待。他们上学一起去，回家一起走，上街肩并肩，学习、玩耍都在一块儿，形影不离；生活上，他们不分你我，从不计较，相互照应，哪怕是喝水，常常都是同饮一瓶，夏天吃冰棍，也是你吸一口，我舔一下。他们互相尊重彼此，结下了深厚的情谊，同学们说他两个“是城隍庙的鼓槌一对”。班主任罗卫平老师评价他们两个是班里的代表，“郭代军脑子好使，读书过目不忘，记忆力超群，平时没见他用心读书，但每次考试他的成绩不是班上第一至少也是第二。我教书几十年，就教出了他一个如此优秀，值得我骄傲的学生。彭宏成和郭代军不一样，他属于另类，成绩一般般，但脑瓜转得快，鬼点子多，做事麻利，为人耿直，讲义气，做好事、干坏事都有他。”

受当时社会上“读书无用论”的影响，郭代军慢慢变得有些让人恨铁不成钢：先是上课不专注、开小差、打瞌睡，继而是缺课、逃课，甚至策划同学之间打架斗殴……老师批评教育他，学生干部帮助他，他仍我行我素。学校老师使用激将法，想逼他回到正轨，多次对他“突然袭击”抽他回答问题，都没把他难倒，每次他都交了满意的答卷。老师十分头疼，说他是“两头冒尖的学生”——“学习难不倒他”“干坏事少不了他”。后来，郭代军受到了学校最严厉的处罚，被开除了学籍。

“开除学籍!”这下可把一家人急坏了，父亲郭仕川八方求人去学校说情，请求学校恢复儿子的学籍。经过好心人的撮合，学校总算放话了：“先旁听一段时间，再视情而定。”那些日子，父亲郭仕川一只手牵着郭代军，一只手握着一根黄荆树枝“押”他上学。

一天，父子俩快走到乌杨场镇了，见赶集的人越来越多，快行至名叫“石岩沟”的悬崖边时，郭代军不依了，生气地对父亲说：“你再这样对我，我就从这里跳下去，你我都省事!”这下可把爸爸吓坏了，爸爸“七哄八骗”，总算把儿子送到了学校大门口，眼看儿子进了校门、走过操场，自己才转身回家。然而，令父亲百思不得其解的是，当他回到家里，见儿子已经躺在一条长木凳子上呼呼地睡着了。郭仕川气不打一处来，妻子好言相劝，邻居也善意劝说，他扬起的木棍才放了下来。原来，郭代军从大门进入学校后并没有进教室，直接溜出后门回了家。

这一夜，郭代军的爸爸妈妈和爷爷奶奶都没有合眼。第二天，他们集体找郭代军谈话。知书达礼的爷爷说，“世界万般要做好，必须先读好书”“现在不读书，没有文化知识，将来哪有报效祖国、为人民服务的‘本钱’”。在军队熏陶多年的父亲郭仕川说："古话讲少壮不努力，老大徒伤悲。"一家人齐上阵，从各个角度开导郭代军。他们从过去讲到现在，从小道理讲到大道理，循循善诱，郭代军聆听着，时而低着头一言不发，时而又瞅上爷爷和爸爸一眼，一场"家庭会议"下来，郭代军仿佛明白了许多……

这场别开生面的家庭帮教会，让郭代军心灵深处受到强烈震撼！"请你们放心好了，我不是吃草长大的，我一定痛改前非，将来一定成为让你们骄傲的人。"他向爸爸、妈妈和爷爷、奶奶做了保证。

乌杨中学的郭荣武老师，与郭代军是同院的郭氏族人。郭老师找郭代军谈心时说："一个人在前进的路上跌倒了不要怕，爬起来再往前走就可以了。我们从出生到蹒跚学步，不知跌倒了多少次，才真正学会了走路。跌倒或许是人生的宝贵财富。珍惜跌倒的机会，也许会让自己收获几十倍的成长。"

郭代军没有因有过处罚而消沉，他鼓起勇气，一改昔日的恶习，卸掉思想包袱，更加坚持不懈地向前走，发奋读书，积极参加学校活动，用实际行动改变老师、同学和学校领导对自己的印象。

作者采访郭代军和彭宏成时，彭宏成毫无掩饰地"自曝隐私"，他说那个时候不懂事，家里也很困难，在学校一日三顿，不是红苕就是土豆，很羡慕那些经常吃大米饭吃肉的同学。他说："有一天中午开饭，我跑在最前面，端走了别人的一个扣碗（粉蒸肉），后来那个同学发现自己的肉没了，气得直跳，嘴里不停地咒骂。另一次，有个同学刚从家里背来十多斤大米放在寝室就进了教室，我就把大米拿出学校存放在一个老百姓家里，饿慌了就溜出去用那大米兑换馒头、米饭、肉包子等熟食，改善生活。"彭宏成还说，有一个盛夏的中午，他和代军利用午休到长江游泳。刚下水，老师就赶来了，罚他们两个和其他班里违规下长江游泳的几个同学一起在沙滩上站成一排，要求供出主谋。为了自身和代军能够免受处罚，彭宏成抢先举起右手，甩锅给另一个同学，一口咬定那个同学是主谋，那个同学还没有回过神，就挨了老师一记耳光。这些秘密，在代军和宏成心里"珍藏"了几十年，直到他俩回家乡忠县参加同学聚会时，彭宏成当众认错赔礼，真相才被揭开。

那个背黑锅的同学先是板着面孔，两道寒光射向彭宏成，马上他的脸色旧由阴转晴了，微笑而风趣地说："彭宏成彭大老板你好坏呀，原来弄我挨耳光、背黑锅的就是你啊！"他话锋一转，"同学一场，情深似海，事情已过几十年啰，老同学，放心吧，我不会往心里去的，你好生做生意，多赚些票子，回来招待我们这些还在乡下的同学们喝酒。"听完故事，满堂子老同学们捧腹大笑。

采访时，郭代军感悟颇深地讲，人有时总会害怕寂寞，我感谢一直陪伴我左左右右的同学和同事，有了他们在身边不会感到孤单，也不会因为向前走或是为后退而苦恼，这些人会拿出自己的意见供自己参考。

1988 年，郭代军以全校第一、全县前几名的好成绩，被四川省重点中等专业学校——成都航空建筑工程学校（现成都航空职业技术学院）录取，学习工业与民用建筑专业。这次郭代军可为乌杨镇中学长了脸、争了光，全校师生都以他为荣，为理想而读书的热潮空前高涨，学校风气随之焕然一新。送郭代军毕业的罗卫平老师至今仍把他当作学校的榜样，逢人便讲："我当了一辈子教师，能教出一个如此优秀的学生，我感到很荣幸，这一生值了！"郭家湾大院的乡亲父老们，也为郭氏家族后继有人而感到荣幸、感到骄傲。

郭代军是郭家湾大院自新中国成立以来到省城读书的第一个。消息传开，人们奔走相告，那些天，郭家湾可热闹啦，十里八乡赶来祝贺的送行的亲戚、同学、朋友络绎不绝，郭代军家门庭若市，比过年还热闹！

少年的艰辛，令郭代军对人生、对社会有了更多更深的认识，也成了他后来在建筑事业走向成功的法宝。

郭代军话锋一转，说："人通常是在积累到足以对抗任何问题时，才会爆发式成功。在成功之前，我们要做的就是专心致志地学习，不断地扩展自己的知识面，因此我们更应该感谢无私传授知识、耐心讲解道理的老师。不管是课堂上还是生活中的，只要是肯教导自己的，都应该铭记在心。一日为师，终身为父。"

郭代军的学习进入冲刺阶段的时候，爷爷患上了重症，直到实在支撑不下去了，父亲才赶到学校接他回家看望。郭代军和父亲郭仕川、叔叔郭仕省一起送爷爷到县人民医院住院治疗。医生告诉他们："老年人患的是不治之症，需要手术治疗。"

爷爷知道后并不紧张，但对做手术则断然拒绝。他说："人活百岁，终有一死。如果弄得你们倾家荡产来让我多活点时间，值得吗？还弄得你们'劳民伤财'，加重负担，再说我并不相信我得的是不治之症。"

为了治好爷爷的病，一家人可忙坏了，四处求医寻药，还悄悄上庙里烧香许愿。那段时间，郭代军每周六下午都回家陪伴爷爷，给爷爷端茶送水、洗脸擦汗、擦身子、喂饭喂药。一大家人折腾了几个月，却未见效果。刚强的爷爷苦苦强忍着、熬着。代军和爸爸妈妈还有叔叔、叔娘们只是背后偷偷落泪，无计可施。

又是一个星期六下午，放学了，郭代军一如往常离校往家走。一进屋，就看见仰卧在病床的爷爷额头上满是汗珠，他赶忙帮爷爷抹掉汗水。周末他也一如往常地侍奉在旁，不分白天黑夜，坚持守在爷爷身旁。他感觉到爷爷的身体已经很虚弱了，疼痛已经扩散到爷爷的全身。见孙儿不弃不离，一直守护着自己，刚毅的爷爷强忍着疼痛，装着笑脸，拉着代军的手吃力地说："军啊，我暂时不会有啥事，你要按时回学校，抓紧时间好好读书，考好毕业和升学两个考试，你考上理想如意的学校，爷爷就放心啰！"

可万万没有想到，爷爷的那些话竟成了他和孙儿代军最后的诀别。代军回到学校的第三天就接到了爷爷的报丧噩耗！他牢记爷爷的教诲，化悲痛为力量，努力学习，最后如愿考上了理想学校，用优异的成绩告慰了爷爷在天之灵！

在省城读建院

1988 年 8 月的一个上午，郭代军跟爸爸妈妈头顶烈日，在责任地里锄草，县邮政局驻镇投递员将成都航空建筑工程学校录取通知书送到他手中。

盼来了这份沉甸甸的录取通知书，郭代军激动不已！他咋能不激动？这是他多年苦读的最好见证。爸爸妈妈更是抑制不住内心的喜悦，热泪夺眶而出。

到了成都航空建筑工程学校，第一课是摸底考试，郭代军不太乐观。几天后，成绩公布，他在全班学生中成绩中等偏上。

面对摸底考试和新的学校、新的环境，郭代军对自己也有了新的认知——“山外有山，人外有人”。他说：“观世界才有世界；只有站得高，才能看得远。”各地优秀新生相聚，高手如云，只有摆正自己的位置，努力学习，奋力追赶，才能不断提高、不断前进，才能实现走出山区，改变命运的梦想！

星期天，他漫步操场，周围借山造景，一片翠绿。昂首观天，天边的红霞，黄昏的微风，头上飞过归巢的鸟儿，它们都是同学们的好友。校园外面有一大片油菜地，好似一片金色的海洋；花丛中有一条弯弯的小径，活像一条长龙直达遥远的雪山脚下。这里是同学们、校友们闲暇之余回归自然，寄心畅游，寻得豁然心境的绝美去处。

郭代军很珍惜学校的学习环境。他说一个人要学会珍惜，尤其是要珍惜已经拥有的一切，不要等其失去了再回头嗟叹、痛悔。

在他心里，三年的学习是一个循序渐进的过程，是一场“耐得住寂寞，抵得住诱惑”的攀登之旅。面对全新的学习内容，郭代军深切明白，一开始就要打好基础，制定出切实可行、行之有效的学习计划。除此之外，在课堂上要认真听老师讲解，跟上老师的进度，课下要认真完成作业，及时梳理知识，还要做好每个单元、每个阶段的复习，做好每道题及每个问题的查漏补缺，严防欠账，力争让自己的知识体系更完整、更全面。

除了“战术”上的认真对待，郭代军认为学习上更重要的原则是对自己有信心，以平常心看待成绩，只与自己比，发现问题及时解决，不要有太多压力。心态上相对轻松更容易获得成功。

四年里，他一如既往地潜心学习，到 1992 年 6 月毕业时，所有科目都拿到“优秀”，顺利毕业。这一年毕业生的分配政策是“双向选择”，即用人单位选择与学生自愿相结合。

郭代军以优异的成绩和亮眼的综合能力展现，成功与用人单位成都建工第一建筑工程有限公司签订了合同。

宝剑锋从磨砺出，梅花香自苦寒来。郭代军与知识单枪匹马地搏斗，没日没夜地挑灯夜读，他将在轮船、火车上冥思苦想的艰苦旅途和备考、实习阶段的艰难场景，都深深地刻在心底。艰难方显勇毅，磨砺始得玉成。郭代军下定决心：走上工作岗位以后，一定要珍惜来之不易的机会，为祖国的建筑事业贡献出自己的全部力量！

路在书上

周恩来总理教导我们：青少年当为中华之崛起而读书。对此，郭代军也有自己的看法：岁月不老，读书不止。他决心为实现伟大的中国梦而认真读书，努力充电，用毕生精力守护深爱的这片热土。正是青年时代的阅读让郭代军形成了自己做企业的理念：搞建筑、做商人须有几分侠气，凭本事做事，秉大义做人，做一个诚信忠义，心有大爱，有社会责任，敢于担当的企业家。

自 1992 年毕业走上工作岗位至今，郭代军始终坚持边工作边学习，用新的知识不断武装自己。他先后参加了中央党校培训班的学习，到四川大学工商管理学院读书两年，又到西南交通大学读书两年；2020、2021 年，他前往长江商学院学习了两年，毕业后的 2022 年又选择继续在长江商学院学习、充实自己。在学习中，他善于总结，坚持笔耕，本书特意拿出一部分篇幅，整理、收录了他的读书学习心得。

和郭代军的聪明过人相比，他的善于学习更加动人，他追求知识的毅力更无人能比。这方面，与他共过事的同行、朋友都有切身的感受。除此之外，作为一个年富力强的企业家，他倔强的个性更令四川省工商业联合会党组书记孙宁印象十分深刻。

从原成都军区空军飞行员转业到四川省工商联工作的孙宁书记回忆起当年往事，还对郭代军曾经与他一同在中央党校学习期间所发生的故事如数家珍。

那是2008年4月，时任四川弘盛达建筑公司总经理的郭代军，接到四川省工商联通知，进京参加中央党校短期培训，学习两周。这是中央例行计划的企业家培训班，来自祖国各地各条战线的企业家将汇聚一堂，听取党和国家领导人、中央党校及中央、国家各个行业专家教授们作报告，辅导讲座，总结过去的工作经验，制定新的工作计划，为今后的工作制定奋斗目标。

参加培训的企业家们，都想利用这个机会交流工作经验，了解友商情况，做好对接和协调工作。郭代军自然同样把这次培训当作向兄弟单位学习，加强沟通，加强团结、合作共赢的一次和谐的盛会。

他比规定时间提前一天到中央党校报到，住进会务组安排的宾馆。这是一家设备先进、服务一流的星级宾馆，郭代军生平头一回住这么高档的宾馆。步入大厅，见地上铺着五彩锦绣的羊绒毛毯，看看自己刚刚从工地上走来的朴素衣着，他有点儿左右为难。

会场上，郭代军作为最年轻的企业家受到人们的关注，不少人和他打招呼拉近距离，有人更是私下悄悄打听他与党校或北京方面的关系，试图弄明白他领导企业发展的诀窍。郭代军大惑不解：搞企业犯得着这么复杂吗？作为刚刚步入仕途的年轻人，郭代军实在太单纯太幼稚，尚不了解商场的复杂。

培训的第一课非常重要，是公司未来建设的纲领，参训人员都认真做笔记、标重点。郭代军全神贯注、专心致志，生怕漏记专家教授们报告的每一句话。可是他手上的笔却不怎么听使唤，常常记了上句忘了下句，急得他满头大汗。散会后，他回到卧室，见同住一室的那位大哥正在整理笔记，字字工整，行行清晰，心生羡慕，郭代军想借他的笔记本抄写一遍，不料那个人白了他一眼，没好气地说：“你不会自己记吗？”

郭代军有点脸红，不好意思地说：“我记得不全，赶不上领导和专家教授讲话的速度。”那个人有些阴阳怪气地嘀咕道：“啊！难怪的。”瞬间，郭代军血气上冲，感到心里阵阵难受，心想要是在别的地方遇到这种人，老子肯定与他翻脸。但此地此时此刻，不能啊！他忽然想到周总理的谆谆教诲：要努力学习，发奋工作，搞好团结。郭代军意识到：能来这里学习的人，都早已不是他昔日见的那些乡下人，都是堂堂正正的干部、领导，他不能损害故乡的形象。他咽下这口气，暗暗发誓，一定要加倍努力学习，做一个有文化，有修养的人，让那些小瞧别人的家伙看看，咱也不是只会吃干饭。

于是郭代军每天早上5：00起床，认真回顾头天的学习内容，预习当天将要学习的东西。每天集体学习、听课一结束，他就抓紧时间整理笔记，常常深夜12：00还不休息。两周时间，他整理了满满一大本笔记和学习心得。渐渐地他惊喜地发现，自己不但基本能跟上专家教授们讲课的速度记笔记，而且还能草拟学习体会文章了。

结束培训后回到成都，郭代军及时报名攻读大学本科函授。

功夫不负有心人，郭代军先后参加四川大学管理学专业函授本科、中央党校在职行政管理专业研究生等学习。经过三年多的艰苦学习，郭代军以全优的成绩顺利结业，先后拿到了本科、硕士研究生文凭。在四川大学、中央党校函授生毕业典礼上，他都作为代表，介绍自己的学习经验和心得体会。回顾艰辛的学习经历，郭代军心潮澎湃："今天我能够站在这个讲台上，心情十分激动。此时此刻，我想向为培养、教育我而付出辛勤劳动的各位老师和领导们表示我挚诚的感激之情。为此，我代表全体学员向老师和领导们深深地鞠上一躬！"

"在加快改革开放步伐的今天，如果不加强学习，很难跟上时代前进的步伐。而作为企业领导人，坚持在职学习，困难之大可想而知，加之自己原本第一学历只是一个中专，虽然后来通过函授自学获得硕士研究生文凭，毕竟基础不牢、功底不厚，要想完全攻下规定的所有课程，其过程多有艰辛，不过不管困难多么大、路途多么遥远，我都横下一条心，学书不成，誓不罢休！"郭代军的发言体现出了他惊人的毅力。

随着文化程度、管理能力、领导水平的逐步提高，郭代军从起初的施工员先后担任项目经理、分公司经理、总经理、集团董事长、四川省忠县商会（现为成都忠县商会）会长、四川省工商联（省商会）副主席、四川省政协委员等重要职务。虽然职务变了，肩上的担子重了，开会的时间多了，但他学习劲头丝毫未减，反而加大了学习力度。每天早、晚他都坚持抽出一小时读书看报，晚上中央电视台的新闻联播他雷打不动，每天必看。他坚持了解国家大事、世界形势，常常坚持学习至深夜。在家人眼里，郭代军简直就是个学习狂。妻子说，无论春夏秋冬，还是酷暑严寒，郭代军都像只贪婪的蜜蜂，抓住一切时间，如饥似渴地从书本、报纸、电视上吸取营养，他以十分惊人的毅力克服了自学中一个又一个困难，攻克了一道又一道难关。几年时间，他购买、订阅、收集了《行政管理学》《人事管理学》《政治管理学》《人才学》《领导艺术和方法》等涉及三十多门社会、自然、应用科学等方面的书籍一千余册，他通过学习，不断丰富和拓宽自己的视野。

除此之外，郭代军还坚持边读书、边思考、边写作，利用空余时间写出了学习心得、读书笔记和各种文件、演讲稿数十份。同事们都称赞他凡事不仅动口，还亲自动手，凡是文件、讲话稿等，只要有空，他都是亲自起草，不要工作人员代劳。他的上级领导和同行们无不为他坚持学习的顽强拼搏精神所感动，赞美他是一个自强不息的男子汉、好领导。他坚持学用结合，善于把所学的知识与工作实践相结合，由他撰写或与同事合作获奖的作品也有数篇。

中国特色社会主义现代化建设的伟大实践进一步激发了郭代军的理论意识，激活了他的政治热情，使他逐步从重经验、重感情的普通企业老板成长为一名善于理性思考、善于宏观把控，足智多谋，善于战略决策的杰出企业家。

众所周知，十余年前郭代军的企业还处在艰难的创业阶段。十余载寒暑过去，他带领着企业取得了辉煌的成就，企业规模、承建项目均与创业时不可同日而语。这固然是由于党的正确领导，社会主义制度的优越，改革开放政策的伟大，但郭代军的领导作用也是显而易见的，如果没有郭代军带头俯下身子，扎根基层，成长于实践，善于学习，善于将企业建设与中国特色社会主义现代化建设紧密联系，将员工的工作、生活与企业发展环环相扣，中诚投建工集团的几次转型岂会如此平稳而又迅速？从中诚投建工集团的迅速成长可以看出，郭代军董事长确实是一位难得的非常勤奋的领导。他勤于实践、勤于思考、勤于学习、勤于工作，用实际行动记录了中国特色社会主义建设中的光彩片段，无一不折射出时代的光彩。在这里，没有任何一份胶柱鼓瑟的报告，没有任何一份数字堆砌的总结，更没有平庸空泛的高谈阔论，所讨论的问题全是来自实践，所关注的热点都产生于生活。活生生的事例，超前的观点，实在的方略，灵活的对策，构成了中诚投建工集团灵动鲜活而又朴实无华的质感。企业的气质无疑是再一次的证明——郭代军的发展思路、工作方法是中诚投建工集团日益发展的动力源泉。

“不学诗，无以言；不学礼，无以立”“千教万教教人成真，千学万学学做真人”。郭代军长期坚持学习，勇于探讨，其勇气和信心来自对事业的无限忠诚，对祖国和人民高度的责任感。作者坚信随着时代的发展，实践的丰富，郭代军对事物的认识和处理问题的方法必然进一步深化、成熟，我们由衷地期待着他“百尺竿头，更上一层楼”。

郭代军在中央党校学习、深造期间，不仅受到党的最高学府的教育培养，而且受到党的主要领导人、中央党校校长胡锦涛及党和国家的其他领导人的亲切接见，亲耳聆听他们的教诲，与国家领导人一起讨论国家大事。这是郭代军人生中最幸福的时光，他亲身感受到党和国家领导人对企业家的亲切关怀和高度重视，深感自己肩上的担子更加沉重，暗下决心把自己的一生毫无保留地献给祖国和人民的事业，献给家乡和需要帮助的人们。在总结中央党校的学习收获以及党校教育的认识时，郭代军在学习心得中这样写道：

我虽然还不是中国共产党党员，也不是国家干部，但是也常参加各级党组织、各级政府组织的学习、培训、教育，这使我懂得了马克思主义的基本知识、基本理论、科学方法和科学精神，能够运用科学理论来指导实践、总结经验，把握规律，创新实践，使我该做的各项工作都取得了好的成绩，这与党的培养教育是分不开的。特别是今年组织上选派我到中央党校进修，我感到十分荣幸，心情十分激动。

中央党校作为中国共产党的最高学府，是我心中早就向往的地方。通过在党校的学习进修，我的党性修养、理论水平、知识能力、战略眼光等诸多方面都得到了极大的提高，更加坚定了我做一个彻底的唯物主义者的决心。通过学习研究，更进一步加深了我对马克思主义基本哲学观的理解；更进一步明确马列主义、毛泽东思想和邓小平理论的精髓；更进一步认识到实践是认识的基础，只有通过实践，才能主动地认识和改造客观世界，实践是理论的基础，是检验真理的唯一标准，从而更进一步树立了实践是第一性的观点，更加坚定了坚持马列主义、毛泽东思想、邓小平理论、“三个代表”重要思想和马克思主义中国化最新成果指导地位重要性的认识。

通过中央党校的学习深造，我在以下四个方面体会深刻：

第一，坚持在世界观上对辩证唯物主义和历史唯物主义的真理性和权威性有一个深刻的理解和把握，做到在任何时候、任何情况下都要坚信唯物主义不动摇。只有做一个彻底的唯物主义者的理论清醒了，政治上才能坚定。

第二，彻底的唯物主义者必须不断提高对时代发展的感悟力，及时准确地把握国际国内形势。深刻认识和准确把握时代发展的脉搏，有利于从时代发展大局和改革大局的联系中，新形势下我们所面临的各种矛盾和问题中，寻找解决的办法，以马克思主义的世界观和方法论作为指导，依据这个思想武器去观察世界，才能认清历史发展的大势，才能立足本职工作，放眼未来。

第三，只有把我们所做的具体工作放在发展社会主义市场经济的大背景下来思考和研究，才能看到时代的要求是什么，工作还存在哪些差距，然后有所创造，有所前进，跟上时代发展的步伐。做一个彻底的唯物主义者，必须要大力发扬“解放思想，实事求是”的精神。因此，处理好继承和创新的关系，在老老实实地继承优良传统的同时，不断适应新形势，不断开拓创新，提出新思路新办法。

第四，做一个彻底的唯物主义者，更多的因素还在于不断加强自身的党性修养和党性锻炼。只有不断加强党性修养和锻炼，坚持立党为公，把人民的利益放在第一位，把个人的得失置之度外，才能在任何情况下做到无私无畏，为人民利益坚持真理，修正错误，轻装上阵，继续前进。

通过对“五个当代”知识的学习，我比较全面系统地了解和掌握了当代世界政治、经济、军事、科技、文化、金融、贸易、司法、信息、民族和宗教等方面的基本格局、基本动态及中国的现状，深刻地感受到我们所从事的发展中国特色社会主义这一前所未有的全新事业的伟大，以及当代中国共产党人所肩负的历史使命之神圣。进一步认识到只要能够促进生产力的发展，符合“三个有利于”的基本原则，我们就要积极大胆地倡导，特别是要学习和吸收先进的科学技术和管理经验，闭关自守永远是阻碍发展进步的最大障碍；认识到只要我们中国共产党始终成为先进社会生产力的发展要求，中国就将永远立于不败之地。

通过对党建理论的学习和党性党风教育，进一步认识到了加强党的思想、作风、组织、纪律、制度和廉政建设，从严治党、强化党组织的纯洁性和共产党的先进性的重要性和紧迫性；更进一步认识到了共产党是以全心全意为人民服务为唯一宗旨，“先天下之忧而忧，后天下之乐而乐”是共产党人的品质。在革命战争年代，共产党员要自觉地做到“冲锋在前，退却在后”。今天，在全国人民致富的过程中，中国共产党党员依然要坚持“吃苦在前，享受在后”，用自己的才华和辛劳，为广大人民群众先富创造条件，甚至以自己暂时的“穷”，加快广大人民群众的“富”，这是共产党员的本色，是新形势下共产党员先锋模范作用的突出表现。作为中央党校的学员，始终把在党校的学习作为新的起点，在工作岗位上严格按照党章的规定来严格要求自己，严格按照毛泽东思想、邓小平理论和“三个代表”重要思想的要求来指导自己的思想和行为，严格按照新时期新任务新要求赋予的新的历史使命要求自己，努力用在党校所学习的丰富知识和科学理论指导工作实践，使之发挥出更大效能，为祖国的繁荣发展、和谐稳定作出自己应有的贡献。

近几年，郭代军通过系统学习中国特色社会主义理论体系，自觉地用科学发展观的理论来武装头脑，指导行动，推动工作。科学发展观是中国特色社会主义理论体系的最新成果。他说，在新世纪新时代新阶段，科学发展观是最具实践指导意义的科学理论，是我国经济社会发展的重要指导方针，是发展中国特色社会主义必须坚持和贯彻的重大战略思想。科学发展观，第一要务是发展，核心是以人为本，基本要求是全面协调可持续，根本方法是统筹兼顾。深入落实科学发展观，要求我们坚持“一个中心，两个基本点”的根本路线，要求我们积极构建社会主义和谐社会，要求我们继续解放思想，实事求是，坚持改革开放，要求我们切实加强和改进党的建设，这使我更加懂得要以科学发展观为思想武器，破除和转变各种不适应科学发展的思想观念和思维方式，把社会的发展积极性引导到科学发展观上来，高举中国特色社会主义伟大旗帜不断前进。

走上工作岗位二十余年来，郭代军一直坚持在职学习，先后参加地方院校、各级党校的学习，主要有以下几个方面的收获：

第一是增强了荣誉感和责任感。郭代军在地方院校学习主要是电大、函授学习、党校的培训进修，毕业证书上盖的是胡锦涛总书记兼中央党校校长时的印章。这使他非常感动，这种感动是荣誉伴随着责任。

第二个收获是实现理论武装、党性锻炼和知识能力三丰收。在各类学习特别是在中央党校所学到的东西，郭代军每时每刻都在用，成为他刻苦学习，善于思考，勤奋工作的基础和助推器。多年来，他在做调查研究，分析和判断问题的能力，受到了各级各界好评。中央党校对参加培训的各类学员都有严格的党性要求，有丰富的党性锻炼实践。这一点是中央党校对党员、对领导、对干部政治上的关爱，使他在走出中央党校大门的时候，对“入党为什么，掌权为什么，人生图什么”等方面有了一个准绳，脑子里有这根弦了。郭代军在企业的领导岗位上，位居要职，各种诱惑很多，如何把握得住，一个非常重要的原因，就是得益于党的教育，得益于党性的锻炼，得益于马克思主义理论的功底深厚，能对自己严格要求，能经受得住考验。

第三个收获是培养了严谨学风，这是最重要的收获。党校教育，强调严谨治学、理论联系实际的学风，强调既要认真读书，又不能死读书，还要认真攻读社会这本活书，用马克思主义基本理论回答社会现实问题。在中央党校学习期间养成的学风能够受益一辈子。有人说郭代军是儒商，有人说他是学习型的领导和学者风范的企业家。他主张企业人员，特别是机关工作人员和分公司、项目部管理人员，应该营造热爱学习的良好环境和氛围，还提出过一些学习思路和要求，凡是逢会他必讲学习。在他的脑海里，新世纪新时代新阶段不坚持学习绝对不行，不学习前面的路就像老鼠钻牛角越走越窄。

郭代军从学习中尝到了甜头，以至于成“瘾”。这种“瘾”是世界上最值得称道的习惯，它能使人心胸更加宽广开阔，眼光更加远大，老者返老还童，年轻人加速成长。知识就是力量，就像伟大的作家高尔基所说：“爱书吧，它是你的望远镜，它是你的朋友。”

要想自己的企业发展得好，永远立于不衰之地，唯有学习别人的先进经验。郭代军总感觉时间不够用，感觉自己需要的东西太多太多，要让公司再登高峰，让员工们提高待遇，唯有学习再学习。机关工作人员看到郭董事长每天一到办公室，不是批发文件、接待来访客人，就是读书看报，忙得不亦乐乎。备受郭董事长严谨学风深深感动的员工们，纷纷尽力把自己的工作做好，让董事长有更多的时间学习、思考。郭代军的女儿、儿子，经常看到爸爸书房的灯一直亮着，直到深夜，很受感动，对爸爸的敬爱之心油然而生。“我们一定要努力读书，用自己的优异成绩支持爸爸全副心思办企业，多为老百姓做好事。”姐弟俩如是说。

“每天晚上看完新闻联播后，如果没有非办不可的事情，就是集中精力学习，一般学习两三个小时。”郭代军坦言。

这么多年过去了，他热爱学习的精神一直鼓舞着公司员工和身边的朋友。员工们总结郭代军读书学习的经验是：不放过出差时间，随时带上书报，抓住零星时间阅读；坐车乘机，多默记；家中少闲谈，合理利用难得的时间；

深夜重效果，加倍利用集中的时间。没错，郭代军就是这样抓住一切能利用的时间读书学习。他是中诚投建工集团的骄傲，更是中诚投人的榜样。

读书，是郭代军生命中的一部分。他说：一个爱读书的人，必然有开阔的视野，有丰富的知识，有高远的志向；一个爱读书的人，必然知书达礼，颇有风度，充满力量。他还说：书山之高，学海之深，到图书馆一看就知道，人类的文明就这样耸立在你的面前。

一个国家的灵魂精神，在于文化，文化则来自读书。他号召员工们让读书成为伴侣，让读书成为习惯，在阅读中一起成长。

这些年，郭代军在繁忙、繁杂的工作中，千方百计挤时间坚持读书，坚持走向社会调查研究，坚持写作。他写的调查报告感情真挚，语言朴实，直抒胸臆，以心明志，呈现一种天然真实之美、文字之美，不加修饰，自然又纯真可亲。他的文章通过宁静恬适、自然的意境，朴实的文字，辞意畅达，匠心独运而通透自如，感性纯真，余味悠远，具有较强的感染力，细细品读，总觉唇角含香，余韵无穷。

大视野方有大作为　大格局方有大境界

“暮色苍茫看劲松，乱云飞渡仍从容。”毛主席的这句诗用在郭代军身上再贴切不过。从容，来自郭代军从创办企业之初就牢牢树立了“生于忧患，死于安乐”的思想根基。不搞金融业，不炒房地产，中诚投建工集团能够在成都、四川及西部地区站稳脚跟，走向全国，正是得益于20年来他率领员工们“对准一个突破口持续冲锋”的坚持，得益于他和企业领导班子居安思危，防患于未然的忧患意识。

从容，是因为心中有大格局。如果只是汲汲于蝇头小利，也许中诚投建工集团已经像与它同期的许多企业一样，被时代的浪潮无情地抛弃。

大浪淘沙，江河东流。中诚建投工集团之所以能一路前行，并能跑在四川建筑业的第一方队，一个重要原因就是郭代军始终秉执诚信做人，匠心做事，开放合作，宽容共存的经营理念。他说：“我们和对方有冲突，可以坐下来协商解决，但最终还是要一起为社会做贡献。为民众造福，是我们最大的社会责任。”郭代军这样胸怀人民大众的胸襟和格局，诠释了中诚投建工集团的长度、宽度、厚度和广度。

郭代军所展示出来的胸襟、视野和格局，为现代社会所提倡的企业家精神作了非常生动的诠释。他告诉我们，做企业唯有站得高，才能望得远；做企业与做人一样，生意背后，还有道义，“得道多助，失道寡助”。他还告诉我们，做企业，开放与合作应当提倡和鼓励，宽容与共存需要一以贯之……

有的人认为，世界就是自己，“圈子就是世界，有的人谋的是大众利益，求的是‘无我’世界”。郭代军无疑是后一类人中的优秀代表。正如人们对他的褒奖：“说话做事大气而有底气，大格局而又善于布局。”郭代军之所以被同行交口称赞，不仅在于他时常妙语连珠，更在于他对自我有清醒认识，对大事有准确判断，对狭隘有足够警惕，该干什么干什么，多为国家做贡献，哪怕是生产一个土豆也是贡献。中诚投建工集团因而能得其大，兼其小，乱云飞渡，不忘赶路，坚定从容地走向未来。郭代军的铮铮豪言壮语，让我们看到了一个优秀企业家能够给社会带来什么样的正能量。

疾风知劲草，板荡识诚臣。在当前复杂多变的国内国际经济环境中，郭代军和他领导的中诚投建工集团的所作所为，证明了他不愧为建筑业的中坚力量，中流砥柱。

不畏人生多艰辛　胸怀大志事竟成

——与郭代军谈读《曾经走过的那条路》而有感

跋涉步履，对于人生旅程，自己实在奢求太多。而真正铭记深刻者，无疑是“自古磨难出英雄，从来纨绔少伟男”，以及孟子之“天将降大任于斯人也，必先苦其心志，劳其筋骨，饿其体肤，空乏其身，行拂乱其所为，所以动心忍性，增益其所不能”，这几句圣贤之言几乎成为我一生之灯塔，一直不停息地照耀着我前行。

因此，在日常生活中，对各种励志之一切，自己兴趣多多、感喟多多，不乏“动心忍性”，去一探究竟，也能助自身之力，喁喁驱之。

“细读木子梧桐作品《曾经走过的那条路》，咀嚼再三，感觉很不错的，因自己二十世纪七十年代出生，对文章中的描写很能感同身受。那时每天早出晚归，来回跑十几公里，这样的描述和自己上小学初中时的经历如出一辙。”郭代军眼眸湿润，不断为文章中的素怡这个一心求学的孩子发出赞叹，好似曾经年少的自己复活于其中，再次迈出向新生活开拔的步伐。

不得不说，山里的孩子读书真不容易，我们生在大城市，各方面条件优越，没有这种经历。阅读下去，安静、胆小的女孩素怡，连微小的窸窸窣窣之声，甚至于树叶小小骚动，也会神经紧张，敏感到十分害怕。可她还是靠着果敢和毅力，在小学升初中的就学之路上，翻山越岭到另一个村庄，因此她的艰苦跋涉变得异常难以忍受，变得惊险刺激，她坚持在害怕与毅力的锻炼之中，在富有诗意般的求学路上，执着地将求学之路继续走下去。

素怡家住半山腰，天未放亮她就必须出门上路，而阴森森的羊肠小道，是必须迈过的坡坡坎坎。害怕是肯定的，小女孩嘛，男孩子也在所难免。可面对求学，她选择了坚持，她不停地动脑筋、想办法，用先睡后听、火把照明等各种方法，与黑暗和害怕为伍，与小孩子的调皮捣蛋抗争，在山的连绵、崎岖之路上攀爬。那条路何其艰难，难得不忍回想，但那小小的山村仍然用无限的魅力连着素怡的心。最终，这路在她脚下成为“洒在山道上的细碎回忆，弯眉浅笑，依然会温暖如初”。

读而思之，山里孩子读书的艰辛程度，真是令我们生活于平原之地，特别是如今生长在大城市的孩子们难以理解与接受。可认真读之，我们仍然要提醒跟前的孩子们“好好学习天天向上”，沿着希望的田野，恣意驰骋，翱空飞翔。

踏踏实实人生路，奔奔波波坎坷途。每一条路，都是艰辛伴随，与时间角逐。“读书是学习，使用是学习，而且是更重要的学习”。光阴流逝，持续向前，不以任何人的意志为转移——关于这一点，作家侯为标在其作品《在遗憾中前行，做更好的自己》中写道：“时光当为我们带来答案，去迎接挑战与机遇，向前！向前！”

掠眼而观，窗外喜色熹微。羊年逝去，猪年来临。说“再见”与聊“喜迎”，相伴偕行，惆怅与彷徨，欣喜与高兴，更是并驾齐驱。在新的一年里，不苛求硕果累累，只希望能够做更好的自己，免得来年又像今天一样患得患失，无法自洽，为生活点赞，为希望点赞！

“不畏人生艰辛，搏击空谷幽兰。”好啊！让我们撸起袖子，甩开膀子，与磨砺艰苦为伍，与晨风暮雨同行，不畏人生多艰辛，胸怀大志事竟成，男儿当自强，创造新辉煌。

宝塔山下话传统

“双手搂定宝塔山，千声万声呼唤你，母亲延安就在这里!”延安宝塔山的夜，金碧辉煌，光芒四射，激荡人心。

宝塔山、南泥湾、杨家岭、枣圆、王家坪……这些耳熟能详的地方，早已在人们心中烙下了深深的记忆。2019 年 10 月 19 日，中诚投建工集团 70 名高管、机关员工、部分项目负责人心怀感念，开启红色之旅，一起来到革命圣地延安，进行培育理想信念、传承红色精神的教育团建。

10 月 20 日一大早，大家早早起床前往延安革命历史纪念馆，听讲解员生动的讲解。一件件实物，一张张照片，一段段感人肺腑的故事，承载着毛主席等老一辈无产阶级革命家在艰苦岁月里为人民谋幸福、打江山，建立新中国的丰功伟绩和崇高伟大精神，震撼人心，发人深思，催人奋进。大家屏息凝神认真听，时不时地发出阵阵感叹。默默跟随着讲解员前行，大家一边拍照，一边感慨地说：“这何止是震撼、教育，这是对我们心灵的洗涤!”

上午 10：00 左右，大家又前往杨家岭革命旧址，刚一进大门，就被左手边一块菜地吸引，据说这块地是毛主席当年亲自种过的菜地。大家久久不能平静：毛主席当年在日理万机，工作繁重的情况下，仍不忘亲自种菜，这是一种什么精神和情怀?“自己动手、丰衣足食”这一伟大的理念，至今仍鼓舞着大家。此时，仿佛能看到主席伟岸挺拔的身躯，闻到主席亲手种植的西红柿、辣椒、土豆的清香。当大家看到狭窄的窑洞、简陋的办公条件、艰苦的生活环境时，想到老一辈革命家就是在这里指挥全国人民进行抗日战争、解放战争，不禁感慨：这小小的油灯下，竟然诞生了许多鸿篇巨制，竟然培育出伟大的延安精神，竟然谱写出可歌可泣、气壮山河的伟大历史辉煌!

伟人住过的窑洞，睡过的木床，坐过的椅子，用过的油灯……正是这一件件物品，承载了“星星之火，可以燎原”，谱写出“红米饭，南瓜汤”唱响大江南北，促使了“红星照耀中国”震惊世界。枣园一个个不眠之夜，传送着永不消失的红色电波，百万雄师，摆开灭敌战场。置身枣园，感悟革命先驱“谈笑间，樯橹灰飞烟灭”的从容、独特、卓越，他们的领导艺术以及科学思想、政治远见、革命实践所创造出的丰功伟业，令人崇敬。

南泥湾精神、实事求是精神、全心全意为人民服务精神、艰苦奋斗精神孕育出伟大的中华民族精神——延安精神——一个伟大的时代孕育出伟大精神，一个伟大精神造就伟大业绩。延安精神，是中国共产党人经过长期艰苦卓绝斗争与中国革命具体实践积累的产物，是中国人民团结一心，自强不息，打败强敌民族精神的具体体现。新的时期，我们需要铭记、传承，更需要发扬光大。

郭代军意味深长地说：“当年，延安大生产运动，把昔日人烟稀少、杂草丛生、野兽出没‘烂泥’变成‘陕北的好江南’。这是什么精神?这就是艰苦奋斗精神!如今，我们仍需这种精神，这是企业不断发展前进的法宝，我们必须永远传承与发扬。”

是啊!寻求红色的足迹，聆听伟人的声音，铭记伟大的精神。延水悠悠，千年不断，延安精神，永放光芒。有了这个法宝，人才会变得更加精神，事业才会更加发展，前景才会更加光明，民族才会更有希望。中诚投人寻求精神而来，强固理想信念而来，沿着伟大目标而来。

当夜，大家站在宝塔山上，眺望延安城的万家灯火，浮想翩翩，感慨万千，那星星点点，点点星星，正是宝塔山上的光芒，千秋万代，万代千秋!

泸定桥头忆红军

在中国共产党建党 100 周年的纪念活动中，中诚投建工集团党支部组织党员、入党积极分子共 18 人，于 2021 年 6 月 4 日、5 日两天，走上泸定桥，走进红军飞夺泸定桥纪念馆，缅怀红军烈士，学习红军精神，以激发昂扬奋进的斗志。

活动中，党支部书记汪建中带领大家走上泸定桥，抚摸着承载历史记忆的 13 根铁链，俯瞰脚下湍急的大渡河涌流，深刻感受 22 位红军勇士冒着敌人的枪林弹雨夺取泸定桥的伟大壮举。他们舍生忘死，爬着悬空的铁链，飞夺泸定桥的壮烈场景，仿佛再现在我们眼前；奔腾咆哮的大渡河水，仿佛在向人们讲述当年红军力排万难、英勇杀敌，夺取泸定桥的英雄事迹。

1935 年 5 月 25 日，红军在四川石棉县安顺场强渡大渡河后，要用仅有的几只小木船将几万名红军渡过河去，最快也要一个月的时间，然而国民党的追兵紧追不舍，形势十分严峻。情况紧急之下，5 月 26 日上午，毛泽东、周恩来、朱德等领导当即作出了夺取泸定桥的指令，部署由刘伯承、聂荣臻率领红一军团一师和陈赓、宋任穷领导的干部团为右路军，由中央纵队及一、三、五、九军团为左路军夹河而上攻取泸定桥。左路军王开湘（又名黄开湘）

团长、杨成武政委率领的红二师四团为前锋攻击前进。

5 月 28 日，红四团接到红一军团命令：“王开湘、杨成武：军委来电，限左路军于明日夺取泸定桥，你们要用最快的行军速度和坚决机动的手段，去完成这一光荣的任务。”接令后，红四团官兵们在天下大雨的情况下，在崎岖的山路上跑步前进，一昼夜奔袭竟达 240 里，于 5 月 29 日清晨 6 时许按时到达泸定桥西岸。

当时 100 余米长的泸定桥已被敌人拆去了 80 余米的桥板，并以机枪、炮兵各一个连在东桥头高地组成密集火力，严密地封锁着泸定桥桥面。中午，红四团在沙坝天主教堂召开全团干部会议，进行战前动员，由连长廖大珠、指导员（党支部书记）王海云率领 22 名战士组成的夺桥突击队。下午四时，勇士们冒着枪林弹雨，爬着光溜溜的铁索链向东桥头猛扑。当战士们爬到桥中间时，敌人在东桥头放起大火，妄图以烈火阻击红军夺桥。勇士们面对这突如其来的烈焰，高喊：“同志们，这是胜利的最后关头，鼓足勇气，冲过去!”廖大珠一跃而起踏上桥板，扑向东桥头，勇士们紧跟着也冲了上来，抽出马刀，与敌人展开白刃战。这时，政委杨成武率领队伍冲过东桥头，打退了敌人的反扑，占领了泸定桥头，迅速扑灭了桥头大火。

整个战斗仅用了两个小时，便奇绝惊险地飞夺了泸定桥，粉碎了蒋介石南追北堵欲借大渡河天险将红军变成第二个石达开的美梦。

泸定桥之战因此而成为中国共产党长征时期的重要里程碑，为实现具有重大历史意义的红一、二、四方面军会合，最后北上陕北结束长征奠定了坚实的基础，在中国革命史上写下了不朽的篇章，有“十三根铁链劈开了通往共和国之路”的壮美赞誉。

在红军飞夺泸定桥纪念馆内，大家怀着崇敬的心情参观珍贵的历史遗物和图片影像资料，详细了解红军飞夺泸定桥惊心动魄的过程。一幅幅逼真的画面，一幕幕感人的革命场景，深深感动着在场的每一位参观者。

传承红军精神　感恩党和人民

多年来，郭代军积极践行社会责任与担当，参与“万企帮万村”“万企兴万村”产业帮扶、消费扶贫、出资助学、抢险救灾、抗击疫情、灾后重建等社会公益事业。

2013 年 4 月 20 日，四川省芦山县发生 7.0 级强烈地震，郭代军立即带领救援队驰援灾区捐款捐物，抢救伤员。随后，组织施工队伍帮助灾区修建学校，千方百计让学生尽快返校学习。

2018 年至 2022 年，郭代军带领中诚投建工集团连续 3 年出资数百万元对口扶贫大凉山深处木里藏族自治县乔瓦镇锄头湾村，帮助全村 205 户贫困户全部脱贫。郭代军被评为“四川省‘万企帮万村’精准扶贫行动先进个人”。

2022 年 9 月 5 日，甘孜州泸定县发生 6.8 级地震，郭代军在第一时间捐款捐物共 500 万元。

……

不理解的人问：“郭总咋个老将大把大把的钱花在边远山区、穷山苦水的地方?”

“这些地区是当年红军长征走过的地方，是革命老区，交通不便，经济落后，我们应该发扬红军精神，有责任帮助他们走出贫困，过上好日子。”郭代军的回答掷地有声。

这些年，郭代军先后参观了“刘伯承与小叶丹彝海结盟”“红军抢渡大渡河”“红军飞夺泸定桥”等红色文化遗址。

彝海结盟，是红军长征途中的一段佳话。1935 年 5 月，红军渡过金沙江进入四川凉山彝族地区，受到不明真相的彝族群众和彝族部族武装的阻挡。红军严格执行党的民族纪律，绝不向受苦受难的彝族同胞开枪，彝族首领小叶丹深受感动。他亲自见到红军参谋长、红军北上先遣队司令员刘伯承后，对红军更是深怀敬意，提出要与刘伯承司令员按照彝族习俗歃血为盟，刘伯承欣然应允。5 月 22 日，在山清水秀的彝海边，刘伯承与小叶丹举行结盟仪式。刘伯承授予小叶丹“中国夷（彝）民红军沽鸡支队”的旗帜。小叶丹派向导为红军带路，让红军顺利走出凉山彝族地区，直达安顺场，为红军大部队顺利过境创造了条件。

汉源县位于四川省西南山区，大渡河中游两岸，为四川盆地与西藏高原之间的攀西河谷地带，历为通往康藏、宁属之咽。汉源县作为革命老区县，红色文化资源丰富，革命历史遗址遗迹众多。“太平天国”“红军长征”“大渡河突击支队”“农业学大寨”均发生在汉源县大树镇。

汉源文化人王洪明先生用三句话高度概括了汉源县的千年历史文化特色，那就是：“唐代古寺续古今，天国翼王兵折大树，工农红军三战汉源。”

大树镇中禹王宫曾囚石达开 5000 将士并加害于此。现存的大殿石墩，还在述说着那段悲壮的历史。大树新沟和河南等乡，多有红军长征时的石刻和标语流传至今。

我们知道，举世瞩目的红军二万五千里长征，实现了伟大的战略转移，中国革命从此步入坦途。红军长征在雅安地区的活动范围很大，中央红军从南到北途经石棉、汉源、荥经、天全、芦山、宝兴六县，红四方面军从北到南，又从南返北途经宝兴、芦山、天全、雅安、名山、荥经、汉源县，并进入邛崃、蒲江、大邑县境内。

红四方面军在汉源的邻县芦山建立了中共四川省委和四川省苏维埃政府，在汉源、天全、芦山、雅安、宝兴、荥经等县建立了县委和县、区、乡、村苏维埃政权，建立了农会、少先队、儿童团、妇女会等革命群众组织，扩大红军队伍，领导群众进行清匪、反霸、镇压反革命，打土豪、分浮财、分田地等一系列革命运动，沉重打击了国民党军阀的反动势力，动摇了地主阶级的封建统治，为后来的革命斗争打下了群众基础。

1935年6月中旬，中国工农红军一、四方面军会师后，党中央决定，兵分左右两路北上。张国焘拒不执行这一决定，于1935年9月中旬从阿坝地区擅自率领四方面军（包括一方面军的五、九军团）挥师南下。10月7日，张国焘发布《绥（靖）、崇（化）、丹（巴）、懋（功）战役计划》，并取得胜利后，随即向雅安地区继续南下。1935年10月20日，张国焘分裂党和红军，以“军委主席”名义发布了《天（全）、芦（山）、名（山）、雅（安）、邛（崃）、大（邑）战役计划》。这个战役计划提出：红四方面军在占领绥靖、崇化、丹巴、懋功之后，以主力乘胜迅猛向汉、天、芦、雅出动，彻底消灭杨森、刘文辉部。接着转向川西平原，迎击主要敌人刘湘、邓锡侯部，力图取得战斗胜利，占领大片肥沃土地，建立根据地，达到赤化全川的目的。

为达到这个目的，张国焘将南下兵力分为左、中、右三个纵队，向驻守在夹金山以南的雅安地区各县及邛崃、蒲江、大邑等县的川军进攻。红四方面军广大指战员在张国焘“打下成都吃大米”口号的鼓动下，士气很旺，斗志顽强。

进入雨城区的红军部队是从芦山方向来的。1935年11月2日至10日，红军先后向汉源县邻近的双河场、仁加坝、太平场、大川场、青龙场等地发起猛攻。

1935年11月9日，红三十军（军长程世才，政委李先念）八十八师师长熊厚发率部击溃川军二十一军刘湘部独立第二旅石照益所部占领芦山青龙场后，乘胜追击占领了雅安地区的部分县和乡镇；红九军二十五师师长韩东山率部于11月12日占领中里；红三十一军九十三师由政委叶成焕率领二七一团于 13 日占领雅安河北车站，进而迅速占领了姚桥、金鸡关，此时，雅安地区整个北部完全被红军控制。

整个战役历时 20 多天，歼敌一万五千多人，但红军伤亡近万人，虽取得一些战术上的胜利，但没有取得决定性的胜利。

红四方面军虽然是在张国焘错误的南下计划指引下进入雅安的，并停留了四个多月，但在这期间，广大红军指战员走遍了各区县的山山水水，他们一边打仗，一边做群众工作，通过宣传群众、组织群众、领导群众，建立了各级地方党委、苏维埃政府和群众组织，开展打土豪、分田地等一系列革命活动，在雅安市境内播下了革命的火种。

在汉源县的大渡河畔，郭代军一行受到了一堂生动的红色革命教育。

这些年来，郭代军牢记习主席“不忘初心、牢记使命”的教诲，在扶贫路上使劲出力。在大凉山深处、在雅安、在甘孜等地为老区人民服务。

再回到汉源红军纪念馆：1935 年 11 月，在芦山成立了中共四川省委，省委书记名字叫傅钟。在六个县成立了县委。

1936 年 1 月，在中共四川省委的领导下，在芦山成立了四川省苏维埃政府，主席熊国炳，省保卫局长李维海，粮食总局长何长工，政治部主任王建安。红军在雅安市共建有省苏 1 个，县苏 6 个，区苏 20 个，乡苏 78 个，村苏 324 个。

红军纪律严明、作战勇敢，对群众秋毫无犯，人民群众真心拥护红军，至今还流传着许多可歌可泣的故事。

《红军纪律歌》唱道：

红军纪律最严明，
行动听命令，
不得胡乱行。
打土豪要归公，
买卖要公平，

工农的东西，
不要拿分文。
说话要和气，
开口莫骂人，
工农红军亲密团结，
好像一家人。
出发与宿营，
样样要记清，
上门板、捆卧草、房子扫干净。
借物要归还，损坏要赔钱。

这就是后来的“三大纪律，八项注意”。

据记载，雅安县在上里、下里、八步、紫石、河北、陇西、七盘、凤鸣等8个乡镇共打土豪142户，没收粮食46万斤，猪100多头，腊肉六万斤，猪油六千多斤，衣物几百件，枪支、鸦片、银圆、铜圆、清油、土布若干。

至今上里镇流传的“石牛对石虎，银子万万五，谁要识得破，买下成都府”，很可能就是当时的发财人为了躲避红军搜查，把贵重物品埋藏隐匿在各处的传言。红军把这些财物全部分给了穷人，群众的思想觉悟很快有了提高，认识到要保住胜利的果实，必须壮大人民武装，扩大红军队伍。

上里乡庙下村妇女代表张树英，坚决要求参加红军，因身怀有孕行军不便，经再三劝说，张树英就动员二十岁的丈夫杨万昌参加了红军；六家村杨汉雄报名参军后，突然得病，不能随军打仗，他就亲自送刚结婚的妻子杨兴珍离开自己参加了红军。下里乡现三益村十队，三十多户人，参加红军的就有二十八户，出现了父送子、妻送夫、夫送妻、兄弟姐妹互送的感人情景。雅安县在中里区、河北区分别建立了两个独立营，后来在这两个营的基础上，县上组建了一个独立团，全县随红军长征的共670多人。

红军撤退后，上里乡六家村当年的儿童团长杨永才，父亲是苏维埃主席，还乡团把杨永才的母亲抓起来吊打，他三岁的小妹妹抱着母亲的脚哭着喊妈妈。站在一边的地主杨永中，恶狠狠地抓起他的妹妹，骂道："穷骨头想发财！"把他妹妹高高举起往地上一摔，这个无辜的小女孩被当场摔死。

在缅怀革命先烈的时候，我们发现当年红四方面军在组织、宣传、财经、后勤、医疗等方面的工作十分出色，有很多值得我们后人学习和借鉴的地方。

以宣传工作为例。红四方面军共有15个政治部负责宣传，代号分别为拨起、德诚、樟树、崇安、认真、楠木、汤木、紫光、潮山、扶炎、提高、红动、讯良、烈焰、总政。在雨城区境内被发现的红军石刻标语中，主要有德诚政治部、崇安政治部、认真政治部、紫光政治部。如中里镇有"日本占领汉阳兵工厂，汉口飞机场和上海闸北，日军杀向长江流域，赶快起来自卫救国"（认真政治部）；上里镇有"万万火急，蒋介石和日本订立密约要出卖全中国"（认真政治部）；还有"打倒追捐逼款的刘文辉""赤化全川"。

不仅番号多，而且宣传对象分得很细，他们把对群众、对敌军宣传的标语口号分成：基本的，反对刘文辉的，反对中央军的，发动群众斗争的，关于革命委员会的，关于红军主张的，动员群众加入红军拥护红军的，对川军士兵的，对中央军士兵的，对彝、藏、回、苗等少数民族的——共十大类，九十三条，发至全军宣传人员和地方工作人员，以便在向不同对象开展宣传工作时有所遵循。

宣传使用的载体也很多，一般的，他们把标语口号用墨、红油漆写在各家各户的墙上，或写在路边、沟边、河边的大石包上，或张贴一些事先印好的布告、传单等。有时，他们还请木工刨平一些小木板，或砍些竹子划成竹片，在上面写上标语口号，然后把这些木板、竹片一背一背地运到河边，倒在河里，让河水把它冲到国民党辖区去，被人拾得，看了就会一传十、十传百，很快会起到宣传作用。群众称之为"水电报"。

红军宣传员和地方工作人员还为农村青少年举办夜校或俱乐部，教他们读书识字，唱歌、跳舞，深受农村青少年喜爱，成为团结教育青少年的好地方，好课堂，好学校。

进到汉源大树红军广场，大家被带进了红军岁月。大树，汉源县大树镇，以前叫大树堡，因街口有大树而得名。

1935 年 5 月，中国工农红军第一方面军一军团二师五团和军团侦察连由参谋长左权带领抵达大树，佯攻富林，牵制敌人，掩护主力在上游安顺场强渡大渡河成功。

几十年来，红军在大树播下的革命火种深深地影响和鼓舞着一代又一代的大树人。为更好地继承红军传统、发扬红军精神，近年来，人们在汉源湖畔大树镇月亮湾当年红军战斗过的地方建起了一座红军广场，那构思精致内涵深刻的红军广场标志、军号雕塑、火把雕塑、红军文化墙，把来这里缅怀红军先烈的人们带进那段光荣的红军岁月。

2019 年新中国成立 70 周年之际，汉源县老促会、县文联、县作家协会、县委党研室联合举办了“探源茶马古道、重走红军之路、感受山乡巨变、抒发爱国情怀”采风活动。

这里简单摘录几段，以飨读者：距离汉源县城 70 多公里的三交乡境内的桌子山下有片上千亩的红军花，一大片殷红色的花如盘状围茎簇拥，从下往上要开出好几层，三五株为一束，七八株为一丛，将大地染成一床红绿的大地毯，直叫人震撼不已。

在向导的带领下，我们经过两个多小时的跋涉，来到海拔 2800 多米的桌子山，一大片一大片的红军花正芬芳盛开，那如潮的红色花海蔓延无际，震撼着我们的心灵。来到桌子山下，一个几亩大的水池如同一片明镜，倒映周围的一切。在听说如此美丽的瑶池至今还没有属于一个自己的名字，于是作者暂且叫她“未了湖”。

在湖的周围，有许多的牛和马，很少与动物打交道的我总是有一种戒备的心理，但看得出它们的确与向导们非常熟悉。周围的景越来越漂亮了，在乔木与灌木同生的地方，乔木或直视天空，高大挺拔，或造型独特，横卧有姿，谦让有礼，将个性表现得淋漓尽致；灌木则几束为一丛，像人工造就的样式各异的盆景，行走其间，就仿佛漫步在一个幽深的林园，各种各样的野花，造型各异的古树，幽静的小路，你觉得这一切都是为你的到来而布景。在与树木和藤蔓的拉扯中，我们走进一个宽大的平原。

再看一篇题为《别着急一切都还来得及》的文章：

又到了阳春三月，花红柳绿的时节，万物复苏，大地一片生机勃勃的景象。三月的温和透着别样的亲切，几分腼腆、几分矜持、几分神秘。三月也是踏青的好时节，要说踏青哪里好，首选大美汉源妙。

他们这里以山地为主，冬暖夏凉，四季分明。汉源日照充足，因此被称为“阳光汉源城”。这里共有 25 个民族，这里出名的农作物有“汉源贡椒”“汉源黄果柑”“汉源樱桃”等。

在汉源境内有很多值得看的风景，甚至可以毫不夸张地说，整个汉源县就是一个大景区。汉源现在所处的位置以前是荒山，因为 2008 年的地震，当时老县城的房子很多都成了危房。所以，汉源县城改建在一个山坡上，其实，汉源人民忘不了湖北人民的支援，这里很多建筑都是湖北人民援建的，因为当时湖北对口援建汉源。

经过地震之后的重建，县城变得更加漂亮，不足之处就是少了以前那种韵味。但汉源一直在勤奋，勤奋将这里打造成一个康养圣地。从一开始就注重绿化，2016 年被命名为“四川省绿化模范县”，汉源以“绿水青山就是金山银山”为重要的发展理念为指导，2019 年汉源县荣获“全国绿化模范单位”的称号。

来这里游玩绝对是不二之选，刚下汉源高速映入眼帘的是很多花，这些花都有人管理，极具观赏价值。其次就是汉源湖，这个湖是西南地区最大的人工湖。“高峡出平湖，碧水照苍山”讲的就是汉源湖。

沿环湖路驶过，将车停放路边到达湖边。可以更清楚地看到汉源湖，汉源湖虽然不像大海那样波涛汹涌，但它的湖水很清。还能看到赛艇在湖面训练，几十支不同地方的赛艇来此地训练，俨然给汉源湖增加了一抹亮色，也带来了乐趣。沿汉源湖边行走，你会看见许多人在此地垂钓，他们会很热情地和你打招呼。

你也可以坐船去追寻更好的体验，在上面不会显得颠簸而是很平稳，还有清爽的风迎面扑来，你会看到汉源湖的壮阔和宁静，当然大家也可以去体验一些水上项目。来到汉源你会感觉很放松，因为这里生活的节奏都不是很快，空气也清新，民风很淳朴。

当然，来到汉源大家都应该感受一下这里独有的梯步，这里有非常多的梯步，不仅可以打发时间还能锻炼身体。这里的梯步都有共同的特点，就是两旁都有鲜花和树木，在路上走着，听着鸟儿歌唱，甚是舒心。

都说汉源适合养老，其实一点也不假。在你走累之后，你会发现这里的公园非常多，说实在的，到目前为止，作者还没发现哪个县有这么多公园。

这些公园的特点都各不相同，但绿化都非常好，不容错过的就是鱼公园，在这里你会看到锦鲤和各种树木，虽然它不是很大但很精致。在它附近是人民公园，也称牛公园，也不容错过。你会发现有很多可爱的人在这里活动。

在汉源最值得一看的是“山顶千亩红军花海”。还未穿出林子，就看见向导已经在一个宽大的平地上燃起好大一堆烟火，来到篝火旁，眼前千亩开阔地就如传说中的平原，纵横地开阔而去，要不是中间的杂树点缀，四周的绿树作屏障，真可以用一望无垠来形容了，还未来得及欣赏眼前的美景。

“快看，牛马过来了！”不知是谁喊了一声。

我抬眼向前一看，几十匹马正向这边奔跑过来，这是我从未见过的群马奔腾图。不一会儿，牛群也跟了过来，悠闲漫步在大家的周围，看到这样的美景，讲解员小微美女主动当起模特，来一组外拍。有人为美女准备了一张坐地时用的厚皮纸，好让美女摆上一个满意的姿势。

眼前的景色总不断让我们兴奋和喜悦，有时，我觉得用文字和相机都无法表达那一份美，那片足够让视野宽阔的红军花铺成，远远近近地让一棵或是几棵丛树深远了进去，变换着不同的景深，那红并非一片一片的红，也非仪仗队似的排列整齐有序，那样的红与绿、花与树的辉映与蔓延之中，总是营造着一种幽静与烂漫的意境。

大家更关注的是诗画一体的胜景。这里的一切，总是让人体验着一种美不胜收的收获，无论是静态的花与树的幽静，还是漫无边际的烂漫，内心总是充满一份宁静。偶尔，几头嬉闹的牛满场子的追逐打闹，让你不知道发生了什么，前面的拼命奔跑，后面的奋力追逐，这里没有赛道，只有花的广场。这时你才想起，这不但是它们赖以生存的天然食场，更是它们的集会场所。

在这宽阔的绿色为底、红色为图案的地毯上，你可以欣赏成群的牛马低头闲适地吃草，或是安详地站着，随意地走动；你可羡慕牛犊无忧地吸奶、依偎和厮磨，也可看到他们无争的休息，或许还能看到动物们的打情骂俏。偶尔一声马的鸣嘶，打破了这里的宁静，甩甩它漂亮的鬃尾，又恢复了平静。

在静美中多了动态，在动变中增加了声音的乐曲，这一份立体的诗情画意只有亲临现场的人才能用眼用心用情感受。如果用文字或是画面，是不能尽情传递的。

端上一杯美酒，唱几句山歌，此情此景、此时此地，那天空和心灵都是一种穿透的明亮，那心是一种宽广、豁达和惬意。虽然今天没有碰上蓝天和白云，不过讲解员却一路上给大家讲了不少汉源的风土人情。

都快回到县城了，讲解员大声问人们："你们知道什么叫红军花吗？"红军花，当地老乡叫水芹子花，英国人威尔逊发现时称报春花，在飞越岭和桌子山有很多。飞越岭下原是一片三四千亩的荞麦地，周围是森林，很少长这种花，很早以前，只有零星的芍药在初夏开花。1935 年 5 月，由左权率领的红军一、三军团，从化林坪（原属汉源县所辖）冲上飞越岭垭口，与国民党二十四军袁国瑞旅交战，全歼敌军，数百个国民党军被打死在荞麦地里，红军也牺牲 30 多人。当时无人收尸安葬，臭得难闻，农民从此弃耕荞麦地，以后因土质气候适宜，荞麦地便逐步长成这片花海。也许是"草木有情"，还是因为在红军路过后才长出的花，又恰在红军打仗时的 5 月芬芳盛开，花形下小、上大、顶平，活像一个"军"字，花色和血色一样殷红，看到这花就想到红军，后来人们就都叫她"红军花"。

后来刘伯承将军在他的回忆录中写道："红军飞渡大渡河后，在汉源打了一仗，击溃四川军阀 4 个团，经天全、芦山、宝兴翻越夹金山。"红军在汉源这一仗是抢渡大渡河后到翻越夹金山之间最大的也是关键性的一仗，有力地牵制了敌军，掩护了主力部队顺利向宝兴方向前进。

看着漫山遍野的株株秀丽的红色花朵，郭代军抒发内心的感慨，他说：“红军花总是那样的高雅艳丽，她的花期每年从 4 月要开到 8 月，我的内心多了一份崇敬与缅怀，我心中最美丽的红军花啊，英雄的红军花!”

我们来到雨城雅安，沿茶马古道，去探访宜东苏维埃政权遗址、李家祠堂、姜家祠堂、古茶店等，沿途亲身体验茶马古道背夫生活，感受红军不惧艰苦的无畏精神。

所到之处，带队老师还为大家讲解红军长征途经的情况和汉源历史、汉源产业发展情况等以及红军怎样佯攻富林，掩护主力强渡大渡河、激战飞越岭和三牙关、鏖战清溪城、红军在宜东镇建立苏维埃政权的红色历史。

其实，郭代军早在成都读书时，就利用假期专程前往延安、南昌、井冈山、遵义等红色革命根据地和历史遗址，追寻“红军梦想”。

郭代军说：“红军长征的意义是伟大的，如同伟大领袖毛主席所言，‘长征是宣言书，长征是宣传队，长征是播种机’。长征精神集中体现了党和红军的优良传统和作风。继承和发扬中华民族的传统美德，是中国共产党人世界观、人生观、价值观的全面展示，是中华民族宝贵的精神财富。今天，我们要弘扬红军精神‘长征魂’，发扬红军把全国人民和中华民族的根本利益看得高于一切，始终怀着坚定的革命理想和信念，坚定正义事业必然胜利的精神。”

历史的红色旅程结束了，未来的红色征程刚刚开始，革命先烈用血肉和气魄树起了一座万世瞩目的丰碑，红军的奋斗精神将靠我们后辈去延续，我们要用红军长征精神去走好今天的新长征路。坚持把人民放在心中最高位置，坚持一切为了人民，一切依靠人民，为人民过上更加美好生活而矢志奋斗。

最后，郭代军要求中诚投全体员工，当前要认真学习党的二十大会议精神，按照党的二十大报告部署，增强“四个意识”，坚定“四个自信”，做到

“两个维护”，坚定不移推进中华民族伟大复兴历史进程。面对当前改革和发展中的种种矛盾和问题、困难和压力，我们要敢于迎接各种挑战，勇于创新，勇于拼搏，为实现党的第二个百年奋斗目标，实现中华民族伟大复兴而贡献自己的智慧和力量。

奋斗篇

FENDOUPIAN

从业廿余年来，郭代军不忘初心、牢记使命，以求真务实的态度，对事业极端负责。

西部大开发的浪潮中千帆竞发，百舸争流。他驾驶着中诚投建工集团这艘崭新的航母，乘风破浪，善出奇招，勇于拼搏，在辽阔的商海驰骋，战胜了一个又一个惊涛骇浪，取得了一个又一个辉煌战绩。如今郭代军率领中诚投接着埋头赶路，奔赴生命中和事业里的千山万水。

这位勇敢的船长坚定地冲进暴风骤雨里：他勇敢地直面塌方、泥石流这些随时可能拜访的突发情况，将它们一一安抚、接待好。他气定神闲地与困难危险和平共处，保持着良好的心态，持续奋勇向前。

心若在　梦就在

每个人的生命都是一条路，但只有用智慧和汗水灌溉的路，才能流光溢彩；只有攀峻岭，跨险滩，涉急流，路才能不断向前延伸。

——题记

2012 年 5 月的一个下午，艳阳高照，碧空如洗。作者与郭代军摆了半天龙门阵。郭代军精明、豁达，有商人的机敏、学者的儒雅。这位成功的青年企业家精神焕发，明亮的眸子透出智慧的火花，言谈举止和蔼可亲，平易近人。

作者从他那坦诚、直爽的话语中体味着一个精力充沛、对人生执着追求的开拓型企业家的精神风貌。提起人生岁月、艰辛的创业、成功的喜悦和企业的发展历程，郭代军感慨万千。他说："这些年的艰辛，堪称一个传奇。"话语温和委婉，眸子里透着一股豪气。

两头冒尖的高才生

古往今来，长江沿岸绵延不绝的大山阻断了这里农村少年眺望远方的视野。

20世纪70年代初，郭代军出生在重庆市忠县长江南岸乌杨镇文峰村郭家湾一个贫寒家庭。他的父亲郭仕川只粗通文墨，妈妈文佑芳是个老实巴交的农村妇女，爸爸当了8年兵退伍还乡后，县上几次招工、招干，最终都名落孙山，无奈之下只好外出干起了缝纫手艺。郭代军一家人靠父亲挣得的微薄收入艰难度日，经济上常常捉襟见肘。

青少年时期的郭代军生活十分艰辛。为了减轻父母负担，懂事的郭代军时常跟随院里的哥哥姐姐们上山打猪草、拾柴火、学做家务活，很受邻里夸赞。

上学后，郭代军坚持每天步行一个多小时上学读书，很少有父母接送，从不无故缺课。

进入中学，郭代军吃不起学校的伙食，他自带红苕、土豆、蔬菜和少许杂粮在学校搭伙。他学习努力，成绩一直很好，深得老师的喜欢和同学们的羡慕。

可是，如此优秀的郭代军也曾被开除过学籍：那时他不知怎的开始上课开小差，打瞌睡，继而逃课、缺课，甚至于策划起同学间的打架斗殴……

“开除学籍”，这下可把一家人气坏了，父亲郭仕川八方求人。

与郭代军家同住郭家湾大院又在郭代军所在学校任教的郭荣武老师，对此看在眼里，痛在心里，便主动找罗卫平老师了解情况，查找郭代军的“病因”，知道郭代军是家中独子。爷爷、奶奶对他特别溺爱，凡事处处护着他。爸爸长期在外打工，无法管他；妈妈心地善良，爱子心切，没啥管教，放任自流……这些都使他从小养成了爱听表扬，厌恶批评这一较为古怪的性格。

病因切准了，药方这样开：班主任、郭老师、家长三管齐下密切配合，做郭代军思想转变工作，他们既有爱心、耐心和关心，还有反复抓、抓反复的恒心。

功夫不负有心人，功到自然成。耐心细致的思想政治工作，使郭代军心灵深处受到强烈震撼！打这以后，郭代军革新洗面，痛改前非，从头再来，一改昔日的恶习，奋发学习。1988 年，他以全年级第一名、全县前几名的优异成绩，被省城一所重点院校录取，学习工业与民用建筑专业，轰动了全校，乃至整个郭家湾。

少年的艰辛，令郭代军对社会有了更多更深的认识，也成为他后来在建筑行业成功的法宝。

历经风雨终见彩虹

1992 年，郭代军在成都航空建筑工程学校毕业后，被分配到成都建工第一建筑工程有限公司。公司安排他当工长，不久又当了责任工长。郭代军满怀强烈的事业心和高度的责任感，决心扎根成都一建走好人生路，为公司的发展壮大贡献聪明才智。无论领导叫他干啥，他都欣然受命，从不讲条件。工作中他积极主动，踏实肯干，坚持每天与工人一起吃住在工地，晴天一身汗，雨天一身泥。他狠抓班组内部管理，完善各项规章制度，以优质工程为宗旨，努力实践“团结、奉献、求实、进取”的企业精神，各项工作都干得很出色。他善于动脑，注重文明施工，狠抓安全隐患，两次将事故苗头消灭在萌芽状态，多次帮助公司攻克了施工中的技术难题。他用事实赢得了公司领导和职工的认可。连续五年，他被评为先进。

郭代军常说：“在生命长河中，人生的价值在于不断地追求，孜孜不倦，奋斗不息，用最大的热情和向往谱写人生的人，如同夜空璀璨的星辰，照亮了自身，也感召了他人。”正当郭代军事业红火时，一次同学聚会使他的思想发生了根本性的转变。他看到同学们个个事业有成，感触颇深，“我应当向他们学习”“在公司干不如自己干”。

郭代军反复思虑，权衡了国营和民营的利弊，最终于 1997 年辞去公职，发展民营企业。对此，父母和亲朋好友都难以接受，有的对他表示惋惜，有的还埋怨他自找苦吃。

郭代军对建筑领域十八般武艺得心应手，什么经营管理、工程预算、现场施工，都游刃有余。

开始，郭代军拉上几个同学、朋友，搭起了一个暂时还没有名字的公司就干开了。他们采用小商小贩的劳作方式，员工们每天分头跑机关、学校、企业、街道收集信息、联系业务。连续几天，员工们骑着自行车追星赶月，几乎跑遍了成都市几个主城区，想尽千方百计，说尽千言万语，吃尽千辛万苦，却一无所获，一丁点业务也没找到，员工们有些气馁。但郭代军依然志向不改，斗志不衰。他鼓励大家："万事开头难，不管前面的路多么坎坷，我们一定会风雨过后见到彩虹。"话是这么说，其实他心里也没底。后来在朋友的帮助下，公司接到了几个家装小工程，但也只能暂时勉强维持生计。

"公司该往何处踏足？前面的路又能走多远？"郭代军陷入了沉思。

一番思考后，郭代军开始做员工的思想工作："苦难并不可怕，可怕的是你不能认识到苦难本身蕴涵着无尽的契机。人生好比一道数学题，如果你认为它是一道减法题，那么，答案很明确，它将减去你所有的一切，包括生命。如果你认为它是一道加法题，那么，演算的结果就是一个无穷数。""在改革开放的浪潮中，竞争是激烈的、残酷的。我们的困难也是暂时的，光明就在前头。我们应当放下包袱，挺起胸膛，昂首前行，去拥抱美好的明天。"郭代军一席话，让员工们疑虑顿消。

凡是接触过郭代军的人，都说他为人低调，这话一点不假。

他说："做人先做事，是我职业人生的信条；自强不息，是我战胜挫折的法宝；认真负责，是我自信的源泉；严于律己，宽以待人，是我团结合作的原则；洞察入微，是我发现问题的本领；不断否决，是我创新的魅力。"郭代军正是以自己的人格魅力，赢得了员工们的信任，赢得了领导和群众的支持，更赢得了公司的发展。

世纪之交，成都市政府掀起了旧城改造的浪潮。郭代军带领他的团队勇敢地投入到这场轰轰烈烈的浪潮中，相继拿到了中国西部化工市场、成都新桥商住楼等几个较大工程的承建合同，总造价 3000 多万。几个工程的相继交付，使公司转危为安，并开始有了积累，员工们看到了曙光，思想稳定了下来。

2004年，郭代军成立了四川弘盛达建筑工程有限公司，同时与湖南省第一工程公司合作，成立了四川分公司，两个公司分别由他担任董事长、总经理。时来运转，郭代军的公司刚成立就一炮打响，中标修建了当时成都市少有的一个单体工程时代印象，建筑面积9万多平方米，造价一个多亿。

“修行无人见，诚心有天知。”郭代军和他的员工们付出了真诚和辛劳，同时也得到了信任和敬重。随后的三四年，郭代军领导的公司如日中天，工程越做越多、越做越大，有时多达五十个工地同时施工，年均工程总造价30亿以上。主要业绩有：荆竹小区、原成都军区总医院传染病大楼、龙瑞花园、龙泉驿航校新区、西林新区、西山新区、都江堰蒲阳居民新区等。他狠抓安全防事故，坚持文明施工，所做工程大多被评为省、市标化工程。他和员工们一起奋发努力，不断创新，把企业成功带入了成都市建筑领域的领军方阵。

2010年3月，为了进一步适应建筑事业飞速发展的需要，拓展公司的业务，增强公司的实力，郭代军又组建了成都忠盛投资有限公司，意在积极投身于房产、地产、矿产、BT项目投资，公司以“服务社会，创造未来”为宗旨，竭诚为广大民众多服务，服好务。

视工程质量为生命

一天正午时分，某省道施工现场，一场铺摊沥青混凝土路面的歼灭战正在紧张进行。突然，一个斩钉截铁的声音传来：“这段路必须返工重来。”说话如此果断的人，不是监理，不是业主，而是施工单位——四川弘盛达建筑工程有限公司的法人郭代军。

郭代军为何要下令整改那段路面？原来是平整度略有误差，主要原因是供料速度不匀、机械起步和刹车过猛、摊铺速度不均匀引起的“小波浪”。作为一个企业的老总，郭代军总是严格要求施工质量，常常深入施工一线督查。

“不同流俗，不欺暗室！”郭代军有着丰厚的涵养。“作为一个年轻的企业，我们不能一味追求利益。在社会商圈如此残酷的竞争中谋取我们企业的生存之道时，更要履行我们的社会责任。”他语调沉稳，语气凝重。

郭代军告诉作者：“弘盛达是一个处在发展中的企业，但是我们一直在坚持完善的管理理念，坚持对质量的重视，并正在完善专门的质量监督管理部门以加强工程质量管控，并根据企业自身的特点制定详细的质量通病预控措施。”

作者在踏访弘盛达的几个在建项目中感到，虽然不同的项目经理有不同的管理风格，但是都体现了该企业高度的质量管理和透明度。

在弘盛达承建的一个较大的居民安置房项目工地，因为设计调整，导致部分楼栋回填深度加大。项目部提出回填材料改良和底层设置抗裂钢筋，被项目管理者以投资增加为由拒绝。但是郭代军还是果断决定：即便该项目签证不被认可，项目部也必须保证回填压实系数。他坚持对底层地面设置抗裂钢筋。

郭代军深情地说：“我们坚持此举，单项亏损十多万元，但是我们赚取的是我们安然的良心，是弘盛达被市场认可的潜在竞争力。”

受国家房控的影响，在相对疲软的建筑行业，竞争已经相当激烈，弘盛达这些年却在残酷的市场挑战中逆流而上，脱颖而出，充分体现了郭代军正确的质量理念和责任感带来的实惠。数据表明，弘盛达承建的项目，投诉率几乎为零，少数的维修服务业主也表示了高度满意。正因为郭代军把工程质量看得比自己的生命还重要，认真把好施工中各个环节的质量关，他带领的企业才会一路发展壮大。

铸造有生命力的企业

谈到弘盛达建筑工程有限公司未来的发展，郭代军站起来手指墙壁上一幅精美的油画笑答：“这就是弘盛达未来的蓝图。画中这蓝天白云和一马平川的草原表示天高地阔，前途无量，这生机无限的环境任我驰骋。”站在画前的郭总，两眼炯炯有神，谈话间不由自主地传递出一种兴奋和期待之情。

“一个企业的长远发展，并非钱能解决的，抓好专业人才的培养，凝聚强大的团队精神，求强不贪大，努力打造有生命力的企业，公司才能在岁月的长河中生生不息，永远立于不败之地。”他深有感触地说。

常言道，进了这道门，就得念好这门经。不熟悉专业，无法办好企业。郭代军深知此话的含义，他有句口头禅：“学习可以改变人生，知识创造财富。”他是个爱书爱学习的人。郭代军的爱人告诉笔者，每到星期天、节假日，郭代军总喜欢带着女儿和她到书店买书，然后再去附近的公园或广场随便逛逛。回到家后，郭代军总是迫不及待地翻开刚买到手的新书。

书，帮助郭代军进入一个个新的工作领域，并很快成为行家。他几乎搜罗过所有建筑方面的书籍。工地多了，工程做大了，面对的头绪更多，责任也更重大，他拼命给自己充电，在知识的海洋里不断武装自己。领导学、经济学、管理学、政策法规以及国内外市场经济的理论书籍，他无不涉猎。1998 年至 2000 年，郭代军到四川大学读在职研究生，学习工商管理专业；2004 年，他参加了中央党校培训班的学习。与此同时，他还相继取得了高级工程师和建造师资格证书。他还计划到北大、清华学习深造。

郭代军说，一个人不管有多大的能耐，都无法玩转一个企业，唯有靠团队的力量，企业才能生存，因此他特别注重吸引人才，培养团队精神，让员工安心在弘盛达这个舞台大展身手，绽放光芒。他采取“走出去”“请进来”等办法，有序地安排公司管理层和员工们参加培训、听讲座、听辅导。长期以来，他坚持每周六组织机关人员或与公司几个副职领导分头带领员工深入工地检查施工情况，发现和解决问题，以不断提高他们的专业能力和综合素质。那时，公司管理人员 272 人，专科、本科 61 人，中级职称 16 人，二级建造师 18 人，一级建造师 15 人。公司业务以成都为中心，辐射四川、重庆。

用感恩之心回馈社会

采访中，郭代军多次谈道："这些年，改革开放让一些人先富了起来，如果先富起来的人都能尽其所能，济世扶贫，关注那些弱势群体，传递和播撒爱心种子，我们这个民族将会更加兴旺，我们的祖国将更加强盛，我们的社会将变得更加和谐。"

"谁言寸草心，报得三春晖。"向来不善言辞的郭代军，却把这两句古诗倒背如流，而且发挥得淋漓尽致。"我是来自山区的农家子弟，我能有今天，全靠党的好政策，全靠人民的哺育。幸福不忘本，吃水记住挖井人。报效祖国，回报社会，服务民众，是我最大的心愿和幸福。"这是郭代军的肺腑之言。他是这样说的，也是这样做的。自从公司的建设走上正轨以来，郭代军一直念念不忘感恩社会，反哺人民，长期坚持扶贫济困。

"5·12"汶川特大地震后第二天，郭代军带着公司的员工和满载着帐篷、雨衣、衣物以及干粮、蔬菜、饮料等数十万元救灾物资装载的 3 辆汽车，来到灾情严重的绵竹市九龙镇慰问受灾群众。本来就山高坡陡的九龙，地震造成的断层破碎带多，岩体常有塌方滚落，郭代军带领大家冒着余震、塌方、滑坡的危险，把一件件物品分别送到灾民手中。灾民们拉住郭代军的手，饱含热泪，喊出了心灵的最强音："感谢共产党，感谢你们这些救命恩人。"郭代军眼眶挂满泪珠，深刻理解到灾民话语的内涵，感受到自己肩上责任的分量。

从那以后，郭代军每年都要组织公司员工，带上丰厚的物资赴灾区慰问。他说，2008 年灾区人民遭遇了不可抗拒的天灾，造成了难以言状的苦难和伤痛，凡是有点良知的人都会流泪。第二次进灾区，他看到援建大军和灾区人民顽强拼搏的精神，因感动而掉泪。随后去的几次，他每次都能目睹到新的巨大变化，深感中国共产党的英明伟大，深感社会主义制度的无比优越，也感受到灾区人民的那颗殷殷感恩之心……这些都让他再次感动落泪。

在希望工程建设上，郭代军舍得下功夫、花力气，尤其是对少数民族地区贫困学生的成长倾注了大量心血。从2011年起，他对口帮扶了甘孜地区丹巴县丹东小学拉玛斯佳、尼玛泽仁、加姆初等十多名贫困生，每年给每个学生资助1000元，一直资助到这些学生大学毕业。他还拟对其他山区的贫困学生予以帮扶，让更多的贫困生能够上学读书、读好书，共享改革开放的伟大成果。丹东小学四年级女生吴雪莲在给郭代军的感谢信中写道："……我在心里暗暗下了决心，好好读书，长大后为祖国做贡献，报答党恩，报答郭叔叔的无私大爱。"

郭代军对军人、军烈属、残疾人以及家乡的父老乡亲有着特殊的感情。2012年初，他听说一位叫彭燕华的农村妇女患白血病晚期，家人四处借债救治，生活非常窘迫，便立马赶去捐赠1万元，患者家人感动得泣不成声。当他了解到湖南青年曾作涛，大学毕业刚走上工作岗位就患脑瘤后，马上又捐赠1万元。在他的倡导下，人们纷纷伸出了援助之手。

2006年春节，郭代军举家还乡看望亲人，见有的贫困户和身患疾病的老人无钱买过年货，他心里很不是滋味，便逐户送去慰问金200元，仅春节期间，他挨家挨户送了两个村庄共计两万多元。从那以后，郭代军把这件善事当成一项不成文的制度坚持下来。今年还把每户的金额提高到了500元。乡亲们都夸郭代军心肠好，想得周到，行善积德。

郭代军说："种十里名花不如种德，修万间广厦不如修身。"2012年春节期间，他去乌杨镇上坝村看望亲戚，见这里有段羊肠小道，山高坡陡且弯多弯急，行走很困难。了解到曾有多位老人在此路上行走时摔伤后，郭代军经过实地勘查、估算，回到成都就打款12万元，现在那条路已变成宽阔平坦的柏油路了。其实，早在2000年，郭代军就与同村的另一位企业家郭云河合资修了一条能够直通镇上至县城的一级公路，大大缓解了这一带群众出行难的问题。郭代军就是这样用爱心、用真诚，帮助父老乡亲把千百年的梦想变成了现实。他为社会为人民奉献爱心，传递美德的事迹，在他的家乡乌杨镇，在忠县广为传颂。

这些年，郭代军在建筑领域的影响力不断提高，地位在日益上升，但他始终保持着不变的忠诚、执着的追求、永远进取的精神。

无限风光在险峰，无边春色在前路。我们有理由相信，郭代军一定会像英雄的登山运动员那样，自强不息，力排万难，无往而不胜，立于不败之地。

心中有方向　浑身有力量

（一）

1992 年 6 月，郭代军从成都航空建筑工程学校毕业，分配到成都建工第一建筑工程有限公司。报到的第二天，公司安排他到 901 工程，即中国人民银行成都分行建设工地当工长，负责工程建设的项目经理叫杨兴明。

杨兴明，是以管理严格出名的项目经理。他于 1978 年参加工作，1979 年参加全国建筑企业系统青年工人打擂比武，荣获砖工项目成都市第一名，被提前晋升为二级工，单位保送他进中等建筑专业学校读书，毕业后当工长。他技术好、业务精，管理工地经验丰富，要求严格且快言快语，你做错了他会当众吼你，批评不留面子，部属和工人都有点怕他，背地里叫他“歪经理”。

他对郭代军交代：“工长是工地建设工人的头，上班走前头，下班走后头，施工质量、进度、安全文明等样样都得管，还得管好，不能出乱子。”

过惯了火热的校园生活，现在穿工作服、戴安全帽、管工地，与人打交道，郭代军还真有点不适应。开初，他对管理施工现场的概念不深，只知道每天跟着杨兴明经理鞍前马后地忙活。

有一次下雨，郭代军起床晚了一会儿，眼看时间打紧，他骑自行车抄近道飞奔在泥泞路上。刚到工地，杨经理就带他上工地检查施工情况，在楼道转拐处，杨经理突然要郭代军指出这里施工质量的问题，郭代军左看右看，心里有点纳闷：这个地方应该没有问题吧？他没看出有几块砖砌得不符合质量要求。

杨经理指出后现场顿时鸦雀无声，所有眼神齐刷刷聚焦在郭代军身上，如同看怪物一般看着他。杨经理当时火大，问他脑袋是抽筋还是有乒乓。

郭代军耷拉着脑袋，羞红着脸回答：“刚才我慌了，没有看出来。”杨经理不满地看了他一眼，然后说道：“今后要多注意这些细节上的小问题。”在场的人都没人敢出声，有的摸了摸自己冒汗的额头。

又一次，郭代军在混凝土浇筑现场指挥工人作业，突然接到杨经理通知，让他赶到办公楼六层的施工作业点。原来，杨经理和公司领导在工地检查安全问题时，发现六楼外架跳板搭建不牢，存在安全隐患，要他立即重新搭建。

“短短半个月，就发现了两个问题，身在工地，思想一定要集中，精力一定要专注哇！”杨经理此话一出，公司领导看着郭代军微笑道：“这些看似不起眼的小事，实际上是关系到工程质量，关系到公司形象的大事，好在小郭年轻，随着年龄的增长，经验会不断丰富，类似问题就不会再发生。”在场的人都笑了，而郭代军却感到自己很没面子，被大伙笑话着。

这年，郭代军 21 岁。

人的一生总在走走停停，遇见一些人，遇见一些事，最后这些人和事成了自己最宝贵的人生经历，也成就了另一个自己。

当工长的日子是艰苦的，更何况作为一个新人，需要比别人付出更多的努力、流淌更多的汗水。渐渐地，他跟公司及工地的人逐渐熟络起来。后来大家知道他是乙亥年出生的，性格耿直无弯曲，能向直中取，不向曲中求，心地洁白、稳重、刚毅、执着。加上他生来阳光帅气，肤色白皙，大家默契十足地给他取了一个可爱的外号：白脸工长。

郭代军牢记杨经理（也是他后来的师父）的教诲，风里来雨里去，无论多苦多累，坚持每天第一个走上工地，开启塔吊等机械，迎接工人们进场施工。下班了，工人们都退场了，他才关闭电源，关好门窗，收拾好重要设备，确认无安全隐患后最后一个离开工地。

从郭代军进901工地那天算起到1993年10月工程竣工交付使用，正好一年。这一年，郭代军穿烂了6双皮鞋和3双胶鞋，皮鞋表面看上去尚有七八成新，底子却磨穿了几个孔；这一年，他体重减轻了12斤；这一年，他被评为先进员工和优秀工长。面对荣誉，郭代军很感慨地说："没有付出，哪有收获？收获的是精华，是宝贵的财富，值得一生珍惜！"

（二）

说白了，普通的工长，跟打杂的工人区别不大，哪里需要他就出现在哪里，有人笑称工长是灭火器，是消防队员。郭代军就是在那样忙碌的日子里，渐渐地成长了。至今，提及那段时光，郭代军依旧很感谢杨经理和公司领导给予他的机会和批评。

901工程竣工交付后，郭代军被调到双流县日月城工程当责任工长，日月城工程是个文化旅游项目，修建时间短，质量要求高，其中难度最大的是修建盘跨宫，圆顶直径36米，高18米，当时公司的机械设备，严格地讲不具备修建如此高难度的工程的条件。

当时浇筑混凝土，是采用两台350强制式搅拌机现场搅拌，水平运输采用门架。每台机器每两分钟搅拌一盘，体积只有0.35立方米，两台机器同时搅拌，每小时也就只能完成10立方米左右，而每次浇筑混凝土数量至少300立方米，需要耗时两天两夜甚至更长时间。工人们分成两班轮流作业，轮流休息，机器不停息，作为责任工长的郭代军却无人替换，就只能陪伴那两台搅拌机坚持"连轴转"。每次浇筑，他都是两个昼夜不能合眼，分秒不离坚守在浇筑现场，直到完成浇筑任务。

当然，最难熬的还是严冬里的那三个漫漫长夜。夜深了，呼啸的寒风卷起层层灰沙，将人推得左右摇摆，气温陡降至零摄氏度以下。细心的郭代军打着手电筒来回检查。哎呀！老天爷比专业化妆师的手还灵巧，他和工人们的眉毛都变成了两条粉灰色，蓝色的工作服也变成了灰色……寒冷、饥饿与疲劳的折磨，让他双眼布满了血丝，又瘦又黑的脸和冻裂的手被尘灰、油污染成了炭黑，连鼻孔里也藏着灰尘和水泥粉末，漆黑的衣服闪着亮光，连人的模样都“变形”了。

杨经理见到他心疼地说：“你赶紧回家好好补个觉。”

郭代军说：“觉就不补了，我回去洗把脸，淋个澡，把衣服换了就赶来工地。”

人的一生，缘分很重要。因为机缘的巧合，郭代军有幸与杨兴明经理又有了合作的机会。

1995 年，双流日月城文旅项目火热建设时，中国人民银行四川分行职工住宿楼盘的修建也紧锣密鼓地上马了，项目经理仍是杨兴明。

谁来担任项目的责任工长？成都建工第一建筑工程有限公司的领导犯难了，几议其人，议而不决。这天，杨兴明经理跑到一公司经理办公室当起了伯乐，他直言不讳地向经理陈述：“我向经理推荐郭代军到中国人民银行四川分行宿舍建设工程项目当责任工长。小郭经过 3 年多在工地上摸爬打滚，对工程施工的流程、套路，对施工人员、材料等管理、使用以及抓安全防事故、抓施工质量、施工进度等诸方面都抓得有板有眼。加上这个青年很机灵，肯学肯干，能吃苦，实干精神强，目前他是双流日月城工程的责任工长，干得很不错，大家反映很好，四川分行的责任工长由他兼任，没有问题。”

一公司经理当即拍板：“就这么定了，分行宿舍大楼的责任工长由郭代军兼任。”就这样，郭代军身兼两职，一肩担两地，一手抓起两条鱼。

那段时间，郭代军坚持吃住在工地，经常是不分上下班，不分白天黑夜，坚持两地跑，有时成堆的问题就像缸里的葫芦，按下这个，漂起那个，使他应接不暇，忙于奔波，错过就餐时间、睡不上安稳觉是家常便饭。郭代军有时还被杨兴明经理的火爆性子和特有的“高贵气质”压得没有了脾气。后来杨经理找郭代军谈心说：“你是不是怕我呀？我只是表面上看有些冷酷，其实我还是很好相处的。”

那是杨经理第一次对代军施以笑脸，第一次正儿八经向代军介绍自己，第一次主动对代军交心。杨兴明经理的善意举动使郭代军高兴了好一阵子。打这以后，杨兴明和郭代军经常谈心、聊天，交流渐渐多了起来。在业务上，杨经理对郭代军悉心指导，从不保守，从不倚老卖老，郭代军则虚心学习，像尊重自己的父亲一样尊重杨经理，他们取长补短，相互帮助，相互包容，结下了深厚的情谊。

后来，郭代军双手合拢向杨兴明行了三鞠躬：“杨经理，从今天起，您就正式做我的师父吧，我就当你的徒弟了。”杨兴明笑道：“好吧，我就认你这个徒弟啦。”打这以后，杨兴明和郭代军这对师徒并肩战斗，共为祖国建筑事业添砖加瓦。

（三）

在跟杨经理学习的过程中，他对郭代军的要求愈发严格，而郭代军无论做什么，哪怕很细小的事情都聚精会神，一丝不苟，不能有丝毫懈怠。

901 工程有个螺旋楼梯，长 60 米，圆形直径 3 米，要求精确放线，误差不超过 1 厘米，当时是成都市难度较大的工程，要求很高，而且工期很短，甲方还要求提前竣工。郭代军克服条件差，设备落后等诸多困难，采用传统的木板放线技术，经过反复测算，精心操作，硬是丝毫不差，精确无误地攻克了这道难题，交了一份满意的答卷，一次性通过了成都市质检站的验收。当得知该项工程获得了“成都市优质示范工程”时，杨兴明、郭代军师徒二人脸放红光，心里好乐，好乐！

有时候，郭代军的思想也“冒过泡”。那是一个夏天的夜晚，郭代军忙完一天的活，搭乘师父的车往回赶。

入夜的蓉城成了灯火的海洋，府南河水映出一对对情侣的倩影，岸边的公园绽开着一张张欢乐的笑脸，街头上吃大排档、烤串串、喝冰啤，好不热闹……他心想自己有杯冰啤下肚，定会瞬间觉得人生处处皆是景，那才叫痛快。师父的眼神直直地看着他，半晌才说出声：“怎么啦？有想法了吗？先苦后甜，先天下之忧而忧，后天下之乐而乐！皇天不负有心人，你年轻有为，聪明能干，又能吃苦，将来定能成大器……”

沉思片刻，杨经理给郭代军讲起了自己曾经的故事：“刚进公司那阵，常被人瞧不起，有时受人洗刷、嫌弃，因为不是科班出身，底子不如别人厚，后来好心的老师傅对我说，搞我们这行，想要混出个名堂，没有捷径可走，唯有虚心学，踏实干，能吃苦。有一回，自己一不小心失误把事情做错了，旁边的师傅一巴掌扇过来，弄得我眼冒金星，还十分生气地甩下一句话，就你这个臭技术，一辈子都成不了器，就是变成个鬼都吓唬不了人。”

当时倔强的杨兴明并没有哭，站在原地，咬着嘴唇，紧握拳头，在心里暗暗发誓：我一定要成长为最好的师傅！杨经理说：“那一刻他才知道自己是多么渺小，渺小得如同尘埃里的一粒沙子。”

郭代军静静地听着师父背后的故事，从师父的眼神读出了委屈与倔强。

“有啥不能坚持的，咬咬牙就过去了。”师父的故事惊醒了徒弟！郭代军全身一振，放弃了心中的杂念，决心比别人更努力，遇到想放弃的时候，就想想那些还在坚持的人。就算是因为某种原因，或因为环境变化，离开了这个单位，到了另一个平台工作，自己都要永远记住师父的话，当自己坚持不下去的时候，想想那些还在坚持的人们。

两个项目，从开工到竣工验收交付，花了两年多。800 多天，郭代军吃住在工地，不管严寒酷暑，无论晴天雨天，他从不迟到早退，没有缺席一天，坚持与工人们同吃同住同劳动，手打起了一个个血泡，脚一次次被木条、石块、铁片划破，没有叫过苦，喊过累，硬是坚持下来了。皇天不负有心人，因为郭代军和项目部领导及员工的共同努力和付出，两个项目均被评为优质工程，参加修建双流日月城文旅项目的 10 多家单位中，郭代军所在的单位夺得综合评比第一名，他本人被评为先进员工和优秀责任工长。

回顾这一段时光，郭代军十分感慨地说："坚持看起来似乎很简单，可是真正做起来，却很难，它最能考验人的意志。年轻的我们不仅要学会坚持，更要走好人生的每一步，脚踏实地，方能获得成功。"

央视著名主持人敬一丹在《人要想改变自己，什么时候都不晚》一文中写道："我的人生，应该说没有被命运和机遇特别垂青过，每一步，都是自己踏踏实实走下来的。"坚持、踏实、努力，才能通向璀璨的星光大道。

"敬老师写得多好哇！"郭代军说，"马行软地易失蹄，人贪安逸易失志。因为过分的安逸会麻痹人的神经，消磨人的斗志。很多人因此成不了大器，不是因为能力不行，机会不够，而是因为过早地选择了安逸的生活，停止了奔跑。"

为了梦想　拼尽全力又何妨

那天打开电视机，正在播放动漫宣传片，作者被一群可爱的蚂蚁给吸引住了：洪水将至，一群蚂蚁齐心协力抬着一块面包，它们抱团而举，奋力地一步一步向前跑，终于爬到了最高点，顺利地躲过了洪水。洪水几天都没有消退，可它们并没有饿死，那块面包成了它们的救命粮食。

这个动漫宣传片，是一个典型的励志宣传片，它告诉我们，哪怕力量多么小，只要齐心协力，只要有目标，就一定能够战胜困难，迎来曙光，获得新生。

看了宣传片，作者想起郭代军刚离开成都建工第一建筑工程有限公司独自闯天下的那些日子。人们常说“万事开头难”，郭代军却遇到好运气，很顺利地拿到了新南门旁边的人和商住楼项目，虽然是投资只有几百万的工程，但作为初出茅庐的小伙子，的确是开了个好头。这个项目在修建、竣工交付、结算、收款等各个环节都没有遇到任何麻烦。第一炮打响了，郭代军出名了，他在家族亲戚和同学、朋友中的地位无人能比。

不过，这样的良机以后再也没有了。

随着我国改革开放的不断深入，城市基础建设发展，大兴土木，热火朝天，日新月异，随之发展起来的建筑企业如雨后春笋般涌现出来，竞争压力空前加大。

那段时间，郭代军成天骑着单车东奔西跑，去政府机关、学校、厂矿、企事业单位参加投标，找朋友介绍工程，跑了两三个月，花了不少力气，却没有实现目标，一个工程都没有拿到，同时他走街串巷，多方联络，连家装及修修补补价值几千元的小活路，他也在接，也在做。说白了，那时他知道自己就像没有头的苍蝇，满屋子碰碰撞撞，花费了许多力气，目标也没有实现，跟瞎忙没有区别。他很彷徨，很迷惘，眼神都变得黯淡无光。

科班出身的郭代军，开始觉得自己什么都会，可现在什么又都不会，他很苦恼，很无奈！在朋友、亲戚们的鼓励下，他清醒地认识到，在成都建工第一建筑工程有限公司任工长、责任工长期间，有公司领导、项目经理，有师父的指导帮助，尽管很忙很累，但工作上还算顺利，虽苦却甜。现在脱离了单位，离开了领导和师父，自己创业，大小事情，全凭自己单打独斗，想要出类拔萃，干出点名堂，就要付出常人无法想象的毅力与动力，而且努力了也不一定成功——当然，如果不努力注定要失败。就这样，郭代军度过了一段极其郁闷的瓶颈期。

在这个世上，郭代军与众多优秀企业家一样，疯狂地爱着自己的事业。他说："在青春岁月里，我可以不吃不喝，也要像蜜蜂一样执着，朝着目标一路飞翔。因为它给我们带来了成就感和自信心，证明了自我的价值。"

终于，在激烈竞争中，他脱颖而出，先后中标了一个绿化和办公楼装修两个项目。他信心大增，热火朝天地推进项目建设，决心撸起袖子大干一场。他找回了当责任工长时期的工作状态，努力地工作着，每天一大早就赶到工地，一待就是一整天，晚上八九点钟才离开工地，有时回到家里已是凌晨一两点了，有时睡眠不足四五个小时，第二天一大早他的身影就又出现在工地上。

朋友们劝他不要长期那么累，他风趣地说："我感觉到累，证明我还存在呀！"

在创业路上，郭代军每天总是那么忙碌，那么拼命，简直成了“拼命三郎”的化身。他想的是趁着年轻，苦点累点，多干点事，是值得的，今后年岁大了，动不得了，想干也干不了，将是终生的遗憾。

不管多累、多忙，他没有忘记自己的梦想。他知道自己可以做到，自己一定能行。为了实现梦想，不能因为累和忙而磨灭自己的斗志，不思进取。在这个世界上，有各式各样的工作，而如果没有梦想，对自己的事业没有产生兴趣，大可以放弃，或者跳槽转行，潇洒地挥一挥衣袖。但如果自己的能力不够，实力不强，无论走到哪里，从事什么工作，也不能实现梦想，都只会灰头土脸到处碰壁，最终变成了干一行骂一行，干一行恨一行，可是再怎么骂也不敢改行。

每完成一项工程，郭代军的心情都跟在成都建工第一建筑工程有限公司一样兴奋、愉悦。每完成一项工程，他的眼神都会变得金光闪闪，脸上显露沉着冷静，完全退去了下海创业当初的青涩，多了一份沉稳自信。人或许真的需要跌几次跤，才能长大成才。

在办公楼装修项目竣工交付的座谈会上，郭代军的发言平易近人，言简意赅，把在场的人都感动得一塌糊涂。

郭代军创造的事业如同挂上帆的船，正在以年轻人应有的血气方刚与勇于前行的动力，耕波犁浪，向前行驶，他一定会驶向最美的地方，看见最美的风景。

心若在，梦就在。愿那些心中有梦想，而正处于困境中不知所措，迷惘无助的你，也能像郭代军那样迈过那个最难的坎，也会迎来曙光，看见最美丽的风景。

愿同乘困难船只的朋友，相信总有一天，你们定会走出困境，迎接新的希望与美好。

同样，我们依旧会感激那个困难面前永不言败，永不放弃的自己。

高谋良策出效益

搞企业如同军队打仗，应有高谋良策，先人一步。如果老是走在别人屁股后头，永远都不会有大的收获，永远也不可能出现奇迹。因为他们只会循规蹈矩，亦步亦趋。当他们回过神的时候，别人早已超越前去，将其击败了。所以，做事要有所突破，有所成功，就得做个有先见之明的人。

——郭代军语

大千世界，能人无数。凡是有先见之明者，不是他的目光、能力及别人所不及，就是他的思维能想别人所不能想。

人无远虑，必有近忧。先见之明能帮助我们能避开面临的危险，因为它基于对现实的准确判断。一个人有先见之明，他必定少走弯路，或在弯道实现超越。少走或不走弯路，自然能够先于别人到达目的，较快成功。

看得远，方能走得远；走得远，才能知得快，知得多。工作中任何事情若能抢占先机，先发制人，便是成功的捷径。

工作犹如挤地铁和公交车，每辆车都是满的，车内人挤人，有时挤得你直冒大汗、喘不过气。可是如果提前一刻钟赶到车站，情形就完全不一样了，乘客较少，而且有空位，在车上还可以看看报纸，玩玩手机，只十几分钟的时差，就有如此大的不同。

武术界的朋友讲擂台上比武的故事时，常有“在刀尖三寸前避开”的描写：对方举刀砍过来，刀快触及自己身体的一刹那，闪身躲开了。对方也是高手，来势犹如闪电一般，想要躲开不是那么容易，等到对方砍过来才考虑如何躲闪，是来不及的。长期磨炼才会有灵敏的直觉，在无意识中，对对手的一举一动都了如指掌，不必等到对方开始攻击才想办法应对，不然在真枪真刀的世界是站不住脚的。

郭代军说：“搞企业也是如此。无论什么时候，公司都在激烈竞争的漩涡中，为了不在竞争中落伍，必须将对方的步骤、动向摸得一清二楚。”

如果遇到这种情形的时候，这个企业一定会采取这样的对策，那个企业的领导者的想法一定是这样……经过调查，深入了解，才能做到自己的企业应该用这种办法应对，他们那样做我们也就这样……事先有心理准备，企业就有应变的措施。

假如对方已经采取行动了你才来研究应对措施，在这个变化多端、竞争激烈的时代，是注定要落伍，搞不赢别人的。

郭代军观点：“深事深谋，浅事浅谋，大事大谋，小事小谋，远事远谋，近事近谋，都必须具备深远高明的见识与策略，做到深思熟虑，高谋良策。计谋贵在高人一筹，策略贵在先人一着，行动贵在快人一步。能看到他人不能看到的，思考他人不能思考的，推算他人不能推算的，这才叫远谋大略。”

冠军、第一名永远只有一个，而紧随第一名之后的，永远都是那些也想成为第一名的人。

郭代军笑曰：“我是个犟脾气，要争就要争第一，如果拿了第二，就觉得脸上无光。当然想要永远领先，就必须永远先人一步而又不囿于这一步，即使你的对手们奋起直追，你却仍然能保持一段不可超越的距离，这样，不管面对什么工作，都可以自信满满，出奇制胜，常胜不败了。”

发挥“梯子”作用　方能平步青云

一个人要想在事业上有所成就，除了靠自己努力奋斗之外，还要借助别人的力量，才可以平步青云，才能在较短的时间内较快地达到自己的目的，而这个别人就是你丰富的人际关系。

——郭代军语

郭代军说：“宗族亲情在中国人眼里一直都是被看重的，以致在今天仍然盛行‘走后门’。这种‘后门’其实就是一种看不见的裙带关系网，类似于我们所说的‘梯子’。”

利用后门去做违规违纪的事情，当然是不可取的，但是如果你想能充分发挥你的才智，有所成就，有所突破，在某些时候借助“梯子”还是有必要的。

特别是刚毕业的学生在这个问题应该体会更深，他们刚从学校走向社会，没有实践经验，想要在社会上谋得一份理想的职业、得到社会的承认和认可，这样的计策是非用不可的，对于准备求职、就业的那些人来说，这里的“梯子”指的就是他人之力，朋友、亲人、名人与同学等的地位、名望、财富以及权力……

郭代军说："他人有时是助你走向成功或接近成功的桥梁，向上爬的阶梯。特别是那些德高望重的名人，这些人的力量更有助于你找到走向成功的捷径。古往今来，借着名人的力量成功的事例不胜枚举。汉高祖刘邦立太子的故事就是典型例子。"

刘邦一共有 8 个儿子，又都不是一个母亲所生，为了争夺太子之位，展开了子与子、母与母之间的明争暗斗。

刘邦有立戚夫人之子如意为太子的想法，可是皇后却不同意，皇后想立自己的儿子盈为太子。后来皇后去找张良帮忙。张良就献上一计："皇上一直以来想聘请四个在野的贤人出山，但他们自始至终都不肯，如果盈经常请这四位赴宴，这样下去的话，肯定是会被皇上发现的，并且还有可能被问明其原因。"于是，他们就请来那四个人，与盈吃住在一起。

果然不出张良所料，高祖以为盈为人恭敬仁慈而孝顺，天下名人慕名而来，最后终于立盈为太子。

"盈的成功主要是仗着这四位贤人的盛名，借助他们的名望得了皇帝宝座，这当然也有他的母亲和张良的妙计，唯一不知情的就是刘邦。"郭代军娓娓道来。

"从这则小故事可以看出，不管是引荐者的名望大小以及他们的地位高低，只要是对你走向成功有所帮助，那么这个人就是你登上高处的好'梯子'。他的威信和影响力对你也有很大的好处。一般人除对权威和名望有一种很强的崇拜感和信任感之外，对于那些熟识的人也同样存在一种可靠、值得信赖的感觉，因此被推荐者的能力和人格通常都是从推荐者身上来估量的。"郭代军话锋一转。

一般来说，要想借力恰到好处，还得遵循必走的步骤，譬如：

找，就是找具有一定影响力的人做朋友。对于一般人来说，在求职或就业的过程中，应该随时留心周围人的品格、能力及其影响力，要用真心去交朋友。

为了赢得他人的真诚相助，你必须先付出某些东西，如真心或必要的物质，或者对他进行感情投资，再利用这种“看不见的投资”来获取你日后的成功。这种办法虽然看起来不大高明，但确实是非常符合现实的，要和别人有交往，别人才能往上拉你、推荐你，不然的话，就算你有很高的才能、超人的本事，别人也无办法知道。

当今的人们的生活都是在忙忙碌碌中度过的，根本就没有时间进行太多的应酬，因此时间长了，很多原来十分牢靠的关系就会变得疏远，朋友之间也逐渐地互相淡漠了。希望有所发展特别是有大发展的人，一定要珍惜人与人之间宝贵的缘分，忙碌之余也不能忘记朋友之间的沟通。

借，就是能够得到朋友的帮助。朋友能否帮你的忙，还得看你平时表现如何。这就要求你与人交往时，目光要放远些，不因小利而为，亦不因利大而为之。如果你与对你求职就业有所帮助的朋友发生了不愉快，你应首先谅解他，小不忍而乱大谋，这是古训，在这方面古人也做出过榜样。

比如，韩信能受胯下之辱，张良能为老者拾履。平时的基础打好了，量变积累终会成为质变，也就会得来全不费功夫了。你待人好，人家对你自然有真心，关键时刻帮你一把也在情理之中了。如此看来，借“梯”的关键在于你平时与人交往的程度。

不能只讲近利。在人生整个的计划里，对人影响最强的就是它，所以要杜绝它的出现。聪明者的投资不会大讲近利，讲近利，就犹如人情的买卖，就是一种变相的贿赂。对于这种情形，凡是讲骨气的人，就会觉得不高兴，即使勉强收受，心中也总不以为然。即使他想回报你，也不过是简单地做点面子工程，你也不会受到多大帮助。

好朋友往往是这样：关系好，平时多走走，有事时不会送礼，对方也会帮你。如果平时不来往，有事抱着礼去求情，对方虽不好意思说，同样也不会买你的账。

不要忘了老朋友。有相当部分的人都会犯这样的错误：两个人的关系一旦走到非常亲密的那种地步，就感觉不用再在他身上费心思了，尤其在一些细节问题上，比如该通报的信息你不通报，该解释的情况你不解释，“反正咱俩的关系非常好，就用不着再做过多的解释了，解释不解释都是无所谓的”。

可是到了最后呢？日子一天天地过去了，没有解开的“结”越来越多，而且可能“结”打得越来越紧，形成难以化解的问题。更糟糕的是，人们关系亲密之后，总是对另一方要求越来越高，一直认为别人对自己好是应该的，当别人稍微对他有点照顾不周或者他自己感到别人对他不好的话，就该有怨言了。时间长了很容易形成恶性循环，双方的关系深受影响。

现代社会，形势瞬息万变，下一分钟你将会遇到什么事情，真的难说。当生病、挫折、失恋、失业等不幸的情况来临时，倘若在你身边有向你伸出援手、对你给予温暖鼓励的伙伴，你的心里该是何等踏实，与没有知心的伙伴之间的差距是多么巨大！

俗话说：“在家靠亲人，出门靠朋友。”一个人长大成人之后，脱离了父母，一旦有什么难处，老婆孩子以外除了朋友还是朋友。

常言说得好：“多一个朋友多一条路。”朋友越多，路子就越广，办法就越多，成功的可能性就越大。

巧用他人门路　打造自己成功

当今世界是个信息爆炸的时代。信息在我们的工作、生活中处于首要位置。掌握了最先进、自己最需要的信息，就等于掌握了市场与本行业的命脉。

——郭代军语

由郭代军创建的中诚投建工集团，最初是一家很不起眼的路边装修小摊摊，两三个匠人，连千把元甚至几百块钱的工程都在做，一年下来没啥利润。仅仅 10 多年时间，郭代军就拥有了自己的综合性大型建筑集团，成为国内一流，尤其成为大西南区域标杆性建筑企业。

从一个装修摊摊，一跃成为众人青睐的大企业，他究竟用的是什么法子？

“这些年主要是依靠用户的满意和同行朋友们的信息才取得事业上的成功，最好的方法之一就是将这数百家客户看成一个主客户。如果某个人的建议和意见与我的事业有关，对我的事业有帮助，那么我就认真听取、仔细揣摩，同时审慎行事，尽量让他满意。长此坚持下去，就会有上百甚至几百个客户对我们满意。将整个业务对象设想成一个人，这一点没有什么深奥的意义，却能决定我事业上的成功。”郭代军如是说。

建筑业的老板们都知道，郭代军平时很注意研究这些主要客户们的兴趣和需求。他挑选一个典型的主要客户作为对象，以他的观点、态度、习惯、嗜好等作为计划自己的事业、实施自己的工作、制定自己努力方针的重要依据之一。

无论是商人或是工程人员，老师或管理人员，记者、编辑或作家，银行领导或企业家，如果出于某种需要，郭代军需要出现在他们面前，那么他通常是一个朦胧的、变化多端的形象。举个例子：当我们要研究别人，在参考对象众多的情况下，我们想要精准地拿出针对某个人的方案是不可能的，尤其当我们还掺杂了自身好恶的时候，则更是如此。在这种情况下，拿出应对方案更是无稽之谈。

为了避免类似错误的发生，郭代军制定了一个全面而周密的目标细则，分送给客户和朋友们。

一个很有名气的广告公司，也曾用同样的策略成就了自己的事业，他在自己的办公室陈列了各种人的照片，以代表所要应付的几种典型人物。这样，他的思想才会常常集中在别人的种种兴趣和需要上，而不至于拘泥于自己的意向上。

有位报社的领导告诉作者，他怎样将所有的读者作为一个“横截面”，依照其收入的多寡分为几级，然后派多人分别与数百个代表这一级别的男女进交谈，询问他们对于报纸的意见，统计他们的喜好，并将这些内容进行分类总结，而后根据这些来进行有针对性的采写。这位报社的领导说：“如果我们不做调研的报纸写出来的东西只能是基于自己感受的，一定写不出来读者想要的内容。”

“他对他人心理状态何其敏感，对典型人物的把握何其准准确，对驾驭人群策略的制定何其精明、与下属融为一体的才能和其天然，都与他的聪慧不相上下，甚至可以说是他天赋的一部分。”建筑界一位资深专家这样评价郭代军。

大凡成功之人，都能这样运用不同的方法去观察、研究他要去影响的人，然后按他们的心理需要去满足他们。

“现实生活中，也有部分人忽视了对人的潜心研究。”对于这个问题，郭代军认为不注意观察和研究是导致事业上不成大器的重要原因之一。在建筑行业中，的确有不少似乎充满了才华的人，他们工作勤奋、执行上从不打折扣，他们自己也坚信自己对公司的忠诚与热情。他们的这种勤奋、忠诚在一定程度上也获得了上级的好感，并提升他们做自己手下的部门领导。只不过，这种人的前程也不过如此了，他们并不能持续超越自我。

“他们通常是站在自己的立场上，以自己最熟悉的方式解决问题的——通常还是在局部解决问题。他们根本不会站在上级、站在全局的角度考虑问题，也从来不会问：上级为什么要这样处理？公司为什么会如此决策？我们的差距何在？如果我处于上级的位置，我将如何行事？他们从来不会问这些问题，也因此他们只能获得最基础的升迁。”郭代军如是说。

郭代军带着总结性的口气说：“任何事物的存在，任何事情的发生，都会发出某种信息。信息在做事、在与人打交道方面的意义非凡，我们要学会在信息中寻找、觉察、抽取，拿到最有利于自己的东西并为我所用，才能走向成功。”

身处逆境不抱怨　只需昂首朝前跑

如果我没记错的话，2014 年世界杯阿迪达斯的广告语“All in or nothing（要么赢，要么零）”震撼了很多人。体育竞赛是这样，我们的人生又何尝不是呢?

那天，郭代军给我讲了他们集团公司修建成都大学第一期工程所发生的故事。2013 年，郭代军董事长领衔的中英国际建工集团有限公司（中诚投建工集团有限公司前身）中标成都大学第一期工程项目：修建学生宿舍和文化中心。

能够早日住进新宿舍，见证文化中心隆重揭幕开馆，是成都大学师生的期盼，也是建设单位、设计单位和施工单位的共同愿望。同时，作为当时成都大学的重点项目，中诚投建工集团年度的重大工程，成都大学第一期工程项目备受成都市政府及建设单位的关注。

工程项目隆重开工了，项目部领导班子针对工期紧、施工环境差、质量要求高等情况，严密组织、科学安排，带领施工队伍，科学有序、扎实高效地向前推进。

为了确保施工安全、文明、高质、高速，项目部主动邀请集团公司领导及业务部门到项目部进行帮助指导，同时获得了建设单位的大力支持。

可是做工程哪有那么简单、那么一帆风顺？总有荆棘坎坷，总会出差错，总有遇见麻烦的时候。成都大学第一期工程自开工以来，项目部员工为了抢工期，努力克服施工环境恶劣、雨水多不利于施工作业等困难，就在施工紧张有序，一路高歌猛进之时，意想不到的事情真的发生了：放线员工在忙中出错，放线定位不准，加上土层松软，又连遭雨水冲击，造成木桩移位，直接造成经济损失两千余万元，员工们奋战了几个月的心血白费了。

面对突如其来的重大事故和因此造成的经济损失，郭代军马上带着公司机关工程管理部的领导谢成红、工程技术员苏普等组成的工作组，第一时间赶到施工现场。见郭代军董事长亲临现场，项目部的人员愁眉不展，神情凝重，看得出他们已做好了思想准备，准备接受董事长的严厉训斥。可是，郭代军依然与往日一样微笑着对大家说："请大家放下思想包袱，不要往心里去。出点事不可怕，可怕的是出了事不面对还思想消沉，一蹶不振，破罐子破摔。中国有句古话，叫作'耻而后勇'。我不懂抱怨，我也不会指责你们，只希望你们振作起来，为了梦想，向前奔跑。我们没有退路，只能全力以赴。"

那段时间，郭代军一头扎在工地上，与施工人员一起干、一起累、一起乐，跟西南设计院的设计人员和项目部的同志一起分析研究，商议解决问题的良策。他说："为了梦想，我们不怕摔跤跌跟头，在哪里跌倒，就从哪里爬起来，抖掉身上的尘埃，轻装上阵，用实际行动夺回失去的时间，挽回中诚投的门脸。"无论烈日当空还是狂风骤雨，他从不缺阵，每天坚持到夜里十一二点才离开工地，回到家里，身子就像散了架似的，瘫在沙发上不一会儿就呼呼入梦乡。那一个月，他瘦了一大圈，体重轻了 6 斤。

他把谢成红、苏普继续留在工地上加强项目部的组织领导和技术指导。他们与建设单位、监理部门以及设计单位密切配合，通力合作，采取了一系列补救措施，把工期压到最短，将损失降到最低，同时尽全力保障施工质量。

功夫不负有心人，经过多方齐心协力，终于见到彩虹，夺回了工期，做到了工程保质保量，按时竣工交付使用；通过做场坪等附属工程，也基本挽回了经济损失，赢得了建设单位和成都市政府的好评。

事后，作者与几位亲历成都大学第一期工程的同志相约在一个仲夏的傍晚。华灯初放，凉风骤起，我说：“我们一起共事时间不是很长，但我从骨子里佩服中诚投建工集团的领导和员工，大家用诚信和匠心做事做人，从不潦草地对待每一件事情，你们太棒了！我虽然年岁大了，但我也应该像你们这样努力拼搏奋斗！”

当时把线放错了的那个同志忏悔地说：“那次挫折教会了我，想要收获，就先要认认真真地付出。我并没有尽最大的努力，否则也不会犯放错线这种错误，更不会给公司造成损失。后来，我从几位领导身上学到了做任何事都要拼尽全力、尽职尽责，我希望可以成为最好的自己，可以有更好的生活。我拼搏了、奋斗了，就会取得一个阶段的成功，而这个成功会吸引和鼓励我继续奋斗。”

夜幕中的郭代军微笑地看着我，一头乌黑的短发随风闪亮，如同城市里普普通通的过路人，可我懂他的艰辛与执着，更懂他心中热气腾腾的期待与梦想。我会永远记得，在一个清凉孤寂的夜晚，这个闪闪发光的年轻企业家一口气讲完自己的故事，然后一字一顿地对我说：“为了梦想，拼尽全力又何妨？”

郭代军说：“中诚投建工集团能发展到目前这个样子，大伙都觉得我已经努力了，真的尽力了，可是我们真的做到全力以赴了吗？做了几个工程，就觉得自己很励志，很辛苦。到工地上转了几次，就嚷着强度太大，浑身酸痛。有的刚来公司没几天，就嫌看不见成效。你只轻飘飘地付出了几分力量，就想撑开口袋盘算怎么收获！”

一份梦想，表面的浪漫总是被身后的拼搏与狼狈苦苦支撑，奋斗的路上一马平川的少，崎岖坎坷的多，一帆风顺的少，凄风苦雨的多。你的努力也许是前脚刚好背上行囊，后脚就被旁人虚晃一枪，抱头鼠窜，急急慌慌地逃回了自己的舒适区。

你没有看到的是，很多同龄人——甚至比你还晚些时间走上创业之路的年轻人早就吹响了号角，很多或天赋异禀或剑走偏锋的能人身在异域也在你追我赶，你不拼，别人都在拼，没有哪个人会为落后者停留一秒。

就像郭代军，在应该享受青春的年龄毅然决然地选择奋斗，没给自己留任何后路，最终逐步实现了个体价值的最大化，了解了自己的深度极限——唯有如此才能为今后的选择做更精准的指导。

也许，这就是郭代军及他的团队遇到困难，身处逆境时不抱怨、不指责，而是想方设法跳过这道艰难的坎，拼尽全力朝前奔跑的意义吧。不拼到终点，怎么能知道结果？就像《楚门的世界》这部电影的结尾，楚门想要逃离自己不真实的命运，在狂风暴雨中咬紧牙关，冲着操控自己半生的导演大声怒吼："你还有什么法宝？想要阻挡我，除非杀了我！"楚门真是拼尽一切去过自己想过的生活啊——

楚门在风暴中心无数次地被打翻落水，长镜头拍下了他因不甘而紧皱的眉头，可他又一次次地拼尽全力抓紧绳索爬上了保命的小船。最后，他的毅力和决心终于感动了所有人，乌云散去，他终于迎来了属于自己的晴天。

幸运的是他拼到了最后，终于拉起白色的风帆，沐浴在了温暖舒适的日光和海风中，也终于抵达封闭他的影城尽头，亲手摸到了那片围困他半生的蔚蓝色幕墙，在万众瞩目下谢幕离开，去寻找他朝思暮想的爱人和自由。

谈到这里，郭代军有感而发："我想这就是全力以赴给予奋斗者的礼物，这里面除了成功和胜利，更多的是对个体生命的自由和尊重，是在任何时候都能为梦想而战的果敢和勇气。"

郭代军接着讲："当你努力的时候，你会觉得自己已经拼尽了全力，但当你觉得自己全力以赴的时候，你会觉得自己还不够努力。梦想不是白日的暖阳，也不是随处可见的鲜艳花朵，它很仁爱同时也很严苛，它很睿智却十分吝啬，它向来只会照耀那些拼尽全力，坚持到最后的勇者。"

失败不言弃　笑迎新挑战

“每个人的人生都会遇到挫折、遇见失败。前行的路上有些沟沟坎坎很正常，不可能一帆风顺，遇见这些更不必害怕，只要不轻言放弃，始终相信：一次失败并不能代表一直失败，要做一个永远打不死的强者，不轻易被打倒，拥有强者的坚强与不认输的精神，直面失败，迎接新挑战。”这是郭代军基于人生经历的深刻体验与反思。

《飞得更高》这首歌的歌词给郭代军留下了非常深刻的印象——

我要飞得更高，飞得更高，狂风一样舞蹈，挣脱怀抱；我要飞得更高，飞得更高，翅膀卷起风暴，心生呼啸，飞得更高，一直在飞，一直在找……我要的那种生命更灿烂，我要的一种天空更蔚蓝，我知道我要的那种幸福，就在那片更高的天空，就在那片更高的天空，我要飞得更高，飞得更高。

这首充满激情的励志歌曲，歌词表达了对梦想的追求和对现实的不满。为了梦想，为了目标，一直不懈努力，追逐着、追逐着，哪怕失败无数次，也不会轻易被打倒。所有的不甘，都是因为心存梦想，在你放弃之前好好拼一把，只怕心老，不怕路长。

人生就有许多这样的“奇迹”，看似比登天还难的事，有时可以轻而易举地做到，其难其易，差别就在于是否抱持非凡的信念。

2000 年前后，郭代军从朋友处得知忠县要修建一个较大的引水工程，他立马奔赴忠县现场，实地考察，一探究竟。县招投标办公室的工作人员热情地向他介绍道：“县政府决定从巴云山下打通一条几公里长的隧道，把全县最大且没有受过污染的白石水库的水引进县城，解决县里 20 多万人的生活用水困难，工程标的额是 2000 多万元，工期两年。”

得知郭代军是忠县走出去的老板，县里领导热情欢迎他参加投标，为家乡建设作贡献。郭代军报了名，拿到招投标文件及相关资料，回到成都很顺利地找到了合作伙伴。这一工程将与实力雄厚、曾经修建西藏羊卓雍水电站的武警水电三总队合作投标、共同参与修建。

做好了标书，完成开标前的一切准备事宜，已经备无可备，郭代军此时的工作就是等待开标。

郭代军向来以严谨、细致、扎实的工作作风闻名，多次亲身参与招投标，投标经验是不缺的，此次到家乡投标，他更是满怀信心，胸有成竹。然而大意失荆州，美髯关公的历史教训在这次招投标中“重演”，给他的合作方好好地上了一课。到了忠县当地，合作方才发现：派来参加投标的工作人员忘记带上 10 多位技术人员的资格证书！证件不齐造成了严重的失误——还未评比，分数就已经先白白失掉了二十余分！

眼看即将到手的工程面临失之交臂，郭代军脸色发青，心急如焚，在场的人也都捏出一把冷汗！随行到忠县开标的曾祥荣，赶忙与四川省军区茶店子干休所所长余彪联系，请余所长租车兼亲自押车，昼夜兼程，终于赶在次日 8：30 前将证件送到开标大厅。

“屋漏偏逢连夜雨”，接下来的故事，亦如关羽走麦城时遭遇的一系列连环计。余所长赶到武警总队，领取技术人员资格证书时恰逢周六夜晚，管理证书的工程部同志在参加聚会，余所长一行直到深夜 12：00 过才拿到证书出发，此时离开标时间只剩下 8 个小时！当时成都至忠县的距离是 570 公里，如果全程走高速路，时间完全够用，但重庆至忠县的 200 多公里路程依旧是老省道，弯多、弯急的山道盘旋于高山深谷之间，咋能快得起来？

眼看就要到开标的时间，招投标领导小组的成员与重庆市派来监督开标的专家们经过简短商议决定，同意郭代军申请延时半个小时开标，郭代军没有同意，他说："开标是非常严肃的事情，不能因为我们的过错而推迟开标时间。"

当主持人宣布按时开标的话音刚落，余所长提着一包资格证书跑步来到开标现场，郭代军见状立马上前接住余所长，耳语片刻后，余所长走出了开标大厅。

主持人高声宣布开标结果：获得第一名的是万州市一家乡镇建筑企业，武警水电三总队屈第二，两家之间的分差只有 1.5 分，在场的人无不为第二名获得者深感遗憾！

武警水电三总队的同志们面露挫败之色——做了那么多工作，仅仅因为晚了几分钟，就丢掉了 20 多分，回去咋向领导交代！余彪也自责自己没有催促司机把车开快点、再快点，如果能及时赶到，也许结局就不一样了！

郭代军脸上也露出失落：自己明明做了那么多努力，却仅仅得到一个"擦肩而过"的结果，他不由自主地笑道："如果当初我们在刚刚进入建筑这一行的时候就被打败，也许就不会有今天的自己，其实每个人都会遇到挫折和失败，只要你不轻言放弃，也别让一次次的失败轻而易举地把自己打败，拥有强者的坚强与不认输的精神，做一个永远打不败的强者，才能直面失败，总结经验教训，才能迎接新挑战。"

失败乃成功之母

失败是坏事也是好事。这一处境仿佛就是为了锻炼商人的承受能力和心理素质而存在的，没有失败的教训何谈成功的经验？失败能让商人、企业家迅速成长起来，“失败为成功之母”！

是人都会犯错误，也都会有迷失方向、误判形势的时候。特别是做生意，没有人能做商海里的常胜将军！那失败了怎么办呢？唯有正视失败，从失败中汲取教训从头再来，从哪里跌倒就在哪里站起来！

中央电视台七频道《金土地》栏目曾经播放过一个农民靠养殖野兔致富的故事。

这位北方的农民最初种果树，由于种植者太多，果子价贱，挂在果树上的果子甚至无人愿意采摘——卖果子得的钱还不够支付摘果人的工资！

种果子赚不到钱，不但一家人几年的心血白费，连买树苗、买化肥、买农药和搞修建的贷款、借款也都无力归还。每天都有上门追款、讨债的人，一家人几乎无路可走。

有一天，这位绝望的农民看见自己的果园里有几只野兔跳来跳去，悠然自得地吃着他种在果园里的小麦苗。

这位果农气极了，迅速关上门开始在果园里打兔子——兔子实在太多了，不一会儿就打了一大竹筐。打下的兔子自家吃不完，便拿去集市上卖。

因为是野兔，城里的餐馆争相购买。野兔比家兔值钱，一斤竟然卖到10多元。回家的路上，主人找到了希望：为什么不养殖野兔呢？

回到家里，主人便把围墙上所有的野兔洞都堵上，利用围墙内现有的兔子开始了养殖野兔的营生，反正野兔遍地都是，不需要花大钱去引种，只需每天到集市上捡些卖不出去的菜叶，或是上山割些青草，作为野兔的饲料就行。

从此果园成了野兔的伊甸园。野兔的繁殖能力超出人们的想象，一两个月工夫，围墙内的野兔已是数代同堂。何况野兔有先天的基因优势，不像家兔，需要防疫，一不小心成群成群地病死。主人供给一些青草青菜便万事无忧，每天只需要捉兔子送到指定餐馆，便有大把钞票。

这位农民很快成了远近闻名的野兔养殖专业户，就连野兔的粪便也被人花大价钱收购做化肥。短短几年工夫下来，他不仅还清了所有欠款，还赚到一笔可观的利润。

那位果农种果失败的教训和养野兔成功的经验告诉我们：失败并不可怕，可怕的是失败后不认真总结经验教训，在未来的挑战中迷失自我。

郭代军如同那位野兔饲养专业户，从不惧怕失败，他把“失败乃成功之母”这句名言演绎得淋漓尽致。从最初的小打小敲搞装修、做绿化等小本工程，到后来修建第一个9万多平方米的商住楼盘“时代印象”小区，创立自己的品牌，不到20年时间，就将企业发展成一家具有强劲竞争力的综合性大型建筑企业，经营区域遍布全中国，企业的社会影响力亦得到极大提升，实现了里程碑式的飞跃。

郭代军的人生经历告诉我们，遭遇失败和挫折不可怕，重要的是能从失败中奋起，笑傲江湖，最终才能超越自我、取得成功。

与养野兔的那位农民不同的是，郭代军面对商业困难或经商失败时决不退缩、逃避，更不会怨天尤人、替失败找借口，而是理智地分析失败的原因，冷静地寻找解决问题、克服困难的办法，善于从失败和衰退中找寻商机，以求重振雄风，也正因他如此不屈的精神，才能一次次上演“绝地反击”的商业案例。

聪明人会挣钱

想赚钱就得有与众不同的想法和别具一格的思路、出人意料的策略，出奇制胜才能更好地盈利。

古往今来无数的经验证明，并不是人人都适合商人这个身份，经商需要聪明过人的头脑，如果不精打细算，经商非但赚不到钱，还很可能血本无归。

一个商人如果想获取更大的利益，把生意越做越大，就应该意识到，在日益激烈的商海沉浮中，精明的头脑愈发重要，不仅如此，丰富的知识、灵活的思维、精准的算计、敏锐的直觉等等，也都是经商赚钱不可或缺的本领。

郭代军在二十世纪九十年代末刚开始创业的时候，没有背景、没有资金、没有技术、没有人才……但他拥有超人的智慧、精明的头脑和过人的胆识。他敢在同专业的几十个同学中第一个率先经商，他也知道如何经商，再加上他能吃苦、敢冒险、会处事，很快就创业成功。

“赚钱要学郭家湾大院的人，更要向郭代军学习，郭代军是大家公认的精明!”在忠县，有人这样刻画比喻郭代军。还有乡亲说，郭代军往街头上一站，用鼻子“左闻闻”“右嗅嗅”，立马能找到哪儿有赚钱的机会；“天生的赚钱机器”“郭代军的头发都是空心的”“天然的市场跳蚤”也有人如此评价郭代军……

说笑话归说笑话，接下来言归正传。郭代军的精明体现在很多地方，也表现出了他与其他人的不同，例如他特别善于模仿，会在很多经典商业案例和经营模式中，选择最适合自己的那一个。他的这种能力，让很多企业家、从业者都赞赏有加。

头脑灵光、思维敏捷、反应迅速……这些都是做生意应该具备的最基本素质。别人得慢慢考虑的事情，商人很快就看透真相；别人感到很麻烦的事情，商人就能很快抓住重点，还能将事情理顺得井井有条；别人想不到的事情，商人可以考虑得滴水不漏；别人没勇气冒险的事情，商人通常敢第一个吃螃蟹。

事成于谋，而谋者在人。郭代军能够在商业战场上所向披靡、高歌猛进，就是因为他有着精明的头脑，善于筹谋。

商场似战场，竞争是战争。上兵伐谋，先谋后战，是生意人的高招。司马迁早在《史记·货殖列传》中就指出："治生之正道也，而富者必用奇胜。"在复杂变化的市场中，唯有精明过人的商业头脑，才能看到商机，取得成功。郭代军告诉作者："金利来创始人曾宪梓在一次电视专访中曾经说过这样一句话：'做生意靠的是创意而不是本钱！'曾宪梓刚开始创业时开了一家缝纫店，只有三台破旧的缝衣车，专门为当地人量体裁衣。当时这种裁缝店，在香港多如牛毛，竞争异常激烈，惨淡经营。后来，他想办法，从时装改做领带，这才走出了困境，成就了今天的事业。"

有同行说，郭代军事业上的成功并非单纯依靠政策，也不是光靠技术，更不是靠资金。那为什么偏偏是郭代军成功呢？他最大的资本，靠的是他精打细算的精明头脑，这也就是曾宪梓先生所说的"创意"二字。

郭代军常和朋友们一起探讨生意上的事儿。他有一个朋友是做服装生意的，生意一直不好，就上门请郭代军指点迷津，郭代军突发奇想，让他将摊位放得井井有条的衣衫、裤子故意乱堆乱放，同时高喊"钜惠""便宜货"！这一招真灵！不少家庭主妇被吸引过来，围成一大圈，争先恐后地抢购。实际上，这些衣裤、汗衫的价格和过去完全一样，未降分文。一眨眼工夫衣服卖完了。郭代军正是抓住了一般家庭主妇都喜欢贪小便宜，买降价货的心理，使他们觉得乱堆乱放的衣物一定是便宜货，从而达到自己的销售目的。这个朋友很快将滞销的衣物销售一空，回笼了资金，心里乐滋滋的！

郭代军敢于创业，凭的就是这样的智慧和创造精神。他讲，有的地方资源稀少，就要开动脑筋，甚至大胆“无中生有”。比如某地没有畜牧业或畜牧业产量很低，但却成了全国最大的皮革生产基地；江南一带有的地区过去根本就不产棉花，没有纺织企业，却也建成了再生布生产基地；有的地方本来压根就没有汽车制造业，连摩托车都不能生产，却建成了全国很有名的汽车、摩托车配套生产和销售基地。

这些活生生的事例足以说明，精明的头脑犹如一块金子，放在哪儿都会发光。

脑袋瓜儿精明的人眼光远大，看问题高人一筹。炒房火热的那几年，精明的人就靠一套又一套房子的买卖就赚得盆满钵满。

有一年春节刚过，一个下午，郭代军从老家匆匆赶回成都，一个绰号“牛脑壳”的人邀约郭代军喝茶，此人与郭代军是生意场上的好朋友。初春软绵绵的太阳挂在天上，他们沿着河边马路步行，两岸树木葱茏，植被茂盛，为城市点缀着不一样的美丽。嗅着从府南河荡涤而过的新鲜空气，心情舒畅。他们就近进了一家小而雅的茶馆，两人对坐而饮拉家常、摆闲调，轻松自由自在。牛脑壳先开腔：“军哥，不瞒你说，这几年我亏惨啰！做啥亏啥，老本都整光了。今天我是专门来请你哥子给我支招，帮我重整旗鼓，弄点小钱养家糊口。你哥哥不给我拿主意，我咋个办嘛！”

“我们两个做的事不一样，我对你的发展没有什么高招，我们只是一起探讨，我的想法对你管不管用，就很不好说啦。”郭代军闻言说，“前几年炒房热潮风靡全国，那些炒房的多数都挣了大钱。改革开放以来，中国经济正处在高速发展中，而成都经济发展在全国省会城市中位置靠前，加之成都平原地理位置、环境独特、优越，气候条件好，物质丰富，房价又便宜，当时普通商品房平均价格五六千元一平方米，高端楼房也就七八千元一平方米。综合情况看，成都是全国居住条件最好的省会城市之一。因此，很多的外地人、外国人都会涌到成都定居，对住房的需求量将会越来越大，成都的房价肯定会不断上涨。所以，有的一次就买四五套，多的甚至买了 10 多套商品房。”

前两年，成都的房价日益飙升，普通楼房每平方米卖到两万左右，涨了对半还多，炒房的朋友赚得多的赚了上千万元。

这些购房投资的思路很清晰：买房是为了以后能够转手，房价涨到 10 多万元对工薪阶层有影响，而对有钱人就不算什么。有的买房还专买贵的，专门买那种针对富人居住的楼房。

“挑选楼层的时候，也是很讲究的。在传统的购楼观念里，顶层和一楼往往是鸡肋，有的朋友专挑顶层，地段好的高层住宅一般非常注意自己的外形设计，在设计过程中，顶层就会多出许多空间，这些不需要买主多花钱，还可让你的房子别具一格。还有一些多层的房子，开发商向顶层的用户开出赠送花园的优惠条件，或者不是平顶的，顶层阁楼的空间也能让你大赚一笔。”面对朋友的真心请教，郭代军娓娓道来。

郭代军滔滔不绝地讲，“牛脑壳”听得心花怒放。郭代军的讲话就像一座明亮的灯塔，照亮了“牛脑壳”前行的方向。“牛脑壳”开始炒房了，越炒越大，还炒到深圳去了。深圳的楼盘几乎都是 20 多层的高楼，别人纷纷选择了中间偏上的楼层，只有他挑选了 3 套顶楼，2006 年交房后全玻璃外墙的大楼尖顶高耸，顶层客厅的顶高是 6 米的开阔空间。他当初买时每平方米的价格比楼下的还低 200 元，现在多赚了这么多空间。讲究情调的外国人最喜欢租深圳这种风格的房子了，因此出租价比下面的楼层高出了 2000 多元，简直赚翻了！

他这样过 48 岁生日

2019 年 11 月 15 日（农历十月十九日），星期五。这天，是一个特殊值得回味的日子。这天是郭代军 48 周岁生日，他依然坚守在平凡的岗位上，默默书写着自己的平凡故事。

一夜的秋雨积满了路，可他脸上的坚定从未改变，提醒驾驶员白金贵雨天注意行车安全。“员工能安心上班，公司能正常运转，向前发展，就是我最大的生日愿望。星期天、节假日、生日，对于我来说比平时更加忙碌……”他已经记不清自己在岗位上过了多少个生日。

在公司的工作群里，员工们纷纷为自己的董事长郭代军送上了生日祝福。郭代军说，每次在岗位上过生日都十分有意义。虽然少了家人的陪伴，但他很珍惜在岗位上过生日的日子。这是一份使命，也是一份责任，更是一颗担当的心。员工们的这份关爱将化作他工作的动力，他要一如既往地为公司的发展倾注自己的力量。

郭代军这天日程安排是这样的：

9：00~10：00 公司管理例会。

10：00~11：00 合作伙伴来访洽谈。

11：00~12：00 项目成控方案研究。

13：00~15：00 三利广场项目检查。

15：30~17：30 参加省工商联会议。

……

这天，郭代军像往日一样，穿着穿惯了的正装忙乎了一整天，直到下了班才匆匆赶到“老房子”饭店，同公司机关的 80 余名员工以及在蓉的亲朋好友欢聚一堂，度过这个不寻常的生日。

其实，无论是郭代军的 48 岁生日，还是他完成学业走向工作岗位、融入社会至今的 20 多个生日，每一个生日不都是像今天这样在岗位上度过的吗？在他的脑海里，生日、星期天、节假日，与工作日有啥不同？不都是为了祖国富强人民富裕而努力拼搏、奉献吗？

岁月如梭，郭代军从告别流光溢彩的学生生活那天，就心怀“诚于心，信于行”的思想理念，怀抱“匠心铸辉煌”的雄心壮志，穿越一年又一年的时空隧道，从英俊潇洒的小伙子走进了中年行列，渐渐成长为一位成熟的成功男士。

在 21 世纪中国建筑事业中，与郭代军年龄、知识、资历相仿的风云的人物，若是他称第二，其他人不敢称第一。当然不排除会有后来者，但至少目前为止，综合业绩、社会影响力等方面，还无有能出郭代军其右者。

算起来，从 2004 年开始修建第一个住宅小区时代印象开始，郭代军在建筑事业的道路上，已经走过 15 个年头。

15 年，这是风云叱咤的 15 年。人们常说商场如战场，建筑企业的战争连绵不断，风云突变，竞争异常激烈。郭代军胸怀大志，勇立潮头，强硬中不失风度，铁血中不乏柔情，坚韧与执着并重，机智灵活与遵纪守法皆有，在继承和发扬中国建筑技术和中华民族文化基础的道路上坚持创新，攻克了一道又一道难关，取得了一个又一个惊人的成绩。

15 年来，郭代军始终坚信共产党的领导，坚信中国特色社会主义道路，坚持科学发展观，理想信念坚定，勇于担当，努力拼搏，艰苦创业。他不仅是一名成功的建筑企业家，更是一位充满爱心，心系群众的慈善事业者。

纵观当今下海经商、从艺、为官奋斗致富者，如过江之鲫，不可胜数。然为富则仁，仁能达儒，儒可知书达礼者，寥若晨星，郭代军则儒商皆通，有“儒商”美誉！他视商场为战场，坚持以文悟道，坐镇成都，布局全中国，运筹陋室中，决战千里外。他几经挫折、几次重生，终获大胜。他亲手创建的中诚投建工集团一跃成为覆盖建筑、交通、场馆、环保、河道改造、装饰装修等诸多项目，辐射全国的综合性集团公司，分公司家家业绩优秀，年年创收丰盈。

郭代军说：“选择建筑业也许是偶然，既然选择了它，就得尽心尽力去做好它。”他秉承“诚信得天下，匠心铸辉煌”的企业宗旨，坚持创新专业，追求卓越，勇于创造的企业精神，狠抓团队建设和企业内控管理。在他的带领下，中诚投建工集团已成为国家一级企业，取得了房建、市建、公路等 10 余项国家一级资质，在全国范围内相继成立了重庆、深圳、陕西、新疆、西藏等 30 多家分公司。经过 15 年的拼搏奋进，中诚投建工集团已成为中国建筑业的主力军，承接业务遍布全国 30 多个省市，年投资及施工能力已突破 600 亿大关。

在企业管理中，郭代军一方面给企业定位，确定了“质量第一，安全至上”的经营宗旨，靠过硬的工程品质争得市场，用热忱和诚信的高质量服务赢得客户的信赖和好评。经过 10 多年的管理强化，他把企业打造成了一支技术过硬、经验丰富、管理科学、服务精良的队伍。

“追求卓越品质，铸造精品工程”是郭代军始终如一的追求。他要求企业团队把每个工程都打造成精品奉献给祖国和人民，先后完成的“四川师范大学体育场馆”“成都大学新校区第一、二期”“阆中体育馆”“青川县政法中心”“四川省综合应急救援训练基地建设工程”等上百项工程并获得优质工程称号，所承建的项目曾先后被评为“国家安全文明标准化工地”“四川省安全文明施工标准化工地”“四川省优质结构工程”“成都市安全文明施工标准化工地”“成都市优质结构工程”等。

郭代军不忘初心，多年来坚持回报社会。企业的发展壮大，离不开社会的支持，企业做大做强也是为了更好回报社会，感恩人民。这是郭代军真诚做人，诚心做事的精髓所在。他把不忘初心、感恩社会作为自己经营企业的终极目标，时刻牢记在心，积极投身到社会公益事业中，用实际行动践行着自己的社会责任和担当。“5·12”汶川特大地震后第二天，郭代军带着机关员工和帐篷、雨伞、衣服等物资，拉着食品、矿泉水，赶往灾情严重的绵竹市九龙镇慰问受灾群众。受灾群众渴望受助的眼神，深深地触动了郭代军，他感到肩上的责任重大。打这以后，他多次参加四川抗震救灾、抗洪抢险，积极为灾区人民出资出力，助力灾民重建家园。

郭代军积极响应国家脱贫攻坚决策部署，主动参与“万企帮万村”精准扶贫工作。2018 年 10 月，他带领集团公司扶贫队前往大凉山区木里藏族自治县乔瓦镇锄头湾村，给贫困户送去爱心物资和慰问，还为分散在海拔 2800 至 4000 米高山上的几个幼教点送去学习资料和救助金，并捐资 200 万元以帮助锄头湾村早日脱贫。

中诚投建工集团帮困扶贫工作记录着这样一些数字：为汶川大地震捐款、捐物共 50 万元，为芦山地震捐款 30 万元，为“四川省光彩事业促进会‘光彩广元行’”捐款 30 万元，2012 年为家乡重庆市忠县修筑乡村公路及资助家乡贫困学生上学共 300 万元，向忠县中学捐助 200 万元……

“每次参加扶贫工作，都是对我一次教育，没有党改革开放的好政策，没有人民群众的支持，不可能会有我今天的事业。作为企业家，我一定不忘党恩，不忘人民的关怀，不断进取，不断创新，用实际行动感恩党、感恩祖国、回报社会，用精品工程回馈人民，做一名真正无愧于新时代的企业家。积德行善，感恩永远在路上。”随着一次次地参与光彩事业活动，一个个扶贫帮困计划的实施，时任四川省政协委员，中诚投建工集团董事长郭代军深有感触地说！

他说得多好啊！这就是郭代军的信念、责任与担当。郭代军用言行告诉员工，时代在变迁，工作在变化，但是他做好自己的事，把企业做大做强，回报党恩，回报社会，帮助更多需要帮助的人的信念从未改变！

筑梦路上的领头人

2019年阳春三月，我们来到了隆昌，改革开放给这座被誉为“石牌坊之乡”、名列第五批由国务院公布的“全国文物保护单位”的古老城市带来了青春活力。特别是春节前，由中诚投建工集团承建的“隆昌黄土坡‘双创’示范园”，通过了“隆昌市标化”“内江市标化”“四川省标化”工程的评定。这一切，得益于项目部有几位好的领头人。

铆足干劲扎身工地　好似“拼命三郎”

“请你们写写我们的领导和技术人员吧，他们每个都像一颗铆钉，成天被铆在工地上，无论酷暑严寒，不管晴天雨天，都坚持在工地上率领我们苦干、实干、拼命干，简直就是拼命三郎。”在工地，几位员工把我们围住并提出恳求，希望把领导和工程技术人员的事迹报道出去。

他叫向小红，是集团公司派驻的项目经理。他能受到工人们的如此敬佩，不是偶然的。他毕业于重庆交通大学，后又到四川大学深造，取得了国家一级建造师和高级工程师资格证书。2017 年 12 月，他接到任务二话没说，立即赶到工地，抓紧一切时间与甲方隆昌发展建设集团有限公司协调、疏通，克服重重困难，排除外界干扰，千方百计落实市政府关于“双创园”建设计划，硬是赶在 12 月 25 日按时开工。

2018 年 8 月，是工地集中浇筑混凝土的高峰时段，恰逢隆昌连续 10 多天高温，天气奇热，气温高达三十九摄氏度。在如此灼热的天气下，工地仿佛是熊熊燃烧的炭火窑，正如宋代诗人戴复古描写夏日炎热的诗句：“天地一大窑，阳炭烹六月……田水沸如汤，背汗湿如泼。”为了确保施工安全、工程质量好、进度快，向小红与项目部其他几位领导及工程技术人员分散在几个作业点，负责指导施工作业。每天收工后，待工人们走完了，他们还要召开碰头会，总结分析当日施工情况，查找问题，制定改进措施，有时工作到深夜还未休息。工人们见他们眼熬红了、人累瘦了，心疼他们，劝他们注意健康，早点休息。他们却说：“大伙都在拼命干，为了抢工期不惜流汗流血，我们咋好意思离开工地去休息？”

亲人离世自患重疾　依然不忘重任在肩

兰瑞章，“隆昌‘双创’示范园”项目负责人之一，兼任项目部临时党支部书记。这位从西藏军区某部退役的老兵、老党员，深知自己肩上担子的分量！“一个党支部，犹如一座坚强的堡垒；一名党员，就是一面旗帜”的真实含义，在他心窝子烙下了深刻印记。他虽脱下军装近三十年，但他身上无时无刻不体现着军人的骨气、血性和担当。

2018 年中秋节，兰瑞章正在施工现场紧张而有序地忙碌着，突然接到来自隆昌市第一人民医院的电话，告诉他：父亲已病逝，请尽快赶到医院！

噩耗如晴天霹雳！兰瑞章，这位在军队受党教育多年的高原老兵，简直不敢相信这是真的。他马上对工地上的各项事务做了妥善安排，火速赶到医院。看到父亲静静地躺在病床上，兰瑞章跪在父亲身边，泪水止不住往下滴。

此时此刻，他怎能忘记是父亲一把屎一把尿把自己拉扯大，送自己到军队大学锻炼成长！自己还没有来得及孝敬他老人家，他就这样过早地离开人世！这怎能不使他悲痛万分！然而，这位退役老兵懂得人死不能复生，眼下孝敬父亲的唯一方式就是化悲痛为力量，加倍努力做好工作，同项目部其他领导一起带领员工们保质、保量、保进度、保安全，圆满完成施工任务，向隆昌人民献上一份上等精美礼品，向集团公司呈献一份满意的答卷。

心怀这种想法，兰瑞章抓紧时间处理好父亲的善后事宜，及时赶回他时刻惦念着的“双创”示范园建设工地。

“祸不单行，无独有偶。”2018 年 11 月，也就是父亲去世不到两个月之时，兰瑞章突患急性胰腺炎，在泸州市西南医院做了切除手术。术后的 5 天里，他没吃没喝，身体十分虚弱，医生嘱咐回家全休疗养至少一个月，可他走出医院就急忙奔向工地，东瞧瞧，西看看，了解施工状况，掌握一线情况，修改完善施工计划……几位项目部负责人和一线员工劝他赶紧回家安心疗养，不要为工地分心。他却说，“人在家，心在工地，在家里怎么待得住哦!”

诚信做人匠心做事　视工程质量如生命

2018 年 10 月的一个上午，第 8 栋 1 号楼施工现场的砌砖“歼灭战”正在如火如荼地进行。突然，一个斩钉截铁的声音传来：“这堵墙斜了，必须返工重来!”说话如此果断的人，不是监理，不是业主，而是项目部负责人朱小林。

朱经理为何要下令推倒重来？原来是墙体倾斜了近两厘米。作为施工单位的负责人，他始终坚持严格把控施工质量关，经常深入一线检查督办。

“返工重来？只斜了不足两厘米，可以用水泥砂浆找回平整……”现场泥工班组长朱明全显然不愿意返工。

“不同流俗，不欺暗室。质量问题零容忍，这是中诚投建工集团对工程施工质量的要求。”朱经理讲，“董事长郭代军逢会必讲，工程质量如同生命重要！作为企业，我们不能一味地追求利益。在建筑领域如此残酷的竞争中谋取我们企业的生存之道时，更要履行我们的社会责任，为业主建造优质工程，为中诚投建工集团树立良好形象，绝不容忍造次品、建豆腐渣工程，给公司砸牌子。”朱经理严肃的话语掷地有声，更让朱明全入耳入脑，双手一拍，怡然笑答：“请朱经理放心，我们马上撤掉重来。”

采访中，“隆昌‘双创’示范园”工程项目的建设者们感慨不已，他们说，中诚投建工集团能挤进行业第一方阵，资本就是“诚信”“匠心”，这更是我们企业走向做优做强做大之路的根基。

“这个企业不错!”这是时任内江市委书记马波到该项目视察时给予的高度评价。正是因为有向小红、兰瑞章、朱小林等这样好的领头人，中诚投建工集团才会赢得社会各界的认可和点赞。

诚信篇

CHENGXINPIAN

何谓“诚信”？诚者天之道也，信者人之道也。开拓者的脚步应该沿着诚信这条路向前。诚信是智慧，伴着博学者的求索，日积月累；诚信是种子，只要好好播种，就能长出财富的金豆，打开金库的大门；诚信是秘诀，只要踏实拼搏，一定会成功！

诚信得天下

“诚”于心，“信”于行。“诚”是人类心灵的美，“信”是做人的根本。做事先做人，做人先取“信”。一个没有诚信的人肯定做不好人，而一个做不好人的人，自然就做不成事。

——郭代军语

言而有信，做人讲原则。中国有句古话，叫“君子一言，驷马难追”。说的是正人君子，要讲诚信，不能因任何原因而改变自己的诺言，只有小人不顾信义，言而无信。

说出去的话泼出去的水，覆水难收，做人能言而有信，做事自然就有一种人格的力量来保证。

如果让人三尺墙不过是忍小利的话，那好，我们就看一件忍大利的事。1999 年，成都市有个单位分配经济适用房，两个相处很好的同事都选择了一楼，同一个单位，甲选择的一楼 1 号，乙出差在外便让爱人要了一楼端头 2 号。甲去现场看房子时发现自己选的 1 号比端头 2 号的花园小 20 多平方米，当即给在外的乙打电话，提出兑换房子，并承诺拿一笔可观的钱补偿乙方，不知情的乙方当即同意与甲方换房居住。几天后乙方出差归来，得知真相后心里很是后悔！但乙方想到自己一言既出，绝不反悔，他没找甲方理扯，同时更没有收到甲方的分文补偿。

这个故事涉及的是一个做人的原则问题。乙方不知真情，信口开河把话说出去了，并不是信誓旦旦的诺言，当真也行，不当真也行，但乙方却以严肃的态度来对待自己的表态。

“君子一言，驷马难追。”这是流传久远的一句中国古语。是说正人君子，要讲信义，不因为任何原因而改变自己的承诺，只有小人不顾信义，言而无信。同意换房子的主人所说的“一言既出，绝不反悔”与中国的这句古语的含义完全一致。想必他是要做一个堂堂正正的正人君子，所以很看重自己的形象，宁可失去自己的大花园，也不让自己的形象受损。房子固然贵重，但用钱能买到好房大房，而形象受损，万金难赎。此为大义所在，只有如此方能求得生活坦然。

旧社会总有弄臣取悦皇上，说皇上是金口玉牙，而别人什么都算不上，他们瞅你不顺眼就骂你长的是狗牙。这么看来，他的牙口似乎比皇上还金贵，因为他能左右金口玉牙。但是，从另一个侧面考虑问题，这也有积极的意义。皇上因为牙口的金贵倒不能出尔反尔啰，所以，说话之前他们就得多思，从而对语言的把握是谨小慎微的，这样每一句话都有价值。因为客观全面的决定会收到实实在在的结果，跟随口答应大不一样。

郭代军认为，在这个意义上讲，领导也应该“一诺千金”，特别是搞企业的，更要做到这一点。什么话讲出来就不能咽回去，做人的信义时刻不能丢。口若悬河未必能够承担大任，真正有能力有远见卓识的企业家从不说废话，但是一开口就能切中要害。他们拒绝草率，力图使任何一句话都具有对你而言的参考价值，这是一种基本的领导素质，不如此下属就很难信任领导，不信任更会带来很多连锁反应，这种客观全面的反应往往令人应接不暇。

所以，一言既出，驷马难追。普通百姓尚且如此，企业家就更应如此了。尤其是在做决策的时候，确定的事万万不能轻易更改。决策可以说是企业家的核心要素，左右着企业长期发展。常言道："帅凭谋，将凭勇。"运筹帷幄方能决胜千里，但是这运筹假如不稳定，今天是一明天是二，你的部属再勇敢再有办事能力，恐怕也无济于事，这只能证明你的禀赋、经验积累得不够，这样的领导当得有点不够格了。长此以往，部下们就会对你产生不信任，继而到其他企业就业，因为在这里已经没有任何经验、前途可言。

其实，说话算数这点事连孩子都能细致地讲给你听，你为什么总说那没边的话呢？你应该搞清楚这么做的原因，跟虚荣心有没有必然的联系，这些问题都可能构成某种意义上的大败局，绝不是你想得到的结果，遗憾的是，因为你的疏忽导致诸多麻烦，简单的事情变得复杂起来。

世界上所有著名的企业家，无论他来自哪种行业，都深知言语的金贵。领导说话是讲究准确的，那些说话通篇狂妄自信的人素来为他们所鄙夷，人的信誉树立不起来，砸锅都是很容易的。

有时候，你可能是说时无心，殊不知听者有意，他们把你天南海北的话当作真事，继而期盼憧憬。当失望的时候，那是双重的痛苦，然后就是对你一万个不信任。

有位哲学家说得好，语言是极为重要的，但是"言语的沟通灵魂，远不如沉默来得彻底，沉默的严肃便是爱和死与生命的严肃"，诚哉斯言。

其实，言语的重要性直接和人的品性是一致的。"人无信，则无以立"，三十而立，既是生理年龄，也是社会心理上的年龄。

以身作则和言之有物同样不能缺。你的行为将带动与推动团队的力量，言之有物的"物"不能空洞且不确定。

既然每天生活中的时刻都是确定不疑的，那就十分有必要将行为和言语也具有时钟的特性，如此，计划就切实，收获就丰盈，战绩就辉煌。

恪守诺言　说到做到

承诺的力量是强大的。遵守并实现你的承诺会使你在困难的时候得到真正的帮助，会使你在孤独的时候得到友情的温暖，因为你恪守诺言，你的诚实可靠的形象推销了你自己，你便会在生活中、生意上获得双赢。

——郭代军语

郭代军常讲，一个人立身处世，信用非常重要，这是人的信誉的根本，是魅力的深层所在。

一个没有信用的人，是为人所不齿的。当今的生意场上，企业打广告做宣传，大多是为了树立企业的信用度。信用度高了，人们才会相信你，和你打交道，共同做生意。不过，企业的信用度得靠自己的产品质量和优良的服务态度来实现，而绝非靠几句响亮的广告词、几次大优惠、大酬宾便可轻易做到，人的信用更是如此。

人的信用，不是靠三寸不烂之舌便可吹得起来的，得看你实实在在的行动。说得天花乱坠，而做起来又是另一套，只会让人更厌恶，更看不起你，何谈你的信用？

你想获得众人的信任，铸就自己的信誉，无论你采取何种方法，笃诚、守信及勤劳是最根本的要诀。

这完全不是空谈，诸多事实均可证明这一点，中国乃至全球知名度极高的企业无不把信誉排在首位，受人尊敬的人哪个不是守信用的楷模？

相反，有些人随随便便地向别人开“空头支票”，到头来又不兑现，相信这种人无论在什么地方、干什么事情都不会成功的。

有篇文章，标题叫《答应不是做到》，作者在总结人们的应酬交际活动中的一种不诚实、言而无信的现象。文章中写道：“很多时候，我们要求别人办事，他们的反应是：‘好的，好的。’年轻的时候，我们得到朋友这样的回答，就非常放心，并且感动得很，因为有些朋友其实是才结交的，然而过了不久，便发现自己的心放得太早，当人们点头说‘好的，好的’时，他只是口头上说好，至于真的去兑现，如果 10 人中有 1 人能办到，都是你的运气了。”

文章中说，这种交际者“承诺时，态度看起来非常诚恳，日子走过，把说过的话当成风中的黄叶，霎时无影无踪”。

作者在宽慰和谅解朋友的同时自己也陷入这样的误区：自以为是“纯纯”的我，其实是“蠢蠢”的我。在这个人们都忙忙碌碌地为自己、为家庭而奔波的年代，居然妄想朋友听见你的要求就抛下自己手上的事不干、不去处理，而特地为不在他眼前的你去奔波！

时常用自己的心去度朋友之腹，经常会收到与想象中不同的结果，也有不少人因此误解了朋友，其实也用不着去埋怨被谁欺骗，欺骗自己的其实就是自己。

人们都说：“答应并不表示做到。”他可以答应你任何事，但是没有一次替你做，我们在社会上生存，全都被谎言磨得成了老滑头。有些原本纯朴敦厚的人，几年间，变得世故圆滑。他们还会说：从前的自己也认不得现在的我了。这种现象，是欺骗的畸形产物。

说到底，承诺是一种信誉，一种责任。我们完全忽视了它的重要意义。答应帮助别人做一点事情，是没有必要签订合约的。承诺的结果是应诺，履行诺言，真正的应诺者有时像美丽的童话，让人感动得心灵震颤。

在与人交往中，恪守诺言既然是非常重要的一环，如何才能做到呢?

“恪守诺言要求人们对自己讲的话承担责任和义务，言必有信，一诺千金。许诺是十分慎重的行为，对不应办或办不到的事，不能随便许诺，一旦许诺，则必须认真兑现。一个人如果失信于人，就降低了自己的价值。如果在履行自己诺言的过程中，情况有变化，导致无法兑现，要向请托者如实说明情况并致歉意，这与言而无信是两码事。”郭代军这样告诉作者。

在工作、学习和生活中，说真话，办实事，做老实人，实事求是，讲究实效，勤奋向上，任劳任怨；在人际关系上，光明磊落，坦荡相见，言行一致，表里如一，知错必改。

“口言善，身行恶，国妖也。”《荀子·大略》中的话很有哲理。“国妖”自有其处世哲学，或投机钻营，或虚伪奸诈，或阴谋搞鬼，或卖国求荣，虽然得意一时，然而天理昭彰，终究会遭别人的鄙视，唾弃甚至遗臭万年。

失信于人，大丈夫不为，智者不为。

恪守信用，是一种可敬可佩的美德，是个人良好形象的外现，人们以讲究信用来表达对别人的尊敬，以良好的形象来表达对别人的赞美。

与人交往必须讲信用，这是最起码的生活准则，这也是最踏实的社会之道。在交际的过程中，要不嫉妒、不猜疑，小人之心不可取。要做一个胸怀开阔，光明磊落，心底无私的人，一个文明的人绝不会用嫉妒、猜疑去对待朋友和同事，而是把一颗无私的心奉献给他人。

做事守规律讲秩序

没有规律，不成方圆。办事不讲规律、条理和秩序的人，即使才干超群，无论办哪种事都不会有好功效。反之，有条理、有秩序的人，即便能力平平，他的事业也能相当成功。

——郭代军语

郭代军上初中的时候，老师做实验，把一个普通玻璃瓶放在教桌上，取出一些大汤圆大小的鹅卵石，将它们小心翼翼地放进瓶子里，直到瓶子已装满再也放不下去为止。老师问同学们："瓶子满了吗？"

同学们齐声答道："满了。"

老师反问："真的满了吗？"说罢又拿出一些小一点的石头放了进去，还轻轻摇动和拍打玻璃瓶，使小石头挪进石头之间的间隙。

老师又问："现在瓶子满了吗？"

"可能还没满。"两位同学低声应道，其他同学不开腔，他们这一次有点明白了。

老师又从桌下端出一小桶沙子，把它慢慢倒入玻璃瓶。沙子填满了石头间的所有空隙。老师再次问同学们："瓶子满了没有?"

同学们齐声高喊："没有满!"

这时，老师拿来一壶水倒进玻璃瓶，直到水面与瓶口平齐。他望着同学们，问道："这次试验说明了什么?"

郭代军举手发言："这个例子告诉我们，不管你的时间多么紧凑，如果再加把劲，还是能够做更多的事!"

"对，你回答正确，不过，它真正的寓意在于，这个例子告诉我们，如果你不先把大石头放进瓶子里，那么你就再也没法把它们放进去。"

这个故事在我们的生活中随处能找到，一个人在工作中经常会被各种琐事、杂事所缠绕，有些人工作不得法，效率不高，被这些琐事杂事搞得筋疲力尽，心烦意乱，不能静下心来专做最该做的事；有些人被那些看似急迫的事所蒙蔽，根本不晓得要先做哪些最应该做的事，白白浪费了许多精力和时间。

这就像我们工作中遇到的事情一样，在这些事情中有的非常重要，有的则可做可不做。如果分不清事情的轻重缓急，把精力分散在一些微不足道的事情上，真正重要的工作就难以完成。

在一些以实现目标为依据的待办事项之中，到底哪些事项需要首先处理，哪些事项应延后再办，甚至不予处理呢?

"按我们中诚投建工集团的经验，应按事情的重要程度编排处理的先后次序。何为重要程度，是指对实现目标的贡献大小。对实现目标贡献大的事情越重要的，越应该优先处理；对实现目标越无意义的事情越不重要，越应延后处理。或者说，根据所做事情能否加速目标的实现这个原则来判断事情的轻重缓急。"

"经过这么长时间的磨炼，我们公司从机关各部门到各分公司和项目上，都形成了'按照事情的重要程度来行事'的思维方式和工作方法。开展每一项工作前，大家总是习惯于先搞清楚哪些事情重要，哪些属于次要的事，哪些算作无关轻重的，而不管它们紧急与否。每一项工作都如此，每一天的工作亦如此，甚至一年或更长时间的工作计划还是如此，大家都习以为常了。”

“事物是一分为二的，遗憾的事还是有的。”郭代军讲在多数情况下，越是重要的事偏偏并不紧迫，譬如向上级提出建议、提供报表、长远目标规划，甚至个人的体检等，往往因其不紧迫而被那些“必须”办的事情而无限期地拖延了。所以，有的员工办事的经验是要做事，而不是做急事。郭代军娓娓道来，这样总结自己多年来的工作经验。

郭代军还讲了一个广为流传的管理方面的故事：有个建筑公司去帮助另一个兄弟公司突击一块场坪的施工，几十号人干了整整两天，才猛然发现，需要突击施工的不是这块坝子……其实在现实生活中，这样的“笑话”其实有不少。

这种看似忙忙碌碌一阵子，后来才发现自己与目标背道而驰的情况是非常令人沮丧的，这是效率低下，不懂得工作方法的人最容易犯的错误。这些人往往把大量的时间和精力浪费在一些无用的事情上。

做任何事情一定要有目标，还要有达到目标的周密计划。早上开展工作时，如果并不知道当天有什么样的工作要去做，很容易像前面讲的那个建筑施工队一样，把大好的时光耗在不该做的事情上。没有目标，就不可能有切实的行动，更不可能收到实际效果。有目标方能减少干扰，把自己的精力放在最重要的事情上，优秀员工每天进办公室的第一件事，就应该是计划好当天的工作。

在制定周期计划时，应考虑到计划的弹性，不能将计划制定在能力达到的百分之百，一定要留有余地、留有空间，因为我们在落实计划的过程中总有遇到一些意想不到的情况，以及上级交办的临时任务。再说每个人实现目标的能力有限，无法超越某些限度，如果能对准备工作尽量做到慎重而行，至少可以将能力发挥到极致。当今世界是有头脑的人的世界，唯有那些做事有秩序有条理的人才能成功。反之，成功永远都会与其擦肩而过。

信誉是企业家的生命

鲁迅先生说："一个人最大的痛苦，莫过于失去别人对你的信任。"信誉远比那浮华夸张的广告重要得多。信誉是商人的生命，商人一旦失去了信誉，就好比鱼儿离开了水源，人类离开了空气。

——郭代军语

近20年的商海搏击，郭代军感触颇深：很多商业巨头的个人创业史表明，他们对"自己的东西卖给了谁"这件事都十分在意，对待顾客的评价都十分用心。斯图尔先生认为，顾客有权知道真相，不管这样做会给商家带来什么样的后果，任何职员都不得在任何方面误导顾客，或者隐瞒商品可能存在的任何缺陷。他曾经向一个职员询问某种新款商品的销售情况，职员告诉他："这种商品设计得不太好，某些方面还相当差。"这个年轻人拿着样品对斯图尔先生描述着它的缺陷，这时，一个来自美国内陆的大客户走过来问："你今天有没有质量上乘的新产品给我看呢？"年轻的推销员马上说："是的，先生，我们刚刚做出了一种恰好适合您需要的产品。"他一边说一边把那个有问题的产品递给顾客。他对这种产品的赞赏听起来非常诚心诚意，于是顾客马上决定订购一大批。一直默默旁观的斯图尔先生插话了，他告诫这位顾客不要急于订货，再好好检查一下。然后他让这个年轻人到财务部门结算工资，这位年轻人被当场解雇了。

郭代军还给作者讲了另一个关于诚实的故事。他说梅耶·安塞姆是赫赫有名的罗特希尔德家族财团的创始人，18 世纪末，他生活在法兰克福著名的犹太人街道上，他的同胞在那里遭到令人发指的迫害。虽然关押他们的房门已经被拿破仑推倒了，他们仍然被迫在规定时间回到家里，否则将被处以死刑。他们过着卑微和屈辱的生活，生命的尊严遭到践踏，在这种环境下，犹太人很难保持诚实。但安塞姆不是一个普通的犹太人。他在一个不起眼的角落创建了自己的事务所，挂了一个红盾，他称之为罗特希尔德，在德语中的意思是“红盾”。他在这里做借贷生意，迈出了创办横跨欧陆的大型银行集团的第一步。

当拿破仑把兰德格里夫·威廉从赫斯卡尔地区的地产商赶走的时候，威廉还有 500 万银币，他把这笔钱交给了安塞姆。当时，侵略者随时会把这笔钱没收。安塞姆精明地把钱埋在后花园里，等敌人撤退后，他再以合适的利率把它们贷出去。威廉返回时，安塞姆安排大儿子把这笔钱连本带息还给了他，还附了一张明细账目表，使威廉喜出望外，对安塞姆如此诚信的崇高品德无比赞赏。

在罗特希尔德家族世世代代的成员中，没有一个给家族的诚实的名誉抹过黑，不管在生活中还是在事业上。如今，“罗特希尔德”这个品牌的价值高达 4 亿美金。

“商业领域有个信条：‘顾客就是上帝，满意的顾客是最好的广告。’那些得到良好服务的顾客，会乐意向别人推荐这家商店或商品。”郭代军如此感悟道。

如果人们在商业交易中都很真诚，讲真话，那交易破裂的情况便会很少存在了。商业交易需要双方做到正直诚实。而当人们不再互相信任的时候，就永远不会达成交易了。

波士顿市长哈特先生说，50 年来，他目睹了诚实和公平交易的深入人心，成功的生意人有差不多 90%都是以正直诚实而著称，那些不诚实的人最终都会破产。他说：“诚实是一条自然法则，违背它的人会遭到报应、受到应有惩罚，就像万有引力定律不可违背一样，诚实的定律也是不可违背的。违背的结果就是受到惩罚——不能逃脱的惩罚。不诚实的人能躲得过一时，是躲不过一世的，正义的惩罚最终都会降临。商人拥有顾客们所需要的东西——货物，卖出这些东西才能挣到钱——钱是商人们需要的。当交易发生的时候，如果双方都是诚实的，那么双方都会受益。如果企业家不能诚实地对待工人，那么企业家不会赢得利润；反之亦然。就像 90%的成功人士的经验所证明的，这是一条在生活中的任何方面都行得通的法则。”

正直也是一笔值得珍惜的财富。为什么成千上万的商人在重大灾难中失去所有的财富，却仍能够迅速东山再起，有人甚至还成了规模更大的批发商？他们并没有任何资本创业——他们是凭借自己的信用成为银行的贷款客户的。商业机构认为他们是正直的人。他们从不拖欠，也很勤奋，对所有的人都讲信用。这种声誉就是东山再起的资本，这种声誉让一个身无分文的人可以买到数千万美元的货物。灾害毁掉了他们的企业，却毁不掉他们正直的声誉。

圣·路易斯银行主席在一次银行家会议上说：“成千上万的美元借出去了，唯一的抵押品就是信誉。有的人虽然不富有，却有高贵的品质，他们借款从来不超过自己的承受能力。”当另一个银行家说得更加明了：“我宁肯借钱给那些诚实的穷人，也不愿意借给不诚实的富人，虽然这些富人有很强的偿还能力。”这些话表明，精明的商人非常重视商业信誉。信誉就是资本，而且是每一个人都可以拥有的资本。

“大自然已经在某些人的脸上刻了一个代表信用的符号，无论他在哪里出现，都将受到尊重。你会情不自禁地相信这样一个人，他们的外表就给人以信任感。在他们的脸上写着‘恪守承诺’这几个字，与另外一个人的书面保证相比，你甚至更倾向于相信前者。”郭代军如此向作者诉说诚信在他心目中的重要性。

对于准备从事商业的人来说，开始前最重要的事是了解商界的规则：商人们会根据你过去的记录采取行动。你的所作所为都要言而有信。一旦进入这个圈子，商业机构就记录着你的一举一动。如果你正直诚实，有时候就会被束缚住，因为你相信信誉是无价之宝。另一方面，人们永远不会借钱给狡猾无耻的人，商人和银行家也根据顾客的信誉来决定自己该怎么对待他。

诚信担风雨　匠心铸未来

2020 年 1 月 11 日下午，中诚投建工集团 2019 年度工作总结暨 2020 年度工作安排大会在四川川投国际酒店隆重举行。作者亦有幸参加了这次盛会。

中诚投建工集团董事长郭代军慷慨激昂的演讲极富感染力，我的内心深处久久不能平复。会后我怀着崇敬的心情，对郭董事长做了一次交流式的访谈。

成都的隆冬阳光依然明媚，蜡梅朵朵绽放。走进郭董事长办公室，犹如迈进一间别致的藏书阁，各类名著跃入眼帘，由中国著名书法家关永昭题写的“诚信得天下，匠心铸辉煌”的条幅对联抓人眼球。睿智儒雅英俊的郭董事长热情地招呼着我们，采访在愉快的氛围中开始了。

我们深知，一个集团的稳步发展，最离不开的是人，是团队，是管理模式，所以我们向郭董事长抛出了第一个话题，想知道他对 2020 年中诚投建工集团的人才战略是如何规划的。郭董事长满面笑意，娓娓道来：“人才战略的关键是在识人、培养、互信、共享。集团的人才梯队，是集团未来人才发展战略的重点。目前，我们集团拥有一批积极阳光向上的管理人才。为此，我很欣慰。”

接下来，我们就人才战略引出了另一个话题："集团的优秀团队和平庸团队主要从哪些方面去判定？"郭董事长所思片刻，随即如数家珍般地道出了他对优秀团队和平庸团队的评定标准：优秀团队有共同价值观和团队规范；优秀团队有明确的团队目标；优秀团队有不同的角色；优秀团队有归属感；优秀团队有良好的沟通；优秀团队热情周到的优质服务能创造价值，全面实现盈利，定位准确；优秀的团队能站好位、补好位，尊崇授权的有序管理。平庸团队则不具备以上品质。

郭董事长在阐述这个话题时，特别提到，平庸的团队造就平庸的组织，而平庸的组织善于内斗外泄，平庸的组织无使命，忘记对自己的承诺和初心，平庸的团队是分散的组织，割裂的团队，心相离，力向背；直角对立，惯性反对；平庸的团队本利不分，指责罔顾。平庸的团队放弃革新，放弃学习，团队自满，强者骄横；排斥进步，鄙视后继，团队专业能力萎靡；平庸的团队主动放弃努力。

郭董事长如此深刻细致的真知灼见，作者打心里佩服，更加迫切地想对郭总的管理之道了解多一些。作者问道："2020 年，是继往开来的一年，郭董事长对集团各分公司、机关部门的发展有何期许吗？"

郭董事长抿了一口茶，眼神深邃地眺望窗外微风吹动的锦城湖水和风景如画、享誉中国、惊艳全球的天府绿道，语气平缓地讲开了："2020 年，活下来是根本之道，稳中求进，才有未来。一切有悖生存的都是邪道巫术，生存大于一切，这就是王道！一切高傲都是自以为是，务实大于选择，守住根本是大术！2020 年，不需要至高求变的道法，不需要满天的机会，只需要你坚定的信心和决心，持续的发奋和图强，方能聚欢颜！

"2020 年，是集团专注升值的一年，我对各个分公司有不同的期许，首先是机关各业务部门的业务能力和办事效率的提升，立百年长志，建长青基业。机关的形象门脸就是集团的品牌，就是客户、业主及合作伙伴的荣光，每一个中诚投人必须让客户获得十分的面子，高管跑起来，中层领导和员工动起来，到现场、到一线去发现、去跟踪，来一场持久的跑动管理。管理在细则，成败在细则，品牌在细则，品质在细则！尊重行业，敢于创新，摒弃陋习，活在当下；完善流程，提高效率，利润导向，务实经营，强化全员成本治理，实施成本优先策略，要强化团队建设，打造和睦组织，鼓励岗位成才，务实做到精细、周到、圆满、美好、活力。

“其次，是工程造价、成本核算的提升，坚持整体重塑，重新审视和定位商家现状和区域社会环境，立足于服务区域社区，深度优化业态，整合内外部资源，全面启动，积极沟通，改造和优化品质，改善和优化相关流程，加强内控，强化成本优先策略，降低无效成本支出，发展优秀员工，打造善于合作、阳光的、积极向上的团队。

“还有就是提倡政商友好共建，大力发展管理团队，并植入集团发展理念，用人才驱动企业发展，用模式获利。注意总结、规范，强化党建、工会作用，大力宣传，积极创优和创收；积极创新，发展新业务，开源创收。强化党建引领，政策引流，品牌上线，区域赋能的发展理念，强化区域服务意识，努力争取社会认可，要努力用产品，用产品（工程）质量、施工、进度、安全、信誉等各方面赢得市场新时代。

“最后，是集团综合发展，积极为社会服务。集团资产长效管理，强化集团公司治理，突出市场营销工作，强化回款管理工作；成本节流，优化支出，强化成本控制；强化集团管理队伍人才的引进，做到年轻化、知识化、专业化的提升。”

虽然只有短短数十分钟的交流，但郭董事长一气呵成、十分清晰地向我们勾勒出 2020 年中诚投建工集团机关各部门、各分公司的发展方向和管理边界，我们不得不佩服郭董事长的管理思路和极强的表达能力。

访谈就要结束了，郭董事长兴致依然。看得出，他对自己的团队寄予厚望。他饱含深情地说：“在 2020 的新年里，我衷心祝愿集团的每一位家人带着新的希望上路，你比别人更有希望，不必为模糊不清的未来担忧，只为清清楚楚的现在努力。只有先改变自己的态度，才能改变人生的高度。在抱怨自己赚钱少之前，先努力，学着让自己值钱。学历只代表过去，现在的学习和工作能力才能代表将来。有些事情不是看到了希望才去做，而是坚持了才看得见希望。压力不是有人比你努力，而是比你成功的人还在努力。你所做的事情，也许暂时不会突显，但不要灰心，你不是没有成长，而是在扎根。现实与理想之间，不变的是跋涉，暗淡与辉煌之间，不变的是开心。”

征途 2020 年，坚守必赢，勤奋必赢，诚信必赢，匠心必赢！此时此刻，我兴奋地站起身来，为郭董事长鼓掌点赞，为中诚投建工集团鼓掌，为中诚投人鼓掌！多么激动人心的新年寄语，我们的访谈在这热烈的气氛中结束。我们坚信中诚投建工集团在郭代军董事长的带领下，2020 年将会取得更加辉煌的业绩。

访谈即将结束时，郭董事长朗读了他的新年寄语：“心安，才能固本；乐业，才能安居；轻利，才能集友；公心，才能聚才；创造，才能共享；共赢，才能发展。”

走出郭董事长办公室，已暮色渐浓，我依然感觉意犹未尽，我们期待着中诚投建工集团明天更好。

学草做人

郭代军有句口头禅："人一生一世，要像草那样做人。"他说，做人如草，低调就好。

虽然普通，却有自己的个性；虽然渺小，却有自己的颜色；坚强地生长，低调地活着。

做人如草，踏实就好。

不与大树争高低，不与花朵比美丽，有自己的姿态和特点。风来，吹不倒；雨来，淋不跑。

做人如草，努力就好。

忍得孤单，耐得住寂寞，不会再孤独消极，不会因为寂寞伤心，把时间用在努力提升自己上。

做人如草，平凡就好。

即使普普通通，也不放弃生长；就算平平凡凡，也不求人可怜。

做人如草，踏实就好。

坚定不移地站在自己的岗位上，随风摇摆，却不轻易倒下，被雨水冲刷，却不改变色彩。

做人如草，豁达就好。

虽小，心胸开阔；虽弱，内心坚强。

开不了花，依然不放弃生命；结不了果，依然会努力活着。

做人如草，在平等中活出自己的性格，在雨水中彰显自己的独特。就算某一天生命到了尽头，也不后悔，至少来过、活过、奉献过！

做人如草，是活给自己看的。做一棵默默无闻的小草，没有人鼓掌，也在努力生长；做一棵自力更生的小草，没有人心疼，也要无比坚强；没有人欣赏，也要活得漂亮。快乐是自己给的，幸福是自己经营的，成功是自己努力的。

做人如草，不需要人人都理解，做事尽心尽力；不需要人人都喜欢，做人坦坦荡荡。自己的人生，自己做主。

说得多好啊！郭代军的话使人胸怀大开，意志坚强。一句祝福，在晨光中送来；一种快乐，如朝霞般绽放；一份关心，陪你每日醒来；一声早安，愿你幸福平安。似一阵秋风一阵爽，一场秋雨一场凉。像初春三月，绵绵牵挂情，甜甜祝福语，句句暖心房。

俗话说："言为心声，语为心境。"看一个人的人品好坏，往往从他的言语中便可略知一二。人品好的人，谈吐间让人如沐春风；人品不好的人，说话尖酸刻薄，让人感到不适。

郭代军的感悟是："人品好的人，从不会说这样的话。"他说，"人一生一世，尽量做到'三句话'不说。"

一是怨天尤人的话不说。

人这辈子，不如意之事十之八九，可与人言无二三。每个人都会遇到这样或那样的难处，有时是迫不得已，有时候是言不由衷。但怨天尤人不仅解决不了任何问题，还会让情况越来越糟糕。

发牢骚要适可而止，否则于人无益，于己不利。然而不少人生活中的大部分时间，都是在消极和抱怨中苦苦挣扎。比如，有人抱怨天气恶劣，自己被淋成了落汤鸡；也有人埋怨当地饮食，不合胃口毫无食欲；也有人牢骚工作压力大，社会不好生存。可谁的生活又是十全十美呢？

习惯怨天尤人的人，暴露的都是自己的无知和不成熟。

在朋友圈倾倒“垃圾”，不但事情本身得不到妥善解决，还会影响他人的心情。长此以往，身边的朋友也会变少，因为没人会喜欢整天散发着负能量的人。

郭代军说：“真正聪明的人，遇事不推诿，凡事先从自己身上找原因，所以能够少摔跟头，少走弯路。”

二是让人难堪的话不说。

他说：“俗话说得好，打人不打脸，揭人不揭短。谈论他人的短处，不仅是情商低的表现，有时还会给自己招来祸端。”

其实生活中，不考虑别人的感受，习惯脱口而出的人不在少数。例如你穿了件衣服美美地发到朋友圈，他会说“这衣服颜色一点都不衬你的肤色”；你换个发型，他会说“这个发型不适合你，显脸大”等。

每个人都有开口说话和表达的权利，但一个成年人最基本的教养，就是不轻易让别人难堪。

一个嘴上不饶人，喜欢在口舌上占便宜，处处说长道短的人，一定是一个自私自利的人。

相反人品出众的人，知道什么话该说，什么话不该说，懂得照顾别人的感受，人们也愿意与之交往。

三是自夸自傲的话不说。

古语有云：“暴富贫儿休说梦，谁家灶里火无烟？”意思说，不要老是向人家夸耀自己的财富，谁家的灶台里不冒烟呢？

确实，每个人都有值得炫耀的过人之处，但别人称赞的不是口碑，自我标榜的就是吹嘘。

一句很经典的话：“天下最悲哀的人莫过于本身没有足够炫耀的优点，却又将其可怜的自卑感，以令人生厌的自大、自夸来掩饰。”

真正有学识，有涵养的人，是不会主动开口标榜自己的。正所谓，天不言自高，地不言自厚，人不言自能，水不言自流。

做人贵在自知之明，既不能轻贱别人，也不可吹嘘自己，适得其度，才会赢得众人的青睐。

有人要说："贵人不一定能改变人生，外表不一定能决定魅力，但是说话可以。"

你说什么样的话，就是什么样的人。所谓说话之道，其实也是做人之道。

会说话的人，懂得把握尺度，注意分寸，给人留余地，给自己留退路，待人真诚，人品好。

而不会说话的人，从不会照顾别人的情绪，只顾自己滔滔不绝，这样的人人品也不会好到哪儿去。

人活一世，一撇一捺写个"人"，一生一世学做人。

不做屋顶上的山羊

学生时代是人生中记忆力最强的年龄段。那个时候阅读的东西留下的印象最为深刻，而那时阅读感受到的思想震撼和精神享受，可能会影响人的一生。

在郭代军的阅读经历中，《伊索寓言》这本书给他带来很深的影响，他对这本好书记忆犹新。“当年我只是把它当成有趣的故事看，乃至当了父亲，在给儿女们讲故事时重读那些充满寓言的优美篇章，才真正开始反复沉淀在心底的人生道理。”提起这本书，代军如是说。他送孩子们进入梦乡的时候，也把自己带进思想的家园。

《伊索寓言》书中有一则《屋顶上的山羊》，带给郭代军的思索特别深。故事说，山羊站在屋顶上吃稻草。一只四处觅食的狼从下面经过，想找顿饭吃，山羊十分得意地对狼说：“你今天早晨好像情绪不太好，你是不是在找鼻涕虫或毛毛虫，然后用你那难看的大牙把它吃掉啊？也许你可以赶跑牛奶碗旁边的母猫弄点吃的吧？”狼抬头看了看屋顶上的山羊，鄙夷地说：“吃你的陈稻草吧！你站在屋顶上胆子大，说话嘴硬。如果你敢下来，让我们站在同一平面上，公平竞争，很快就会明白谁才是真正的强者。不要忘记了，使你高大的不是你自己，而是屋顶!”

这则故事寓意深长，让郭代军沉思良久，感到脊背发凉，有一种被人当头一棒而幡然醒悟的感觉。

郭代军感慨地说：“在我这不长不短的人生履历中，有过几回站在‘屋顶’的经历。比如当年以优异成绩如愿考入成都一所名校，在家乡传为佳话，一些熟悉的长辈、亲戚把我夸得天花乱坠，什么‘一考成名’啊，什么‘乌杨中学的佼佼者’啊，什么‘青年才俊’啊，郭家大院都以我为荣，好像自己真的做出了什么惊天动地的伟业，一下子成为了不起的人物。”完成学业后，郭代军被安排在成都建工第一建筑工程有限公司上班。

走向社会，方知山外有山，楼外有楼。他说：“不要说和真正的‘青年才俊’‘工程师’‘监理师’相比，就是跟其他院校分来的同年毕业生相比，综合素质和各方面能力，也是各领风骚，各有千秋。只不过自己就读的这所学校在建筑领域不错，无形中让我‘自我感觉良好’，开始膨胀，抬高了我的价值，使我忽然‘高大’起来。扪心自问，其实不过是‘屋顶上的山羊’而已。”

随着改革开放的深入发展，一年之后，郭代军选择了离开一公司，下海单干，独立拉起了一家装饰装修公司；没干多久，又与朋友合伙成立了四川弘盛达建筑工程有限公司；大干几年之后他又退出弘盛达，另立门户，取名“中英国际建工集团有限公司”。

2018 年是公司取得辉煌成就，获得重大突破的一年。公司完成混改，并更名为“中诚投建工集团有限公司”，实现了里程碑式的跨越发展。担任董事长的郭代军，还兼任了四川省忠县商会会长、四川省工商联合会副会长、四川省政协委员等职务，被评为“第三届四川省优秀中国特色社会主义事业建设者”、“脱贫攻坚”四川好人。

这时又有不少不明就里的朋友见他身担多种职务，头上光环闪耀，夸他是名副其实的“大款”“大老板”，享誉盛名的“企业家”，这让郭代军更加不好意思。事实上，在郭代军辉煌的履历表上，打从他逐梦的 2004 年开始，仅仅18年的打拼，取得了一个又一个丰硕成果，也算是一个“高高的屋顶”，但一向谦逊的郭代军不这样认为。他说：“像我这般后来者，究竟算真正有名望的企业家，还是‘屋顶上的山羊’，只有自己最清楚。因工作关系，我们常常到各地走走，别人照例客气地把我们叫作‘企业老板’。每当这时我自己都有些羞愧。‘外表’不等于‘实质’。使我‘高大’的，只是我所处的平台，我借此‘狐假虎威’，至于真实的自己，依然不过是‘屋顶上的山羊’而已。”

人们看见郭代军的事业如日中天、蒸蒸日上、前途无量，无不向他投去赞许、敬佩的目光，他们这样评价他：“郭代军看似儒雅、平静，其实一点不沉默，他随时都爆发着无与伦比的光芒。他将激烈拼搏的商场变成了自己尽情表演的舞台。”

人们看到，郭代军足智多谋，胸怀全局，掌握自如，想做什么都能成功。

人们看到，郭代军在中国建筑事业中，书写着一个又一个彰显辉煌的华章。

人们看到，郭代军一人扛起一个团队，带领千名员工坚定地在追梦路上奋勇向前。

在掌声、鲜花面前，郭代军头脑清醒。他说：“人生在世，由于各种机缘，总会有幸地碰到一些‘屋顶’。初到上面的时候，还多少有些战战兢兢，如临深渊、如履薄冰，唯恐‘高处不胜寒’。时间长了，可能就有些适应，有些麻木，有些习以为常，假象重复多次成为常态，假话说过千遍成为‘真理’，最后连自己也信以为真了。人性的弱点原本如此：被叫作‘青年才俊’，总比被喊‘傻子’舒服；被尊为‘企业家’‘董事长’‘慈善家’，当然比被认作‘白痴’好受。世上的‘屋顶’五花八门，什么权力、地位、金钱、虚名等等，不一而足，都可以使人飘飘然，闹不清自己是谁，是什么使自己变得‘高大’。高高的屋顶仿佛云端，容易叫人摆不正自己在人群中的位置，错误地以为自己处处高人一头，时时胜人一码。别人不这样认为，还很不习惯，很气愤呢。问题在于，当‘屋顶上的山羊’顾盼自雄、自以为是、目中无人的时候，留给狼‘仰视’的，除了黑洞洞的鼻孔和虚妄的自负以外，还有什么呢？它错误地认为自己是可以嘲笑‘狼群’的‘虎豹’，而地球人都知道，说到底，它还是‘屋顶上的山羊’而已。”

写到这里，作者想起郭代军第一次上台领奖时候的感受——“听到主持人宣布‘什么家’‘什么老板’，真把自己吓了一跳，到如今听得多了，加上自己也长年龄了，自知之明却多了几分，心想‘什么家’‘什么老板’啊，它不过仍是‘屋顶上的山羊’而已，而已！”

企业家一定要讲诚信

作者与郭代军闲聊时说："近年来身边不少企业老板一开始做得风生水起，人们羡慕他，但没过多久，就传闻他已经做垮了，甚至宣告倒闭了，最主要原因是什么?"

孔子指出，人无信不立。作为一个商业人士，应以诚信来规范自己的行为，而把"诚"这个德行用在企业管理中，最直接的体现就是以诚信的态度来对待下属。这一观点，我们随时可以在社会实践中找到实例。

孔子告诉我们不论对人、对物、对钱的管理，最后归根到底是对人的管理。人是一个复杂社会化的动物，随着人类文明的发展，人不只是对物质利益的追求，人需要尊重，"敬人者，人恒敬之"，只有尊敬别人的人，才能得到别人的尊敬，而对别人最起码、最重要的尊重就是受到信任。孔子说："信则人任焉。"商业人士讲诚信，他就会得到员工的信任。孔子又说："上好信，则民莫敢不用情。"商业人士讲信用，被领导的人就会真诚地对待上级而不会违背命令。所以，以诚信的态度对待部属，尊重职工、尊重客户、尊重合作伙伴，诚信领导是企业人事管理的第一要素。一个企业家若不具备"诚信"的品质，这个人也就什么事也做不成功，管理也会失败。说起一些同行，郭代军十分痛心，很有感触。

“企业家要规范自己和员工的行为，使广大员工认识到，维护企业信誉是自己的神圣职责，自己的行为都会给企业的声誉和经营带来影响，一举一动都直接关系到企业的整体形象。一位资深管理学研究者曾说：‘世界上最容易损害一个经理的威信，莫过于被人发现在进行欺骗。’诚信坦率并不会影响当权者的形象，恰恰相反，它只能让当权者高大起来，增加人们对他的信赖。”郭代军继续说。

除此之外，郭代军尤其推崇英特尔总裁葛洛夫。

英特尔总裁葛洛夫就是言行一致的表率。英特尔从创立开始就非常强调“纪律”，处处有清楚的规定。每天早上的上班制度就是最好的例证。在当时的硅谷，IT 公司的每个人每天都可以来去自由，上下班时间执行“弹性工作制”，根本没有人管员工是几点钟到的，而在英特尔，每天上班时间从早上 8 点整开始，8 点 05 分以后才来报到的同事，就要在“英雄榜”上签名，背负迟到的罪名。即使你前一天晚上加班到半夜，隔天上班时间仍是 8 点。

英特尔要求员工准时上班最主要希望确认每件事都能够准时开始，像公司会议、报告、专案进度以及最重要的交货时间、工程竣工交付时间等。英特尔特别重视团队合作，任何一个不守时行为都会影响团队中其他成员，对公司资源造成浪费，因此，“准时”成为纪律要求的第一条规范。

有一次，上班从不迟到的葛洛夫竟也迟到了，他同样也在“英雄榜”上签了名，一点也没有特权。他还在上头加注“没有人是十全十美的”，自我揶揄了一番。古书云，“人无信不立”“人以信为本”。作为领导，如果不守信用就无法服众，也就没有领导的权威。

拥有卓越的、驾驭下属的能力，必须做到言必行、行必果。这些忠告应时时出现在你的心里：不要承诺尚在讨论中的决定和方案；不要承诺你办不到的事；不要做出自己无力贯彻的决定；不要发布难以执行的命令！

假如你打算说话一诺千金，那就必须得诚实。诚实是高尚的道德标准的一种体现，意味着人格的正直，胸怀的坦荡，而且真挚可信。想成为别人的榜样吗？诚实地对待别人吧！

“做生意、搞工程和做人的第一要素就是诚实，诚实是树木的根，如果没有根，树就别想再有生命了。”郭代军如是说。

诚实是一个人立身处世的基点，一个人如果不诚实，就失去了做人的基本条件。反之，如果能够以诚待人，一定会得到越来越多的支持和帮助，事业也能开创出崭新的局面。诚实对一个人、一个企业都是无形的财富，是一笔巨大的无形资本，无论是个人，还是团队，坚持走正直诚实的道路，必定会实现自己的梦想。

优秀的企业家应该督促员工成为诚信的人。以诚待人，就可以在值得信赖的人们之间架起心灵之桥，通过这座桥打开对方的心灵大门，在此基础上双方并肩携手，合作共事。诚实地待人处事，不仅对个人的心理健康有益，还有助于消除人与人之间的猜疑、增进人与人之间的互信和团结。当诚信成为一个团队的标志时，这个团队不仅具有高度凝聚力，更能赢得客户及合作伙伴的高度信赖，从而在市场竞争中占据主动地位。

对于领导者而言，不讲空话，言行一致，自然会得到员工的信任与拥戴，公司的凝聚力自然也就建立起来。然而，有些企业家经常信口开河，不遵守自己的承诺，经常让员工感到被企业、被领导欺骗，自然会失去员工的信任，至少在心灵上会被员工疏远，因而也很难再得到员工的支持与帮助。

经常欺骗别人的人，自然也会受到别人的欺骗。出尔反尔，言而无信，言行不一，员工也会暗地里欺骗你、糊弄你，公司又怎么会取得好的成效呢？你这个“企业家”的地位又怎能保得住呢？

如果你想做一名优秀的成功企业家，那就从严于律己、言行一致开始吧！

日本著名企业家土光敏夫说，企业领导者要想得到员工的信赖，首先要努力使自己成为“可以信赖的”，不能一味要求对方信赖自己。给员工的许诺要慎重，给出去的承诺就要按孔子所说的“言必信，行必果”的思想去兑现。

人是具有理性、意志和情感的动物。理性使人类能够认识自然、认识社会和认识自身。正因如此，人类才有今天的文明。同时，人又是有情感的，人的意志和行为不仅受理性的支配，同时还受情感的支配，有的时候情感的支配比理性更重要，因此在企业管理中，企业家还要进行情感的投入，要以诚对待下属，以诚对待员工，创造和谐的人际关系、和谐的企业氛围。

郭代军的一席之谈，使作者想起了鲁迅先生的名言："一个失败者最大的问题，就是失去了别人对你的信任。"的确如此，"以诚待人"是一个企业形象内聚力的重要精神因素之一。一个企业如果在员工中建立起管理信誉，如同拥有了无形的财富，只要用心经营，不去损害它，它就是取之不尽用之不竭的宝藏。

爱心篇

AIXINPIAN

一个有爱心的人，必然心地善良，心怀感恩。无论他遇到什么事、碰见什么人，都会心存感激，都会滴水之恩涌泉相报。他乐于助人，看到别人有困难，就会毫不犹豫地伸出援助之手。他种下善良的种子，结出一颗颗善良的果实，他把爱分给别人，自己也收获爱。

点燃贫困学生心灵的希望

2011年春节前夕，当快递员将一件快递送到郭代军手中的时候，他真的有点诧异："是谁从甘孜州给我寄的快件呀？"

他拆开一看，是两张精美的贺岁卡和一页信纸，信纸上写道："尊敬的恩人郭代军叔叔，我们很久没有跟您联系了，也许您一下想不起我们，可我们永远也忘不了您，是您帮助我们重启希望，照亮我们前行的路，是您无私地伸出援手，每个学期给我们寄生活费，解决了我们无法解决的困难，使我们能重拾书本，返校读书。现在我们很好，我们都完成了学业，找到了满意的工作……"

郭代军终于想起，他们是甘孜州丹巴藏族自治县丹东小学的拉玛斯佳、尼玛泽仁、加姆初、吴雪莲等十几个藏族贫困学生。

那是2011年，郭代军的一位姓龚的乡友从省城成都下派到丹巴县任代理副县长。一次这位龚副县长介绍到藏区还存在贫困学生上学难、有的孩子连小学没有毕业就辍学的现象时，郭代军禁不住眼眶湿润，同情之心油然而生！他说："这些年，改革开放让一些人先富了起来，如果富起来的这些人都能尽其所能，关心那些弱势群体，扶贫济困，传递、播撒爱心种子，我们中华民族将会更加兴旺，我们的祖国将更加强盛，我们的社会将变得更加和谐美好。”他当即表态，“从现在起，我对口帮扶丹巴县丹东小学的那些藏族贫困学生，每年给每个学生资助 1000 元，一直资助到这些学生读到大学毕业。同时，还对其他贫困地区的贫困学生给予爱心助学，点亮他们求学之路，让更多的贫困学生能够上学读书！读书好，接受正规教育，共享改革开放的伟大成果。”

同年冬季，成都出奇的冷，比往年同时期气温低两三摄氏度。这天夜里，郭代军躺在床上翻来覆去怎么也睡不着，他担心身处冰雪世界的那些贫困孩子，他们能否战胜严冬顺利完成学业？想到这些，他的瞌睡全没了，翻身下床给孩子们写信：“可爱的孩子们，你们是祖国的未来，民族的希望，你们的生活、学习怎样？这些无不牵动着郭叔叔的心……”

第二天，他托人买来十几大包棉衣、棉鞋、棉袜等防寒衣物和三角板、圆珠笔、笔记本等学习用具，分装成每人一包，连同那封充满深情的信，寄给丹巴小学学生们。打这以后，郭代军与学生们之间架起了心灵沟通的桥梁，他们开始了书信和电话往来。几年来，他无论多苦多累，都要挤出时间与学生们在信中谈理想，谈人生，以点燃他们心中的理想之火、心灵之火。

郭代军与学生们沟通心灵的故事，郭代军及他当时带领的四川弘盛达建筑工程有限公司的员工和丹东小学的师生们都忘不了。当时就读四年级的吴雪莲在给郭代军的感谢信中写道：“郭叔叔，你不晓得哟，我们家收到您寄来的一大包东西时，全家人好高兴啰！有些东西我们在高原从来没有见过，爷爷奶奶更是笑得合不拢嘴，那崭新的厚厚的棉衣、棉鞋、棉袜，暖身更暖我心。我暗暗下决心，一定努力学习，不缺课，不迟到早退，努力掌握科学知识，长大后像你一样为祖国贡献力量，多为人民办好事、办实事，用实际行动报答国家对我们藏族孩子的培养教育，报答您郭叔叔的大恩大德。”

一个自称表现不好，成绩也一般般的男同学，将一张照片以及包含着一颗纯真童心的信寄给了郭代军。信是这样写的：“尊敬的郭叔叔，收到您的东西，读了您的信，我心里好激动呀！我做梦也没有想到，您一个大老板，身价那么高，还看得起我们这些大山沟里的藏族穷孩子！我做个自我画像吧（附一张照片），由于家庭条件差，以前在家，我学会了忍受，也学会了反抗。我感情淡薄，对一切都感到无所谓，无动于衷。自从读了您的信，从您的身上看到了另外一种情怀，领略了您崇高的境界。自己仿佛比以前长高了，看得远了，想得宽了……从现在起，我一定要改掉自己的毛病，好好读书，做一个有益于祖国、有益于社会、有利于人民的人。”郭代军看着那张黝黑稚嫩却充满阳光的照片，读着那一封封充满童稚又满溢真诚的信，心里装满了幸福感。

在和孩子们的交往中，郭代军除了资助他们的学费和在校生活费外，还针对他们暴露出思想问题，因人而异、对症下药、以情换情、循循善诱地做思想工作，帮助他们克服自卑心理，战胜恐惧，克服消极情绪，树立正确积极向上的人生观。孩子们说：“我们能和郭叔叔交朋友太高兴了，有他的帮助，我们一定能改正缺点，做一个诚实上进的好孩子，将来长大后为建设祖国、保卫祖国贡献自己的聪明才智。”

郭代军实际行动和无私奉献的大爱精神激励着孩子们。离开了火热的校园生活，投入到社会建设的孩子们，以他们的郭叔叔为榜样，努力地行动报答党和人民对他们的教育培养，回报郭代军叔叔那颗火热滚烫的、给予他们关爱的心。

作为一名农民的儿子，郭代军对贫寒家庭的学生有着深厚感情，坚持把承担社会责任贯穿于企业经营的各个方面，做到党有号召，国有需要，企业就有行动。他的爱心善举，随处可见。

2014 年开学季，忠县有 19 名刚考入大学和高中的贫困学生，正为交学费发愁。郭代军得知信息后，立即慷慨解囊，为这些学生解决了后顾之忧，让他们全部踏入了校园。学生们纷纷打电话感谢郭代军：“您的支持对我们有多么重要啊！您的善意之举教育我们应该怎样做人！我们一定努力学习，长大成才，做一个像您一样有爱心、有事业心、有责任担当，有益于祖国、有益于社会、有益于他人的人。”

2018 年，郭代军得知重庆市江津区吴市小学环境条件差，学生缺乏学习用品、没有体育器材、贫困学生多等信息，立即带队赶到学校，同时捐资 20 万元，用以帮助学校改善教学条件，支助学生完成学业。2021 年 4 月 7 日，郭代军又安排公司党宣部人员专程赶至学校送去捐助款，帮助学校解决了体育用品和学习用具缺乏的问题，使全校师生很受感动和鼓舞。捐赠仪式上，吴市小学校长汪华伍动情地说："今天我感到别样的温暖，又一次深深感受到爱的存在，中诚投建工集团又给我们学校送来了篮球、排球、笔记本、三角板等文体器材、学习用品，我们要知恩、懂恩、感恩、报恩，只有懂得大恩，才有爱的力量，我们一定勤奋学习、钻研教学，回报郭总的爱心和善举，感谢中诚投建工集团对吴市小学师生的关爱和支持！"

多年来，郭代军特别关心和支持江津吴市小学的学校建设和学生成长等事宜，几乎每年都挤时间到学校与师生交流，共商办学育人大事，深受师生和家长赞誉。

每到春节、儿童节，郭代军也都尽量挤时间走访慰问困难家庭，为他们送去爱心和温暖，帮助他们解决生活中的实际问题。

乐善好施蕴大爱

“企业的发展离不开政府和社会的关心支持，服务民众、回报社会则是企业家应尽的责任与担当。”这是郭代军做人、做企业的初衷与愿景。作为一位川籍建筑企业家，10 多年来，他在经营管理好企业的同时，始终不忘初心，履行社会责任，坚持扶贫帮困，助力脱贫攻坚，不仅是一名成功的建筑企业家，更是一位充满爱心的慈善家。

心系贫困学生　关爱健康成长

郭代军说：“娃娃是家庭的期望，是祖国的未来，再苦再难都不能耽搁娃娃的教育，我们要力所能及地帮助贫困孩子。”这些年，他一直坚持资助贫困学生，关注他们的成长进步，特别是倾注了大量心血去帮助那些少数民族地区因贫穷而辍学的孩子们重拾课本返校学习。2011 年，他得知阿坝、甘孜、凉山等少数民族地区有 30 多名中小学生因家里无钱交学费而无法继续学习时，心急如焚，当即从公司拨出经费，帮助这些学生全部、及时地返回了校园，恢复了学习。从那年起，郭代军对口帮扶这些贫困学生，一直资助到他们大学毕业。自 2012 年起，郭代军先后捐助重庆市江津区油溪镇桥头小学肖泽玉、甘霖禧等和吴市小学苏俊豪、梁欢等，共计 40 余名贫困学生完成学业。

倾心抗震救灾　义举温暖灾区

“报效祖国，回报社会，服务民众，是我最大的心愿和幸福。”这是郭代军的肺腑之言。他是这样说的，也是这样做的。自从公司建设走上正轨，郭代军念念不忘感恩社会，尤其是在同胞深受灾难和疫情折磨时，他总是义不容辞，慷慨解囊。2008 年 5 月 12 日，汶川发生 8 级特大地震灾害，造成几十个县市严重受灾，上千万灾民无家可归，露宿野外。郭代军带领员工连续几天，冒着强烈余震和塌方、滑坡的危险，直奔映秀、九龙等受灾最严重的乡镇，把帐篷、雨衣、衣物及粮油、蔬菜、饮料等救灾物资分别送到受灾群众手中。受灾群众拉住员工们的手，饱含热泪，员工们眼眶挂满泪珠，深刻地理解到受灾群众话语的内涵，感受到自己肩上的责任。打那以后，郭代军多次参与四川抗震救灾。2013 年，郭代军为雅安“芦山”地震灾区人民捐款捐物 30 多万元，并捐资助力芦山县初级中学重建校园。

真情抒写大爱，善心彰显担当。2020 年春节，新冠疫情的突袭，牵动着郭代军的心。他迅速响应号召，于 1 月 27 日安排公司财务部通过四川光彩促进会捐款 100 万元，驰援疫情防控，共渡难关。

富贵不忘桑梓　举情回报家乡

2006 年春节，郭代军举家还乡看望亲人，见有的贫困户和身患疾病的老人无钱买年货，他心里很不是滋味，便逐户送去慰问金 200 元，仅春节期间，他挨家挨户送了两个村庄共计 2 万多元。从那以后，郭代军把这件善事活动当成一项不成文的制度坚持下来，以示饮水思源，不忘家乡人。自 2012 年起，郭代军捐资数百万元为家乡重庆忠县修筑公路、引水渠，修建校园校舍，受到了家乡人民的称赞和好评，乡亲们都夸他心眼好，想得周到，行善积德。

情牵凉山村民　助力脱贫攻坚

“不忘初心，回报社会。”郭代军将此作为企业文化核心理念，带领全体员工积极承担企业社会责任，用实际行动践行社会责任和担当。2018 年，郭代军带领企业积极参与到“万企帮万村”精准扶贫行动中，与凉山彝族自治州木里县乔瓦镇锄头湾村结为帮扶对子。在连续三年的结对帮扶中，郭代军每年都坚持率领公司管理人员驱车七八百公里，在海拔 3000 米的山上走村串户，看望慰问贫困户、幼教点儿童和教师，为他们送去生活补助金、生活用品和学习用具，还捐资为村民修建文体活动中心、安装路灯，购置垃圾清运车，几年间总共捐资几百万元。

凝聚力量，决战决胜精准扶贫。2020 年 5 月 6 日，四川省“万企帮万村”精准扶贫行动提质增效推进大会在成都召开，中诚投建工集团荣获“2019 年度助力凉山脱贫攻坚行动先进企业”称号，并现场捐赠爱心善款 100 万元，用于帮扶凉山彝族自治州木里县乔瓦镇锄头湾村决战、决胜脱贫攻坚。郭代军表示，扶贫济困永远在路上，公司将一如既往，不辱使命，勇于担当，全力以赴助力木里县决战、决胜脱贫攻坚取得全面胜利。

翻开近年来中诚投建工集团对社会各级各类的捐助台账，记载着郭代军和他率领的企业为社会公益事业慷慨解囊：为“汶川”地震灾区人民捐款、捐物 50 万元，为“芦山”地震灾区人民捐款、捐赠物 30 多万元……据不完全统计，截至目前，郭代军个人及公司已为贫困学生、山区学校、贫困村民和社会公益事业等捐款捐物达数千万元，资助贫困学生 100 余人次。一个个感人肺腑的故事，一组组令人吃惊的数字，无不倾注着郭代军那颗火热滚烫的赤诚之心，他先后受到了中华工商时报、中国改革报、四川日报、四川政协报和红星新闻等 20 多家知名媒体的报道。郭代军本人则先后获得“第三届四川省优秀中国特色社会主义事业建设者”“爱心助贫”四川好人等荣誉称号。

情注坦途

郭代军的家乡乌杨镇文峰村和相距 10 多公里的上坝村都是出了名的“交通老大难村”。如今，这两个村的交通面貌发生了巨大变化。过去那片地方弯多坡陡，如今崎岖狭窄的山间泥泞小道变成了宽阔平整的大路；过去遇上雨天就令人头疼的严重路障也已全无踪影，人和车堵在一起互不相让的状况，也同样早就消失得无影无踪。说起文峰、上坝二村的交通巨变，数千村民不会忘记郭代军的汗马功劳。

2016 年大年三十，郭代军举家驾车回老家郭家湾大院与父母团聚、过年。

眼看还有 10 多公里就到家了，几个小时的长途跋涉中少有言语的儿女打开了话匣子，车上欢声笑语，热闹起来了。然而天公不作美，车子刚驶上忠县长江大桥，老天爷就下起了毛毛雨。其实令人讨厌的事还在后头——车子开到文峰村第一个大院上曹家湾时，前往郭家湾的路就不通车了，只能换乘“11 路公交车”自己走过去，这时雨越下越大，虽然只有 1 公里左右，但全是土路，田埂边，陡坡旁的土路。

郭代军把车子寄放在曹家大院一个朋友家，带着一家子冒着蒙蒙雨雾上路了。每人拄着一根木棍，像溜冰似的深一脚浅一脚，艰难地行进在泥浆路上。素来文静、书生气十足的女儿的说话声打破了路上的寂静，她说：“南宋著名词人陆游的《卜算子》写的‘驿外断桥边，寂寞开无主，已是黄昏独自愁，更著风和雨’就是我们今天的真实写照!”她的话引来阵阵欢笑。

女儿能够触景生情，巧用古诗，恰到好处，证明她平时读书是认了真、用了功的。作为父亲的郭代军心里好乐，好乐！他表扬女儿说：“好样的，用得很好，今后还要加油!”

这段平时步行只需 10 来分钟的路，今天却走了 40 多分钟。多少年来，一代代郭家湾人都在做着一个共同的美梦：把路修宽点、修平整点，接通县上的主干线，让有车的人把车开回自己的院坝。落后的交通严重地制约着村里的经济发展，有车开不回家的尴尬也让一些前来投资的商家扫兴而回。逢年过节或遇红白之事，因村里路不通，亲戚朋友都不能到访。郭代军深知这个美梦的意义。

第二天，郭代军找到社区、村里领导，向他们谈了自己出资修通这条路、改变村里交通面貌的想法。他想为家乡发展作出贡献的宏图大志，得到了村社领导和村民们的热情拥护和高度赞赏。从这里走出来的另外一位企业家郭云河得知郭代军的想法后，表态愿意与郭代军共同出资修筑这条路。

“钢钎铁锤手中舞，村民同筑幸福路；脚踩大地头顶蓝天，筑路工地勇当先锋。”春节刚过完，郭家湾近百名村民组成的筑路大军，唱着这首自编的歌儿，打响了修筑这条幸福路的战斗，那声势、那阵仗、那热情，让人振奋，催人奋进。

百年大计，质量第一。郭代军坚持每天跟负责施工的技术员和社里干部通电话，了解施工情况，强调施工中的管理、质量等问题。工地上的管理人员按照郭代军的安排，坚持管理“严而不死，活而不乱”的准则，工地上始终秩序井然，你追我赶争先进的热潮一浪高过一浪。

经过 20 多天的紧张施工，一条幸福大道铺进了郭家湾大院，郭家湾人的梦想变成了现实。公路通车后，极大地改变了村民生产生活面貌，对村社经济发展发挥了积极作用。

光阴似箭，转眼便到了第二年清明节，郭代军携家人回老家扫墓祭祖。春风送暖，鸟语花香，自然环境十分优美。他欣喜地发现，改革开放给这里的农村带来了青春活力，这里到处充满了生机，蓬勃旺盛，他心里满是喜悦。

车子拐了个弯，郭代军清晰地看得见上坝村亲戚家所住的院落，马上就能见到多年来未见面的亲戚了，愉快之情更不用说了。

郭代军万万没料到，去年春节回老家的尴尬将在这里重演！前方是羊肠小道，汽车又过不去啦！不过好在去年是雨天，今日是晴天。他把车子停放在一棵高大的黄桷树下，然后随专门赶来迎接他们的表弟表妹们一起“甩正步”。路上，他不时见到村民或背着自产的粮食，或挑着蔬菜，或赶着猪牛羊等牲畜，或是手提鸡鸭等家禽和蛋类到集镇上交易。

农民的生产生活今非昔比，不愁吃穿，住的是自建的楼房，耕种是机械化，传统的刀耕火种消失了，但交通依旧如此落后。村民们的农产品运不出去，外面的物资拉不进来，要是有一条能通汽车的宽阔大路多好啊！

心地善良的郭代军忧心忡忡、欲哭无泪，做了决定：“这样好了，我出钱把这条路修好，让这一带的村民彻底告别肩挑背扛的辛苦日子。”亲戚们听了他的想法，个个脸上乐开了花，一位上了年纪的婆婆顷刻间喜极而泣，紧紧拉住郭代军的手说：“感谢你，你这么好的人，活到120岁都不会老哦！”

返回成都，郭代军办的第一件事，就是给上坝村打去修路的工程款。上坝村的村民们测定了一个吉祥的日子，在村主任的带领下，打响了筑路的“战斗”，工地上钻机轰鸣，钢钎叮当，男女老少挥舞镐锹，抬石运土，好一派繁忙的施工景象，仿佛把我们带回到了几十年前中国大兴农业学大寨的火热年代。村民们把工地当战场，紧张拼搏了半个多月，一条崭新的公路就展现在了人们眼前。

通车这一天，村民们身着节日盛装，敲锣打鼓，燃放鞭炮，舞龙玩狮，热热闹闹庆贺了一番。村主任在通车剪彩大会上做了简明扼要又颇具号召性的讲话，他说：“这条新公路的竣工，圆了我们全村村民几十年来的梦想。今天，我宣告：我们沿袭几千年来肩挑背扛的日子结束了！不过，我们村能够修成这条发财路幸福路，要永远记住一个人，他就是从我们乌杨镇走出去，现在在成都发展的企业家郭代军！”现场顿时爆发出雷鸣般的掌声！

作为在军队做记者工作几十年的退休老军人，阅读了大量无私奉献、甘愿吃苦耐劳，甚至为党为国为民不惜奉献一切的故事，非常感慨。早在20世纪80年代，党中央国务院就发出通知，要求全党、全国人民支持、尊重军队。我想，我们的指战员只有乐于奉献，不怕吃苦，才能真正赢得党和人民的支持和尊重。

军人是这样，百姓又何尝不是如此。马云曾经说过：“一个人能否成大事，与才能和能力无关，跟一个人做事的眼界和格局有关，因为，自己才是一切的根源。”郭代军正是以自己超越常人的眼界，博大的胸怀以及诚信做人，诚实做事，诚心为人的处事格局，赢得了人们的信赖、支持和尊重。

情系木里

党的十九大决议开展精准扶贫工作以来，扶贫工作就被当作一项重要的政治任务来抓，紧紧围绕四川省工商联“万企帮万村”的扶贫任务目标，科学规划，因地域施策，精准发力，扎扎实实工作，郭代军始终坚持“不忘初心，牢记使命，致富不忘党恩，不忘回报社会”的企业宗旨，用真心付真情，真金白银地投入，在他的带领下，中诚投建工集团对口扶贫的凉山州木里藏族自治县乔瓦镇锄头湾村的面貌发生了可喜变化，村民们的生产生活条件得到了极大的改善。

郭代军见难施助，无私奉献蕴大爱，早已被传为佳话。在他的无私援助下，早在20世纪90年代家乡重庆市忠县两个村村民翘首期盼几十年的公路就修通了，山村交通闭塞的状况自那时起就成为历史；因贫苦而辍学的100余名山区贫困学生又重返校园继续完成学业；他连续多次给忠县中学捐资，助力家乡进一步发展教育事业；“5・12”汶川特大地震和芦山县大地震等重大自然灾害发生后，他多次亲自带队，给灾区送物送钱送温暖；武汉暴发疫情后，他第一时间捐款100万元……

心中的牵挂

根据四川省工商联“万企帮万村”的倡议和安排，2018 年至 2020 年，中诚投建工集团与凉山州木里藏族自治县乔瓦镇锄头湾村进行脱贫攻坚结对，同时展开综合帮扶。经过三年的努力，锄头湾村甩掉了贫穷落后的帽子，中诚投建工集团取得了良好的社会反响。这里记录的是郭代军和他的员工们在帮扶工作中的片段和故事。

2018 年 10 月 10 日，郭代军带领中诚投建工集团 14 名员工从成都向木里出发。木里藏族自治县位于四川西南边缘，平均海拔 3000 米，交通极其落后，从凉山州州府西昌进入县城需乘五六个小时的车程，要翻越棉垭山、小高山和磨盘山三座大山。流鼻血、咳嗽、胸闷、失眠……初到木里县的同志都有强烈的高山反应。

“海拔 3000 多米的半山腰住着一家因贫穷的再婚困难户，家中有 4 个孩子，丈夫多病丧失劳动力，年轻、个小、体弱的妻子一人硬撑着这个贫困家庭……” 10 月 11 日傍晚，在结束当日走访活动的返程路上，乔瓦镇锄头湾村的负责人、年轻的驻村干部雍连杰一边爬山一边喘着粗气向郭代军介绍。

“消除贫困，改变民生，实现共同富裕，是社会主义的本质要求。明天早上，我们一定要亲自去这家看看，力所能及地为他们排忧解困!”听完村委会负责人的介绍，郭代军神情凝重地望向半山，心中多了一份沉重的牵挂。

锄头湾村吉祥组的彝族村民马日伍和妻子抚养着 4 个年幼的孩子，然而，去年患上肺气肿，每年住院治疗八九次的马日伍无力支撑家中经济，妻子成了家中唯一的劳动力。一家 6 口仅靠自产的玉米和土豆维持生活，经济来源只能依靠售卖核桃和家中饲养的两头猪，生活极为穷困。地方政府一直想方设法帮扶，但病情日渐严重、负债累累的马日伍一家的生活仍然处于贫困之中。

次日清晨，揣着对马日伍一家的牵挂，郭代军带领扶贫队一路爬山来到马日伍家。他顾不上歇息片刻，急切地询问马日伍的病情和生活情况，随即他走进马日伍家的厨房和卧室，这下他的心情更加沉重了。郭代军亲切地拉着马日伍女儿的手对马日伍一家人说："疼痛、贫穷都不要怕，我们大家会一起帮助你家渡过难关。"随即，扶贫队将大米、食用油、高原人喜欢饮用的砖茶和慰问金送到马日伍手中。

"感谢大家，谢谢你们的帮助，我们一家人永远不会忘记你们……"眼中闪着泪光的马日伍和妻子连忙感谢。此时此刻，对于马日伍一家来说是多么的温暖和快乐。

当扶贫队伍离开马日伍家的时候，马日伍的妻子和小女儿跑出院门，目送继续爬山远去的扶贫队。她们那温暖快乐的目光，成了郭代军心中永远的牵挂。帮助马日伍一家尽快脱贫，已成为中诚投建工集团扶贫队未来的期盼。山再高，阻碍不住扶贫队送温暖的脚步；路再远，割不断爱的传递。700 多公里的高山路程，送去的不仅仅是爱心，更是中诚投人的胸襟。

情暖残疾退役军人

公里店村民组蒙古族退役军人杨长模，因腿有残疾而行动不便，儿子常年在外打工，一人独居在海拔 3200 米的偏僻山垭口几间土房里，生活十分困难。

2018 年 10 月 12 日上午，扶贫队一行在郭代军的带领下，冒着蒙蒙细雨，爬山越岭，来到杨长模家，身着单衣的郭代军冷得发抖，但他顾不上添衣驱寒，亲切地拉着杨长模的手详细询问情况，然后走进杨长模的卧室、厨房仔细察看他的生活状况，了解他的病情。他与杨长模拉家常时说："感谢杨老兵为国家、为人民所做的贡献，有了你们军人的付出，才有我们今天的幸福生活。"他叮嘱同行人员一定记住，只要今后来木里，不要忘了来看望这位退役军人杨老革命。

当杨长模得知郭董事长一行是特地专程爬上山来看望他时，他紧紧地握住郭代军的手蠕动着嘴唇激动地说："感谢党，感谢政府一直没有忘记我；感谢你们来看望我，给我送来党的温暖和关怀。"

看在眼里，痛在心里！残疾退伍军人杨长模的困难生活让郭代军心痛之感久久难以平息，他对陪同的木里县政府和乔瓦镇锄头湾村几级领导表示，从今以后，我们中诚投建工集团每年来木里开展一次扶贫帮困活动，直到锄头湾村的贫困户真正脱贫，过上幸福日子。

言重于行！郭董事长表示，扶一家，少一家；帮一家，暖一家。我们一定要尽全力扶贫帮困，积极响应党的号召，搞好企业，尽好社会责任，也希望这些贫困的山区村民真正早日脱贫致富，甩掉穷困帽子，过上安稳舒适的幸福生活。

让锄头湾村民真正过上好日子

2013年，中共中央总书记习近平提出“精准扶贫”四个字，这是以习近平同志为核心的党中央向全国人民吹响了“扶贫帮困奔小康”的进军号。党中央一声号令，举全国之力，14亿中国人民齐上阵，万众一心操办这件大事。这几年来，全世界唯有中国才办得了这件关系民生的大事。

郭代军在集团公司“精准扶贫”专题会议上强调：“精准扶贫是党中央习总书记关心并亲自抓落实的头等大事，作为中诚投人应责无旁贷，我们必须全力以赴，冲锋在前，坚决打好这场硬仗。”

2020年初冬的木里，天高云淡。汽车飞驰在蜿蜒曲折的公路上，翻山越岭，穿洞过桥……10月22至25日，中诚投建工集团董事长郭代军，高级顾问段昌平，副总经理汪建中、张文华、陶华，路桥公司总经理张德斌，项目经理罗来胜等一行12人，再次风尘仆仆来到扶贫帮困点锄头湾村，回访脱贫攻坚落实情况。这里已是满目青山发展欣欣向荣。新铺就的水泥路向山上延伸，道路两侧电网伸向远方、路灯闪亮，特色民居错落有致，美观大方。村容整洁，村民生活富足、精神振作。在这片山水相连的热土上，广大干部、村民砥砺笃行，唱响高原彝族地区高质量发展的奋进之歌，万物和谐，魅力无限。面对此情此景，郭代军脸上露出了欣慰的笑容，他感受到了锄头湾村巨大的变化：村民们终于过上了期盼已久的幸福生活，心里踏实多了！

2018 年 10 月 14 日，郭代军亲自带领集团公司扶贫队一行 14 人，驱车 700 多公里，不畏高山路险，身披雪花，顾不上舟车劳顿，走村串户地慰问村里的贫困户与幼教点。村民有的因病致贫、有的因残致困、有的因缺乏劳动力生活无助。当看到他们住房简陋、生产生活十分困难时，当看到幼教点教学环境艰苦，孩子们缺少教具、文具、书籍等时，郭代军当即对陪同走访的县、镇、村领导表示，将每年来木里开展扶贫帮困活动，力所能及地为贫困户提供帮助，为幼教点改善教学和学习环境，并承诺向该村捐资 100 万元用于脱贫解困。

如今，中诚投建集团兑现了承诺，实现了脱贫帮困的目标。该村 203 户建卡贫困户已全部脱贫，人均年收入已超过 8000 元，村民生活得到了很大改善；集团公司资助的村文化广场路灯明亮，购买的垃圾清运车、垃圾箱都派上了用场；三个幼教点教室明亮，微波炉、阅读书籍、教学器材等都配置齐全，幼教老师们每年都领到补贴金、慰问金……这一切，都是中诚投建工集团倾心扶贫的成果。

23 日下午，在乔瓦镇副镇长王翠霞和村党支部书记杨福广的陪同下，扶贫队一行来到锄头湾村树珠幼教点，为孩子们和老师送上电子钢琴、音响、幼儿绘本和饭盒等物资。看到孩子们穿着整洁服装，喜笑颜开的样子，郭代军亲切地抱着一个小女孩，温心地问道："小朋友，喜欢我们送来的绘本和电子琴吗？"孩子连连点头笑答："谢谢叔叔，我们都很喜欢！"稚嫩的小脸蛋上挂满了笑容。前来接孩子的家长藏族妇女央宗见此情景动情地说道："你们年年都来，给娃娃们送来这么多这么漂亮的学习用品，你们真是哑咕嘟（谢谢你们啦）！"

随后，大家来到锄头湾村布拉宫组彝族村民吕伍牛家，他家今年养了 4 头大肥猪，收获了 2000 多斤玉米、6000 余斤土豆，还种植了核桃、花椒等经济作物，加上两个孩子的打工收入，家里月收入已超过 8000 元，生活富裕起来了，日子过得很舒心。吕伍牛说：“短短几年，我们能过上这样好的生活，要感谢党，感谢领导，感谢你们的大力支持，希望你们像走亲戚一样常来常往！”老共产党员、彝族退伍军人吕尔恰因孙子残疾，自己也年老体弱，家庭收入微薄，经过扶贫帮困支助，脱了贫，过上了好日子。过去整天忧心忡忡、愁眉苦脸，现在脸上终于堆满了笑容的他拉着郭代军的手，久久不愿松开。扶贫队离开时，他目送大家走了很远很远。看到村民真正不愁吃，不愁穿，大家眼里饱含激动的泪花，郭代军的心情也十分澎湃，他真诚地祝愿村民们日子越来越好！

在24日的捐赠仪式及座谈会上，乔瓦镇党委副书记、镇长曹春富说：“锄头湾村在短短的3年里能发生历史性的沧桑巨变，全靠中诚投建工集团鼎力相助，我代表镇党委、镇政府、锄头湾村4000多村民感谢党的好政策，感谢郭董事长付出的心血和无私大爱，感谢中诚投建工集团全体员工所做出的努力！”

会后，郭代军同村党支部书记杨福广及村干部一起，对村里脱贫之后如何进一步发展提出了建设性意见和建议。他说：“要充分利用村里2960亩耕地发展绿色环保的粮食、蔬菜作物；利用坡地较缓，土层深厚的地种植优质水果，建立果林；利用坡度较大、土质贫瘠的山地种植苗木、花卉、药材，要坚持配套实施推进美丽山村建设，提升耕地质量，发展乡村旅游等因地制宜的特色经营，积极为乡村发展探索新思路，寻找新方法。”

锄头湾村党支部书记杨福广代表全村1126户共4926名村民对中诚投这几年来的大力支持表示深深的感谢。他拉着郭代军的手表达了肺腑之言：“你的建议既暖心又贴心，对我们山区建设太实用了，希望中诚投建工集团继续关注、关心和支持锄头湾村的建设与发展。”对此郭代军则表示：“三年来，在党和政府及社会各界的大力支持帮助下，锄头湾村取得了脱贫攻坚的胜利，我非常高兴、非常欣慰。创造社会价值，扶贫帮困是我们中诚投应尽的社会责任，脱贫不脱帮扶！”郭代军动情地说，社会救助，事关困难群众衣食冷暖，离不开全社会的关注与支持。一直以来，中诚投建工集团始终秉承“扶贫济困”的使命，不断加大对特困地区群众的帮扶力度。今后，中诚投建工集团会一如既往地关心和支持锄头湾村的长远发展。

三年扶贫路，殷殷木里情。近年来，由于来自外界各种因素的影响，特别是遭遇新冠疫情的冲击，各个企业的发展之路都面临颇多阻碍，中诚投建工集团也不例外。即使自身面临困难，郭代军董事长依旧不忘初心，坚定不移地支持脱贫攻坚工作。“宁愿自己过紧日子，也不能让受帮扶的村民继续吃苦受穷，更不能拖脱贫攻坚战的后腿。”他毅然决定，从公司有限的经费中挤出几百万元作为扶贫帮困的专用资金，并且在三年内先后两次亲自带队前往锄头湾村开展走访慰问活动，圆满完成了脱贫攻坚任务，彰显了一个优秀企业家心怀感恩，回报社会的责任与担当。中诚投人用心、用力、用情、用爱扶贫帮困，赢得了地方政府、群众及社会各界的高度赞扬。

关键时刻拉人一把

常言道："养兵千日，用兵一时。"交朋友的目的，就是往后朋友之间的互相帮助，在患难之时，关键时刻能把握时机，拉朋友一把，去帮助需要帮助的人，不仅会让对方铭记一生，自己也会从中受益无限。

——郭代军语

据传：晋代有一个人叫荀巨伯，有一次去探望好友，朋友卧床不起，又赶上敌军攻破城池，烧杀掳掠，百姓纷纷拖儿带女四处逃难。朋友劝荀巨伯："我患了重病，行走不便，活不了几天了，你自己赶快逃走吧！"

荀巨伯说什么也不肯走，他回答说："你把我当成什么人了，我远道而来，就是为了赶来看你。现在敌军攻进城门，你又生病，我怎么能扔下你不管呢？"说罢便转身给朋友熬药去了。

这时，"砰"的一声，门被踢开了，几个凶神恶煞的敌军冲了进来，冲着他喝道："你是什么人？如此大胆，全城人都跑了，你怎么还不跑？"

荀巨伯指着躺在床上的朋友说："我的朋友患了重病，我不能丢下他独自逃命。"荀巨伯正气凛然地说，"请你们别惊吓了我的朋友，有事找我就好了。

就是要我替朋友而死，我也绝不皱眉头！”

敌军一听愣了，听着苟巨伯的慷慨言辞，看着苟巨伯的无畏态度，很是感动地说：“想不到这里的人如此高尚，怎么好意思侵害他们呢？走吧！”说着，敌军撤走了。

这个故事极大地震撼着郭代军的心灵！他说：“患难时体现出的正义能产生如此巨大的能量，怎不令人惊叹！”

人在一生中很难一帆风顺，免不了失利受挫抑或是面临困境。这个时候最需要的就是别人的帮助，这种雪中送炭般的帮助会让他人铭记在心，感激一生。

在第一次世界大战结束时，德皇威廉一世算得上全世界最可怜的人，可谓众叛亲离。他只好逃到荷兰去保命，即便如此，许多人依旧对他恨之入骨。可是在这个时候，有个小男孩写了一封简短但流露真情的信，表达他对德皇的敬仰。这个小男孩儿在信中写道：“不管别人怎么想，我将永远尊您为皇帝。”德皇深深地为这封信所感动，于是邀请小男孩儿到皇宫来。这个小男孩接受了邀请，由他母亲陪同前往，他的母亲后来嫁给了皇帝。

后来，许多人遗憾地说：“我不知道他那时候那么痛苦，即使知道了，我也帮不上忙啊！”

写到这里，作者想起郭代军的话：“这种人并非不知道朋友的痛苦，而是对别人的痛苦都缺乏了解。他们不了解别人的需要，更不愿花功夫去了解别人的需要；有的人甚至知道了他人的痛苦也佯装不知道，大概是没经历过相关的切身之苦、切肤之痛吧。”

郭代军说：“虽然‘人饥己饥，人溺己溺’的境界很少有人能做到，我们至少可以体察一下别人的需要，时刻关心朋友，帮助他们走出困境。当朋友身患重病时，你应该多去探望，多谈谈朋友关心的、感兴趣的话题；当朋友遇到挫折而沮丧时，你应该多给予鼓励；当朋友愁眉苦脸、郁郁寡欢时，你应该亲切地询问安慰他们。这些适时的安慰就像阳光一样温暖伤心者的心田，带给他们希望！”

把农民工的事办好办实

“农民工不但是劳动者和社会财富的创造者，也是我们企业生存发展的有生力量和推动者，我们要尽全力保障好他们的合法利益，绝不能有半点含糊，用实际行动构建和谐劳动关系。”郭代军在中诚投建工集团劳务管理中心成立时强调。

以“民生为要”作为要求。为严格落实国家《保障农民工工资支付条例》，把控劳动合同签订，执行好农民工工资支付标准、支付项目、支付形式以及支付时间等内容，顺应企业科学稳健发展需求，规范农民工科学使用管理，切实纠正农民工工资拖欠、延误、挪用现象发生，中诚投建工集团以讲政治的高度，快速了解、掌握了所有项目农民工的具体情况，以落实国家、地方政府的指示精神。集团公司领导层充分认识到，农民工工资的按时、按标准、按定额发放，不仅关系到政府形象，关系到社会稳定与经济发展，也关系着企业的生存与发展，这不仅是民生工程，也是政治任务，必须抓紧抓实抓细抓好，做到此项工作真正有人抓，有人管，而且要依法能管会管。于是，在 2020 年 5 月中旬，中诚投建工集团进一步完善内部管理机制，专门成立劳务管理中心，聘请懂业务、能办事的精兵强将组成新的部门，迅速开展工作，切实纠正了过去管理不规范，执行有偏差，落实不到位的现象，确保农民工工资落到实处。

以“民工满意”作为目标。按照中诚投建工集团“农民工的事无小事，一定要办好，办扎实”这一总体要求，连日来，劳务管理中心在认真学习领悟上级有关政策、法规、条例和指示精神前提下，认真起草制定了《劳务管理制度》《班组劳务合同》《建筑工人劳动合同》以及《农民工花名册》《考勤表》《工资发放表》《民工权益信息卡》等各类材料20多份。袁永东总监带着部门员工尹恒奔赴集团公司各个在建项目，传达上级有关指示精神，认真了解检查农民工管理使用情况是否规范、劳动合同签订情况是否真实合法、农民工工资支付情况是否按时足额、农民工安全健康投保情况是否合规。在短短的10天里，他们先后跑市区，走雅安，赶赴内江、湖南等10多个在建项目，查阅资料百余份，走访农民工60余人，召开座谈会10次，实地摸排，通过调查了解、座谈、个别交谈等方式，从实掌握了情况，对做得好的，予以肯定，做得差与不对的，严格要求，立即纠正整改，绝不马虎了事，还整理规范了劳务合同，将班组合同一并带到工地，现场办公、现场签订。

以“条例精神”作为尺子。劳务管理中心认真按照《条例》精神，严格规范用工制度，落实用工实名制管理，规范工资保障和准备金制度，建立科学完善农民工用人、管理、保障备案和农民工工资支付监督制度与项目惩罚制度。对此做法，各项目部也认真按照上级要求，自行查找工作的薄弱环节，完善工作制度，选定劳务专管员、负责做好上情下达，下情上报制度，做到随时掌握农民工工作动态、工资支付动态、安全健康动态。遇到问题及时纠正，遇到矛盾不回避，遇到困难不退却，劳务管理中心工作人员认真负责的工作态度，赢得了绝大多数项目部的支持与认可，也受到了农民工的热烈欢迎。农民工吕安东动情地说：“集团公司领导这样巴心巴肠地关心我们农民工的事，我们在工地虽苦虽累，也一定要把自己的事做好，为企业的发展加一股劲，使一把力！”

袁永东总监表示：“劳务管理中心要在最短的时间内，走访了解检查完近

50 个在建施工项目部农民工管理、使用，以及签订合同工资支付情况，做到不走过场，不走形式，认认真真地把劳务管理工作落到实处；对一些不配合、不支持、不落实的人和事，敢于较真逗硬，令其纠正整改，绝不含糊，并针对检查中出现的问题，不断总结完善；要用务实的态度，支持配合好集团公司中心工作的完成，用优异成绩向集团公司交一份合格答卷。”

感悟篇

GANWUPIAN

感悟就是悟道，而悟道之旅，则饱含人生哲理、折射多维空间、叩问心灵深处、透析生活法则。感悟是用无数的星星点点勾勒了人生的宏大画卷。感悟是谋略者的引导语，是创业者的锦囊计，是思想者的对照表，是骄矜者的警示录，更是失落者的交响曲，是失意者的呢喃地，是建设者的方向标。

孝亲敬老　涌动人间真情

孝亲敬老，是中华民族的传统美德，是中华民族传统文化的精华，是先辈传承下来的宝贵精神财富。孝亲敬老，是一种良好情感的传承与发展，是当今世界构建和谐社会的重要内容。

——郭代军语

在中华民族5000多年的历史长河中，孝亲敬老的观念源远流长，甲骨文中就已经出现了“孝”字，这表明，在公元前11世纪以前，华夏先民就已经有了“孝”的观念。《诗经》中则有“哀哀父母，生我劬劳”“哀哀父母，生我劳瘁”的咏叹。

那么，何为孝？我国最早的一部解释词义的著作《尔雅》下的定义是：“善事父母为孝。”汉代贾谊的《新书》界定其为“子爱利亲谓之孝”。东汉许慎在《说文解字》中是这样解释的：“善事父母者。从老省、从子。子承老也。”许慎认为，“孝”是由“老”字省去右下角的形体，和“子”字组合而成的一个会意字。从这里我们可以看出。“孝”的古文字形与“善事父母”之义是吻合的，由此可见，孝就是子女对父母的一种善行和美德，是家庭中晚辈在处理与长辈的关系时应该具有的道德品质和必须遵守的行为规范。

郭代军说："我们今天的成长离不开当年长辈的辛勤养育，辛勤教导。'孝'最核心的内涵是子女对父母应尽的义务，包括尊重老人、关爱老人的精神及物质生活。'孝'文化所强调的对父母的爱心，是一个美好道德行为的开端，是道德教育的根本所在。"

中华民族之所以血浓于水，之所以历经沧桑生生不息，之所以人情味非常浓厚，孝亲敬老、尊老爱幼是一个重要方面。

孝亲爱老，作为一种精神，强调幼敬长、下尊上，要求晚辈尊敬老人，子女孝敬父母，爱护、照顾、赡养老人，使老人们老有所养、老有所医、老有所乐、老有所为、老有所教、老有所学、老有所依、老有所终，真正做到颐养天年，享受天伦之乐。

在当今社会孝亲敬老问题，子女不孝敬父母，年轻人不尊老爱幼，人民医院、服务行业以脸色、恶语对待老人等问题突出的情况下，郭代军用一位企业家、慈善家的实际行动，诠释了为人民服务的宗旨，践行了习近平总书记关于新时代中国特色社会主义思想，反映了现代企业家艰苦奋斗、顽强拼搏的优良传统，展现了勤奋创新的时代风采，发扬勇于求真、孝老亲老的传统美德。

忠县乌杨镇普乐村周光成一家是普通村民家庭，家庭成员虽然只有 4 人，但他们一同赡养着父母、爷爷、奶奶和身有残疾的外公、外婆共 6 位老人。老人们在周光成夫妻的精心照顾下颐养天年，安享幸福晚年。其他村社的老人们无不羡慕 6 位老人的晚年生活，村里的年轻人则被周光成夫妻二人的孝心大爱深为感动。

听了周光成夫妇全心照顾老人的感人故事，郭代军感动地说："孝亲，是一种爱，是人间最美的真情；敬老，是一种美德，是家庭和谐美好的标志。这种大爱，这种美德，无论过去、现在，还是将来，都具有普遍的社会意义，对每个人来讲，孝亲敬老是修身养性的基础。通过践行孝道，每个人的道德可以完善。失去孝道就失去了做人的最起码德行。对家庭来说，孝亲敬老是家庭和睦的前提，家和万事兴。通过践行孝道，可以维持长幼有序，规范人伦秩序，促进家庭和睦。”

家庭是社会的细胞，家庭和谐则社会和谐，家庭美好则社会美好。不管社会如何进步，社会文明如何发达，孝亲敬老这种美德什么时候都不能丢。

“孝，天之经，地之义，民之行也。”乌鸦尚有反哺（用口衔食喂其母）之孝，羊亦知有跪乳（小羊吃奶时要跪在地上）之恩，更何况我们人呢？试想，父母既有养育之恩，更有数十年如一日的教诲，为人子女者，能不义无反顾予以回馈吗？尤其当父母处于垂老之年、疾病交迫之际，不尽子女的孝道，能说得过去吗？人，生于世，长于世，源于父母。是父母给予了我们生命，是父母辛勤地养育了我们，每一个人都是在父母的悉心关怀，百般爱护和辛苦抚育下长大的。在人的一生中，父母的恩情比山高，比海深。所以，作为子女，我们应像 2015 年十大感动中国人物之一朱晓辉那样，做个最孝子女。

朱晓辉，女，黑龙江省绥芬河市人。她的父亲于 2002 年患弥漫性脑梗死，从此瘫痪在床，失去了生活自理能力。为了更好地照顾父亲，朱晓辉辞去了在报社的工作。为了给父亲治病，她不但卖了房还欠下很多债。因为不堪重负，朱晓辉的丈夫带着孩子离开了她，她就在社区的车库里安了家，一住就是 13 年。

瘫痪在床的父亲生活不能自理，连大小便也失去控制，朱晓辉几乎每天都要给父亲擦洗身子。在她的悉心照顾下，老人卧床 13 年都没有得过褥疮。但常年的劳累，使得才 41 岁的她早已青丝变白发。

维持两个人生活的唯一来源是老人每月 1000 多元的养老保险。父亲治病的开销不能省，朱晓辉只能去菜市场捡人们不要的菜给父亲吃，自己就用咸菜下饭度日。虽然生活环境艰苦，但她一直努力让父亲生活得更舒服些。除了每天照顾父亲的起居外，朱晓辉在周末还坚持给三个债主的孩子补习功课。对于别人的帮助，朱晓辉感恩在心，她用自己的行动把爱和善意传递给更多人。

感动中国组委会给予朱晓辉的颁奖词是："13 年相守，有多少日子就有多少道沟坎。命运百般挤对，你总咬紧牙关，寒风带着雪花围攻着最北方的一角，这小小的车库里——最温暖的宫殿，你病重的老父亲是那幸福的王。"

朱晓辉感人肺腑的故事，打动着华夏儿女的心！郭代军眼闪泪花地说："俗话讲，久病床前无孝子。尽孝，是一切善德之始，也是一切幸福之源。作为子女，我们要像朱晓辉那样做个孝子孝女。"

"养儿一百岁，长忧九十九""可怜天下父母心"等俗语无不表达了父母的含辛茹苦。我们从十月怀胎到长大成才，其中渗透了父母太多的心血和汗水。我们应当饮水思源，知恩图报。作为子女，我们要懂得感恩，孝敬父母，报答他们的养育之恩。当今很多儿女，他们也知道孝敬父母，但孝敬的方式却不甚恰当，只晓得一味地用物质尽孝，殊不知物质只能满足父母的衣食住行所需，无法满足他们内心的精神需要。那么，我们应该如何尽孝呢？

郭代军的经验是："行孝要及时，不要等到'子欲养而亲不待'。常言道：'父母之年，不可不知也。一则以喜，一则以惧。'时光荏苒，不知不觉，随着我们的年岁增长，曾经年轻的父母慢慢老去，他们的身形渐渐佝偻、背影日渐憔悴，不再似我们小时候仰望的那般高大伟岸。"

人生最不能等待的事情就是孝敬父母。孝敬父母要及时，要趁着父母还健在的时候，而不要等到"子欲养而亲不待"的时候才追悔莫及。

单家来自上海嘉定区，是一个普通军人家庭。丈夫单杰，一个上海人，却不恋都市生活，扎根西藏高原 30 年，他牢记使命，求真务实，发扬"特别能战斗，特别能吃苦，特别能忍耐，特别能奉献"的西藏军人精神，顽强地同艰苦环境、恶劣气候、自然灾害和病魔抗争，为工布江达县人民的脱贫致富和社会稳定、繁荣、进步作出了重要贡献，是 1997 年全军全国重点宣传的重大典型人物。他的感人事迹，是一曲沁人心脾的奉献之歌，耐人寻味，催人奋进。单杰的妻子张丽华是一个普通工人，带着儿子住在一间 15 平方米的单身宿舍。她既要辅导儿子学习，还要照顾双方的父母共 4 位年迈体弱的老人。"宽以待人孝为先"成为这个家庭的好家风。单杰的父母患有多种疾病，张丽华下了班总是自己一人坐公交、搭班车买上大包小包的生活必需品去孝敬公公婆婆，收拾家务、清洗衣物。安顿好公公婆婆以后，又赶去娘家照顾自己的父母。张丽华常说："孝敬老人是家庭和谐的重要因素，对于家里的长辈要及时尽孝。"

常回家看看　多陪陪父母

郭代军说："作为儿女，当我们慢慢长大，可能会离家读书；学业有成，我们可能又要离开家去工作抑或是创业。细细算来，我们这一生，有太多的时间远走他乡，不在父母身边。当我们想着玩些什么好玩的，想着吃些什么好吃的，享受着自己美好生活的时候，更别忘了家里渐渐老去的父母。父母渐渐老去，他们多么希望我们能常回家看看，陪他们聊聊天，陪他们好好吃顿饭。作为儿女不管工作有多忙，一定要抽时间常回家看看，多陪陪父母。"

说到这里，郭代军向作者讲述了忠县乌杨中学教师罗卫平孝顺父母的故事。

罗卫平老师是郭代军的班主任。罗老师退休后，多次毅然拒绝返聘，从工作几十年的校园回到农村洗衣做饭，侍奉父母亲。罗老师说："我父亲是抗美援朝的老兵，负过伤，每逢天气变化伤痛便时常复发。我母亲怀上我时逢灾荒年代营养欠缺坐下了病根，至今也经常发作。既然老父老母需要照顾，我要陪他们开开心心过好每一天，陪他们回老家，不让他们孤独终老。"

多给父母精神上的慰藉

在孝敬老人问题上，郭代军的体会是：千万不要认为给父母大把的钞票，让他们过上锦衣玉食的生活就算尽到了孝心。父母年龄大了，在生活条件越来越好的今天，给予父母的不能仅只有物质上的满足，年纪大了，对吃的方面要求一般不会高，父母最需要的还是儿女精神上的慰藉。经常给父母打个电话问候一下，让父母知道他们在你心里是非常重要的。一定要记得父母的生日，在父母生日的时候送上自己的祝福和礼物，他们心里更是一定会高兴。在父母心情不好的时候，要主动去安慰，去倾听他们的心声等等。这些都是作为儿女应当做的事情。

为此他列举了残疾人曾庆云孝老事例——

曾庆云是忠县土家族乡人，全家 4 口人，妹妹结婚后，他和父母相依为命。时值 20 世纪 60 年代的灾荒时期，曾庆云的父亲曾宪富莫名其妙地双目失明，丧失劳动能力。时隔不久，母亲又患上严重的哮喘，不能下地干活。曾庆云本人也身有缺陷，20 多岁的大小伙子还不如八九岁小孩的个头——赡养两位老人重担就压在这个半残疾人的肩上。两个老人年事已高，卧床不起，经常在床上拉屎拉尿，老人的吃穿住行和医疗方面的费用都由他承担。在生活上，他对两个老人精心照料，在精神上他给老人以最大的安慰。为了照顾父母，曾庆云终生未娶。十里八村的人都夸他是个“好孝子”。

细心呵护　理解忍让

人们常说“老小孩儿”，老人就像孩子，确实如此。随着父母年纪越来越大，脾气有时也会像小孩子一样，使点小性子、耍点小蛮横。作为儿女，不应对此不耐烦，想想父母当初对待孩童时代的我们是怎样的，我们就该怎样对待他们。凡事都要忍让，即使父母做错了，也不要跟父母生气，也不要跟父母大吼，这是非常不理智的，要耐心地跟父母解释，委婉地指出他们的错误，就像当初父母耐心教育我们一样。

年迈的父母就像我们小时候一样，需要更多的关爱。没有爱，就谈不上孝，亲情比友情更加珍贵，这是无论用多少金钱物质都无法换来的，是我们人生的宝贵财富。我们要珍惜与父母相处的时光，从身边做起，比如给父母打盆洗脸水，给父母打扫一下房间，洗洗衣服，和爸妈一起锻炼身体，带爸妈去旅行等等。诸如此类简单的平常事务，对于我们的父母而言，却是一份最真挚的情感交流。

郝晓楠家是重庆市万州区一个军人家庭。郝晓楠 14 岁参军，退役后被安置在原万县地区二轻局办公室工作，后任二轻公司经理、党委书记、工会主席，一肩担三职，工作有板有眼，成绩十分突出，深受领导和员工的好评。郝晓楠的父亲郝云庭，山西人，老八路，南下干部，离休前是万县军分区领导；母亲翁浩然，四川荣县人，新中国成立前入伍，任部队文化教员，2007 年去世。郝晓楠在 5 个姊妹中排行老二。她坚持“孝为先”的良好家风，一有空闲就陪老人聊天、看电视、晒太阳，每年为老人过生日，轮流带妹妹和弟弟陪父母，或回老家探望，或游览大自然美景等。妈妈患病后，郝晓楠经常为妈妈洗头、洗澡、剪指甲，做按摩和帮助康复训练等。妈妈病危期间，她想到姐姐、妹妹和弟弟工作忙，无暇照顾妈妈，就毅然向组织递交了提前退休的报告，组织上考虑到郝晓楠家的实际情况，批准了她的申请。打这以后，郝晓楠一直坚持陪伴在妈妈身边，精心照顾妈妈。很多时候妈妈大小便失禁，她及时为妈妈处理，清理垃圾，清洗衣服，做好卫生。每天夜里，妈妈要吃药、喝水，她都不嫌麻烦，不厌其烦地耐心侍候妈妈。近半年时间，她没有逛过街，没有参加过战友、同学聚会，和小妹妹郝晓明一道坚持在医院陪伴妈妈，直到妈妈终老。

如今，她在重庆帮助儿子抚育孙辈，接送龙凤胎孙子、孙女上学，买菜做饭，料理家务，还时常抽空乘地铁、坐公交去看望 90 多岁高龄的婆婆，为其洗衣、做饭、做卫生，使老人很开心。每逢节假日和孙子们的寒暑假，她就回万州陪伴 97 岁高龄的老父亲。父亲耳聋，她就用手势和文字与父亲交流。除了为爸爸穿衣、洗脸、洗脚、剪指甲、修老茧和理发、刮胡须，陪爸爸看电视、打麻将等，郝晓楠还经常讲爸爸妈妈参加战斗中的英雄事迹或自编的笑话、歌儿，引得老人开怀大笑，乐不可支，老人逢人便讲：“我二女儿当过兵，当过领导，很能干，很孝顺。”

孝子之道

在郝晓楠的带动下，姐姐郝晓黎、大妹妹郝晓敏、小妹妹郝晓明、弟弟郝伟光等全家人都像郝晓楠一样，非常孝敬老人。

故事讲完了，郭代军说："郝晓楠和她的姊妹、弟弟们是我们尊老行孝的好榜样。行孝不能等待，作为子女，我们要心存孝念，还要付诸行动，让养育我们的父母快乐幸福地安度晚年。"

郭代军虽然只字未提自己孝老爱幼之事，实际上他和妻子就是远近闻名，被人效仿的孝子孝媳的榜样。

那是 2001 年 12 月 4 日，是郭代军母亲文佑芳 60 诞辰纪念日。

这天，在成都的长辈、退休的老人、亲朋好友、老同事和来自家乡的亲戚、朋友、同学约 200 来人共同分享郭代军母亲 60 寿辰的快乐。

在这个隆重的生日宴会上，郭代军深情地说：

非常感谢我的老领导、老同事、老同学放弃休息时间光临我母亲的寿宴；非常感谢家乡的长辈、亲戚和好朋友、好同学不辞辛劳，专程赶到成都为我母亲祝寿，感恩有你们。

在今天这个喜庆又值得纪念的日子，我要对我慈祥的母亲和恩重如山的父亲说说心里话：

母亲，您辛苦了！

母亲，谢谢您！

今天，高朋满座，让这里情意浓浓。让我们大家的掌声祝福母亲增寿增富贵，添光彩添吉祥。祝母亲生日快乐，春晖永定！福如东海，寿比南山！同时，也祝愿在座的每位来宾和家人们幸福安康！作为儿子，我们这一生最对不起的人就是父母亲，我们亏欠最多的就是父母。生是恩，养是恩，双亲之恩无以为报。管是爱，严是爱，父母之爱大如沧海！父母付出，不求回报，父母奉献，从没怨言。

父母对我们，不计得失，甘愿付出，两颗心时刻放在儿女身上，牵挂着，惦记着，疼爱着。人间最苦是父母，辛苦操劳一辈子，省吃俭用为儿女，不分昼夜劳作，腰酸背痛伪装着。父母不言酸楚不诉苦，不求回报在奉献，时光推移人变老，几十岁的儿女仍是父母的宝。

母亲，我会永远铭记你们的恩情与教诲。在母亲的生日，我祝福您健康如意，幸福满怀。古言说，树高不离根，母爱深似海，孩儿寸草心，难报三春晖。枝叶总关情，慈心牵儿身……

没有妈妈的呵护，就没有我的成长；没有妈妈的关爱，就没有我的幸福；无论我走多远，长多大，都走不出妈妈的目光。

妈妈看似柔弱的外表，常常坚强微笑；默默辛苦操劳，时时言传身教。小时候，缝件贴心的棉袄棉裤，烙上幸福记号；在成长的日子里，无论我在天涯海角，都能感受到有母爱的甜蜜，有母爱的哺育，您不仅哺育了我的灵魂和躯体，更是我思维的源泉，生命的希冀。

是妈妈把生命的种子呵护，把永恒的血脉延续。有人说，世界上没有永恒的爱。我坚决反对，母爱永恒，她是一颗不落的心。在您的身上，我懂得了人生的意义，看到了真正的生命之光。

自从我考去省城读书，就离开了家乡，离开了你们。但我总是忘不了家乡的水，也忘不了故乡的云，更忘不了妈妈的教诲，心里常惦记妈妈的吻，梦里拥抱妈妈的白发。如果说我们是鱼，妈妈则是海；若我们是鹰，妈妈便是天；若我们是树，妈妈则是山；若我们是花，妈妈便是叶。

在我的成长中，您永远包容我，您的无私让我幸福生活，幸福成长，是您的爱伴我四季。春天，您会送来一缕芬芳；夏天，您会送来一丝清凉；秋天，您会送来一盘果瓤；冬天，您会送来一屋热浪。

妈妈，这是全世界都听得懂的呼唤；妈妈，这是全世界最动听的字眼；妈妈，这是全世界最慈爱的人。让我在这儿采一缕阳光，为妈妈献上孩儿的丁点儿心意；鞠一捧溪水，为妈妈洗去一身的疲惫；摘一朵鲜花，为妈妈漾上永远的芬芳；献一片孝心，为妈妈送上生日的祝福。

母爱，一生一世不求回报；母亲，一生一世值得深爱。记得到成都上学，离开家的那天，我带着您的关怀，去省城闯荡；带上您的嘱托去实现心中的梦想。

天空是辽阔的，她可以容纳云朵翻云覆雨的淘气；大海是宽容的，她可以容忍海浪波涛汹涌时的顽皮。妈妈，您是伟大的，可以容纳我所有的缺点和不恭。

今天是个喜庆的日子，在您辛劳了几十年的今天，子孙、亲朋好友欢聚一堂，同享天伦之乐，祝您寿与天齐，福比海深。有人说世界上最动听的声音，是妈妈声声的呼唤，世界上最温暖的笑容是妈妈的笑脸。

今天，让我们在场的所有宾客保留住这段芳香的记忆，珍藏这段美丽的情谊，在您生日的今天，在这个特别的日子里，我更加忘不了您对我的关怀，想起了您对我的操劳，我只希望给您我所有的祝福，亲爱的妈妈，您辛苦了，生日快乐！

亲爱的妈妈，今天是您60大寿，我深知，岁月灰白了头发，缤纷了我们的年华，朴素了您的衣裳，绚烂了我们的足迹。叮咛、担忧，儿子知道您的心；期盼、付出，儿子懂您的意愿。看看您皱纹在额头已爬满沧桑；白发是岁月漂白了的过程；坚强是搂着儿子柔弱的臂膀；慈爱在微笑的嘴角流淌。

妈妈的呵护，儿子永生难忘；妈妈的恩泽辛勤茹苦功劳高；您没有百合花的香甜，却沁人心田；您没有牡丹花的笑脸，却夺目绚烂；您用一生的情感为我撑起温馨的蓝天，您给的温馨来自心灵的惦记；您给的快乐来自生命的回忆；妈妈的关爱超越了世俗的轨迹；妈妈的温暖放在心中像彩虹般美丽。

因为我常出差在外，但我时常托孔雀给您送去艳丽的衣裳，常托白云为您送去自由的思想，常托大海给您送去牵挂的情肠，常托夜晚给您送去美梦连连。您一直用您的爱为我指路，让我的人生走得轻松，走得稳健，走得快乐，走得正确。

我虽然经常在外，但飘落的绿叶归于大地，是因为饱含对根的情意。

飞舞的风筝不肯远去，是源于系着丝线的牵挂。无论孩儿走到哪里，都会把种子和根苗留在妈妈心里。岁月的磨砺让您的青春老去，风雨的洗涤让您的红颜褪色，但是在儿的心中，您仍是那朵最美的牡丹。

今天，我敬您一碗甜甜的长寿面，劲道的面条是我长长的祝愿，一丝丝将您缠绕到永远，祝您健康快乐，幸福和甜蜜与您日夜相伴。

是您和爸爸用真爱哺育我成长成才，你们省吃俭用把我培养，今天我会尽全力满足你们的愿望，尽全力让你们实现梦想。祝你们生命的船只永远扬起憧憬的风帆，驶向波澜壮阔的大海，耕波犁浪，踔厉前行。

今天，我要献上我的谢意，为了这么多年来你们对我的耐心和爱心，愿我的祝福，如一缕灿烂的阳光在妈妈心里流淌。品味不尽的是母爱父爱，磨灭不了的也是父母之爱，歌颂不绝、报答不完的还是母爱父爱。

火总有熄灭的时候，人总有垂暮之年。银丝满头是你们操心操劳的见证，微弯的脊背是您辛苦劳作的身影。你们耗费青春把我拉扯大，你们的恩德，儿子永远镌刻在心底。

我不管年龄长到多大，也是你们的孩子；走得再远，也走不出你们的牵挂，事业做得再大，也忘不了感恩党、感恩父母。

好邻居胜亲友

“千金买屋易，万金买邻难。”邻居间和谐相处，守望相助是中华民族的传统美德。然而，近年来，人们生活水平提高了，居住条件改善了，生活节奏加快了，休闲方式也多样化了，邻里关系却日渐生疏，互不往来，形同路人。钢筋水泥建筑的楼房增强了人们居住的安全感，却降低了邻里之间的温情度。

“远亲不如近邻”是古人对邻里关系最高的评价，几千年来，我们的先人也一直这样亲身示范，留下了“六尺巷”“罗威饲犊”等传为美谈佳话的邻里和谐相处的故事。

“六尺巷”，位于安徽省桐城市西南一隅，是一条鹅卵石铺成的巷子，全长 180 米、宽 2 米，走完全程也不过四五分钟，却有着一段不平凡的来历。

据史料记载，张文瑞公居宅旁有隙地，与吴氏相邻，吴氏越用之。家人驰书于都。公批诗于后寄归，云：“一纸书来只为墙，让他三尺又何妨。长城万里今犹在，不见当年秦始皇。”家人得书，遂撤让三尺，吴氏感其义，也退让三尺，故六尺巷遂以为名焉。这里的张文瑞公即是清代大学士桐城人张英（清代名臣张廷玉的父亲）。清代康熙年间，张英的老家人与邻居吴家在宅基地问题上发生了争执，两家不肯相让。双方将官司打到县衙，又因双方都是官位显赫的名门望族，县官也不敢轻易了断。于是张家人千里传书到京城，向张英求助。张英收到家书后写诗一首寄回老家，便是这首脍炙人口的打油诗。张家人豁然开朗，退让了三尺。吴家人见状深受感动，也让出三尺，形成了一条六尺宽的巷子。张英的宽容旷达让“六尺巷”的故事被广泛传诵，至今依然带给人们不尽的思索与启示。

郭代军的话言简意赅，意味深长。他说：“邻里之争，进一步‘狭路相逢’，让一步‘海阔天空’。让，不等于胆小懦弱。让，是一种境界，体现了宽容的胸怀，大度的风度，高尚的情操。张英的大度礼让，不仅成为邻里之间和睦相处的典范，更是中华民族里仁为美、和谐相处的充分体现。”

邻里之间由于住得近，难免会发生矛盾、纠纷。处理矛盾纠纷，一种方法是像张英一样礼让，另一种方法是像罗威一样讲策略。

汉代有个人叫罗威，邻居家的牛多次吃了他家的庄稼，他和邻居交涉，邻居却充耳不闻。罗威没有火冒三丈，而是思索关键点：问题的焦点在牛，就从牛身上找解决问题的办法吧！于是，他每天天不亮就起床割青草，然后喂给牛吃，牛有鲜嫩的青草吃，再也不去吃庄稼了。邻居每天起床，见牛圈有一堆青草很纳闷，后来得知是罗威所为，顿感愧疚，从此对牛严加看管。

郭代军接着讲：“邻里亲，赛黄金。无论是过去还是现在，邻里之间都应该和谐相处，友好往来。”

他说，我们生活中见得最多的人，仔细想想不过三类：家人、同事、邻里。而邻居相较于同事，又有一层递进。邻里的定义是相邻并构成互动关系的初级群体。通俗地说，就是住得近又有互动往来的人群。邻里生活起居同在一个范围内，所以关系就更进一层。

邻里间和睦相处，守望相助，在乡村比较容易做到。

一个村子，一家一户房，时常饭前饭后串下门：正做着饭，缺少油盐酱醋，也能到邻居家蹭点儿，到这家唠唠，去那家聊聊，闲度个午后，谁家有个红白喜事，整村的人都帮着操办，逢年过节，走走人情，请请客，很是热闹……

但是，在城市里情况却有所不同。随着城镇化建设的加快，高楼大厦一天天地拔地而起。城市里的人同一个小区，同一栋楼，甚至同一层住着，关系却如同陌生人一般，尤其是年轻人，很少与邻居接触往来。他们的生活方式基本就是宅家玩手机、电脑、游戏机，出门就是去单位、商场、酒吧、球场，多数不会主动寻求建立邻里关系。老人相对好一些，退休了赋闲在家，人际圈子变小，他们更需要邻里关系。早晨和同龄人一起晨练，跳跳广场舞；晚上在小区里散步，消化消化食物，同小区的人聊聊天。

增加邻里关系是非常重要的一件事，对双方都有益无害。很多时候远水不如近火，家里突发事故，只有最邻近的人能够及时帮助到。

如何才能促进邻里关系和睦？郭代军认为这其实很简单，只要我们秉持以德为邻、以情睦邻、以理服邻、以诚助邻的理念。从现在做起，从一个微笑开始，便会拉近邻里之间的距离，就能让邻里之间充满友爱和温馨。

当然，把“近邻”处得比“远亲”还亲，并不是一件容易的事，这需要邻里之间共同努力，做到互相尊重、互相体谅和互相关心。

互相尊重

尊重，这是处好邻里关系最起码的一条。邻居的职业有不同，年龄有长幼，职位有高低，文化有深浅，不能“看人下菜碟”，应该以一律平等的态度对待。早晚相见，要热情打招呼；唠起家常，要推心置腹。对待邻家的孩子，说话也要和气。如果他们做错了什么，不能随意呵斥，否则会引起家长之间的不愉快。邻里之间的尊重要出自内心，决不能当面一副面孔背后一副面孔。特别要注意的是，不能在左邻右舍之间“扯长话”、说闲话，搬弄是非，以免引起不必要的纠纷，影响邻里团结。

互相体谅

邻里之间还应该互相体谅。人们的兴趣爱好不一样，生活习惯也不尽相同，邻居中起来早的可能会惊动起来晚的，睡得晚的可能会影响睡得早的。只要能处处为别人考虑，体谅别人的困难，就会少给别人添麻烦，也不会因别人给自己带来的一点点干扰而不满。尤其是公共用地，尽量要少占用，多清扫。不要人家放个罐，你就觉得吃了亏，非得放个缸不可；也不要你打扫了一次，就觉得不合算，要求别人也扫一回。俗话说："人敬我一尺，我敬人一丈。"体谅所得到的回报，必然也是回报体谅。斤斤计较的后果，必然是造成邻里关系紧张。

互相关心

邻里之间在互相尊重、互相体谅的基础上，还应努力做到互相关心。邻里是生活中接触最多的人，相处时间较长，小则几年，多则十几年，甚至几十年，应该建立起深厚的友谊和感情。邻居家有了困难，应该积极地无私地予以帮助；邻居家有了病人，应该尽力地热情地给予关照。长辈要关怀爱护邻居家的孩子，孩子们应当尊敬邻居家的长者。只有这样，邻里之情才能胜过"远亲"，甚至"亲如一家"。

邻里关系是一种人们不可脱离的社会关系。好邻居胜亲戚。我们应该团结邻里，做到互相尊重、互相体谅、互相关心，搞好邻里关系。

制度化管理是现代化管理的要求

孙子说："将听吾计，用之必胜，留之；将不听吾计，用之必败，去之。"意思是说："将领愿意遵从我的计划，任用他必然会带来胜利，我就留下他；不遵从我的计划，任用他必然会失败，我就辞退他。"在孙子眼里，军队纪律必须严明，军人必须服从命令，听从指挥，只有这样才能获胜，商界何尝不是如此？没有严明的纪律，企业就会像一盘散沙，走向死胡同。

为了印证这一经典谋略，郭代军引用了一份资料——

有 7 个人组成的小团体，其中每个人都平凡而且平等，但不免自私自利。他们想通过制定制度来解决每天的吃饭问题——分食一锅粥，但并没有量用工具。

方法一：指定一个人负责分粥事宜。很快大家就发现，这个人为自己分的粥最多。于是又换来一个人，结果总是主持分粥的人碗里的粥最多最好。

结论是：权力会导致腐败；绝对的权力导致绝对腐败。

方法二：大家轮流主持分粥，每人一天。虽然看起来平等了，但是每个人在一周中只有一天吃得饱而且有剩余，其余 6 天都饥饿难耐。大家认为这种办法造成了资源浪费。

方法三：大家选举一个信得过的人主持分粥。开始这位品德尚属上乘的人还能公平分粥，但不久他也开始给为自己溜须拍马的人多分。

方法四：建立一个分粥委员会和一个监督委员会，形成监督和制约机制，公平基本上做到了，可是由于监督委员会常提出种种议案，分粥委员会又据理力争，等分粥完毕时，粥早就凉了。

方法五：每个人轮流值日分粥，但是分粥的那个人要最后一个领粥。令人惊奇的是，在这个制度下，7 个碗里的料多次都是一样多，每个主持分粥的人都认识到，如果 7 个碗里的粥有多寡之分，分粥者一定会得到那碗份量最少的。

现代经济学是这样表述的：制度至关重要，制度是人选择的，是交易的结果。好的制度浑然天成，清晰而精妙，既简洁又高效，令人为之赞叹。

通用电气前首席执行官杰克·韦尔奇说："制度是企业文化的一个重要组成部分，一个成功的企业往往也有一套完整的企业文化。"海尔的成功模式是什么？经过多年的研究，企业研究机构给出的答案是"管理机关与企业文化紧密结合"构成的管理体系。这一体系运行的具体模式是：提出理论与价值观；推出代表理念与价值观的典型人物与事件；在理念与价值观指导下，制定保证这种人物与事件不断涌现的制度与机制。正是最后形成的制度与机制，保证了员工对"理念与价值观"的广泛接受并认同。

海尔对纪律和制度的重视是有历史的。熟悉中国历史的人都知道，20 世纪七八十年代的工厂大多管理混乱，车间往往成了杂货堆、垃圾场，有时甚至就是粪堆。在这种现状之下，我们今天回过头来看海尔当时的规章制度才觉得好玩和好笑：张瑞敏进驻海尔不久，为了加强管理，制定了"十三条"管理规则，内容如下：在工作时间不准抽烟喝酒，不准打牌聊天，不准在车间大小便……管的都是"小事"。然而，海尔就是从当初的小事管起，如今形成了完整、规范的管理体系。

现如今在海尔，每个人都有明确的岗位职责，一个人如果连续几次搞不清楚自己的职责的话，就会被降职或辞退。严明的纪律使得海尔形成了有条不紊的工作流程，就像海尔强调“纪律之美”获得的效果一样，如今海尔也以规范的运作和严明的纪律享誉世界。

麦当劳的成功之所以是不可以复制的，原因在于制度。众所周知，麦当劳的用人制度与众不同，它是一种快速晋升的制度：一个刚参加工作的年轻人，可以在一年半内当上门店经理，可以在两年内当上巡店管理者，而且，晋升对每个人都是公平的，既不做特殊规定，也不设典型的职业模式，每个人都能主宰自己的命运，适应快、能力强的人能迅速掌握各阶段的技能，自然能得到更快的晋升。与此同时，它在每一阶段都举行经常性的培训，有关人员必须获得一定的知识储备，才能顺利通过。这一规定则避免了滥竽充数的现象。这种完全公平的竞争和优越的机会吸引着大批有能力的年轻人来麦当劳实现自己的理想。

每个有能力的年轻人要当 4~6 个月的实习助理。在此期间，他以一个普通班组成员的身份投入到公司各基层岗位，如炸薯条、收款、烤牛排等。他在这些岗位上学会食物制作、保持清洁以及最佳的服务方法，依靠直接的实践来积累管理经验，为日后的工作做好准备。

然后以此类推，这些年轻人在工作岗位上逐级晋升。当一名有才华的年轻人晋升为经理后，麦当劳依然为其提供广阔的发展空间。经过一段时间的努力，他将晋升为巡店管理，负责三到四家门店的工作。

3 年后，巡店管理可能晋升为地区顾问。届时，他将成为总公司派驻下属企业的代表，成为“麦当劳公司的外交官”，主要职责是负责麦当劳总公司与各下属企业之间的沟通和信息传递。同时，地区顾问还肩负着诸如组织培训、提供建议之类的重要使命，成为总公司在某地区的全权代表。当然，成绩优秀的地区顾问仍然会得到晋升。

麦当劳还有一个与众不同的特点，如果某人未预先培养自己的接班人，则无晋升机会，这就促使每个人都必须为培养自己的接班人尽心尽力。正因如此，麦当劳成了一个发展与培养人才的基地。麦当劳成功的经验是：三流员工、二流的管理、一流的流程！可见，只有企业制度才能持续复制企业的成功！

对此郭代军这样说："严格的制度化管理和成熟的企业文化紧密结合，构成的一套完整的管理体系，是海尔集团和麦当劳企业一路高歌猛进，长盛不衰的秘诀。"他又说，"如果没有企业规范化管理和制度建设，'忙—茫—盲—莽—亡'就是企业家的必经之路！忙来忙去就开始迷茫的茫，下来就是盲目的盲，再下来就是鲁莽的莽，再下来必然走向灭亡。"

随着企业人员和部门日益增多，事情越来越多，老总也就越来越忙，这时候，他最盼望有人来帮他，但职业经理人不好找，优秀的更难寻，费了九牛二虎之力终于把人招来，新的问题又来了：由于企业内部没有一定的标准、制度和流程，经理做事的结果往往和老总当初授权让他去做的想法不一致。

好制度使坏人无法任意横行，坏制度使好人无法充分做好事，甚至走向反面。现在很多人缺少一种对制度的尊重和敬畏，甚至很多企业家都认为管理等于制度，有了制度，就有了管理，这是一个误区。企业家在流程和决策层面没有做任何工作就让员工背负责任，拿规章测量行动，这种状态很难让员工贡献自己的智慧。

爱员工才会被员工所爱

企业领导如何处理自己与员工的关系，郭代军讲得很透彻，很有哲理。“视卒如爱子，故可与之俱死。”这是处理将与兵关系的原则。将领只有如爱子般关爱士卒，才能使士卒与自己同生共死。孙子的这段论述，充分地体现了中国传统文化中“君人者制仁”的思想精髓。《六韬》中说：“敬其众，合其亲。敬其众则和，合其亲则喜，是谓仁义之纪。”一个人要想成就一番事业，不仅要有过人的胆识，宽广仁慈的胸怀也是不可少的，一个没有仁爱之心的人，肯定只能成为一个“孤家寡人”，根本不可能做成什么大事业。这一点无论在军事斗争领域还是管理方面的其他领域，同样适用。

在企业管理中，领导也要关心、爱护员工，如同爱家人，这样，员工也会热爱领导，把企业当成自己的家，在企业中奋力工作以回报领导的关爱。员工具有如此的积极性，必然会出主意、想办法，生产出高质量的产品，企业也就因此而兴旺发达起来。当然，对于职工，除了爱护之外，还要严格管理。孙子指出：“厚而不能使，爱而不能令，乱而不能治，譬如骄子，不可用也。”爱和严应该双管齐下，两者是相辅相成的。国外有远见的企业家从劳资矛盾中悟出了“爱员工，企业才会被员工所爱”的道理，故而采取软管理办法，对员工进行“爱的投资”。法国企业界有句名言：“爱你的员工吧，他会百倍地爱你的企业。”美国惠普公司创立人惠利特说：“惠普公司的传统是设身处地为员工着想，尊重员工。”该公司以定期举行“啤酒联欢会”的方式来维系员工的感情，增强“家庭感”。联欢时，全体员工可以畅怀痛饮，一醉方休。豪饮中穿插各种节目，唱公司的歌，公布公司的经营状况。公司领导频频举杯，大张旗鼓地表彰每一位值得表彰的员工。员工们无所不谈，尽兴尽情，增进了情感，激发起更加努力工作的激情。

日本一些企业管理者更是重视企业的“家庭氛围”。他们声称要把企业办成一个“大家庭”，注重为员工们搞福利。当员工过生日、结婚、晋升、生子、乔迁、获奖之际，都会受到企业管理者的特别祝贺，使员工感到企业就是自己的家、企业的管理者就像自己的亲人长辈。日本三得利公司员工佐田刚进公司不久，他的父亲就去世了。公司总裁鸟井信治郎率领一些员工到殡仪馆帮忙。丧礼结束后，总裁又叫了一辆出租车，亲自送佐田和他的母亲回家。佐田后来当了主管，常对人提起这件事：“从那时起，我就下定决心，为了老板，即使是牺牲生命，也在所不惜。”由此可见孙子所说“视卒如爱子，故可与之俱死”的确是有道理的。佐田为回报公司总裁的爱心奋力工作，成了三得利公司的顶梁柱，对公司的发展起了重要作用。

类似的情况在中国企业也屡见不鲜。山东一活塞厂（在滨州市）厂长杨本贞平时关心职工生活，提出“视老年职工如父母，视青年职工如子女，视人才如厂宝”，要求干部们“时时把职工的冷暖放在心上”。一次，厂里有个干部下班时带走一塑料桶柴油，被传达室执勤人员发现，有关部门要按规处以罚款。当杨本贞知道这名职工是因家中做饭有困难而偷拿柴油时，便亲自出马多方奔走，争取到两百个液化气罐指标，以相当优惠的价格卖给了职工。一位女检验员因患血癌住院治疗，厂里为她付了几万元的医疗费，如今她的病已大有好转……一件件动人的事震撼着职工的心灵，大家只有好好工作来报答厂领导的关怀。从 1986 年到 1990 年，该厂在产值、利税、产品质量诸方面，连续 5 年保持全国行业的最高水平，夺得了“五连冠”。

再如，江苏常州市被厂领导关心职工而得到回报的事也是一例。常州巾被厂是个历史悠久的老厂。1990年底企业账面亏损5909万元，实际亏损近一千万元。工厂机停人歇，半数职工在家待岗。危难之际，周定林出任厂长，组建新的领导班子，在恢复生产、安排上岗时，厂领导重点考虑的是45岁以下的职工——这些职工上有老、下有小，正是负担最重的时候。工厂特地对这一年龄阶段的职工进行转岗培训，尽量让他们到工资、奖金都较高的生产一线去，从事适合他们的工作。对此，老工人们心里都感到暖融融的。厂领导还牵挂着职工的住房问题，待效益稍有好转，便省下资金为职工购买住房。几年来，相继安排和调整了80多户困难职工的住房，厂领导却不参加住房分配。爱心赢来职工的奋力回报。“我靠企业生存，企业靠我振兴”已成为常州巾被厂职工的共同心声。为尽快盘活资金，该厂职工实行全员销售制度，人人加入销售行列；他们又开发高精尖产品，销路日益看好。到1992年，企业就摘掉了亏损帽子，1994年挤入常州市盈利大户30强行列。

员工与企业的关系不仅仅是物质上的雇佣与被雇佣关系，还应是和谐、共同发展的友谊关系。维系这种友谊的纽带就是企业要给职工一种“企业就是家”的感觉。

企业管理者应把职工当作自己的亲人，在一种融洽的合作氛围中，让员工自主发挥才干，为企业贡献自己最大的力量。美国西南航空公司的创始人赫布·凯莱赫的管理信条是：“更好的服务+较低的价格+雇员的良好精神状态=不可战胜。”

西南航空公司的发展并不是一帆风顺的，它成立不久就遇到财政困难。凯莱赫面临两个选择：要么卖掉飞机，要么裁减雇员。在这种状况下，整个公司人心惶惶。公司只有四架飞机，这可是公司的全部经济来源所在啊！赫布·凯莱赫的做法却出人意料，也让所有员工大为感动，他决定卖掉这四架飞机中的一架。

“虽然解雇员工短时间内我们会获得更多的利润，但我不会选择这样做。”他说，“让员工感到前途安全是激励他们努力工作的最重要的方法之一。任何时候，我都会将员工放在第一位，这是我管理法典中一个最重要的原则。”

善待员工自然能激发员工对工作的热爱和激情。公司要求雇员在 15 分钟内准备好一架飞机，员工们也都很乐意执行命令，没有一个人有怨言，在西南航空公司，雇员的流动率仅为 7%，是美国同行业中最低的。凯莱赫对此感到非常自豪。

“我希望自己的员工将来与他们的子孙辈交谈时，会说在西南航空工作是他们一生中最美好的时光，他们的人生在这里获得了飞跃。这也是对我们工作的最大最好的褒奖。”凯莱赫如是说。

在短短 32 年内，西南航空公司从成立之初的 4 架飞机、70 多名员工，已发展到如今拥有 375 架飞机、35 万名员工、年销售额近 60 亿美元的规模，成为美国第四大航空公司。西南航空公司短期迅速崛起的原因与其独特的企业文化分不开。

有着辉煌成就、一身光环的著名企业家郭代军，与上述有名的中外企业家一样感悟深切，他说：“人在企业发展中总是处于核心地位。从长远观点来看，无论企业家具有多大的力量，取得多大的成功，企业的将来归根结底还是掌握在全体员工手中，是他们主宰着企业的命运。”

郭代军又说：“严是带兵之道，情是带兵之本。”带兵需要真情，这样的管理才有更多的人情味与更大的凝聚力。中华民族有着报恩的传统美德，“受人之恩，终身必报”“滴水之恩，涌泉相报”。

郭代军讲得一点没错，企业领导关心爱护员工，员工肯定会给予企业足够的感情和回报。企业领导越是关心、爱护员工，员工们就会更加拼命地为企业效力。

居安思危　时时警觉危险

郭代军通过阅读《菜根谭》体会到“衰飒的景象就在盛满中，发生的机缄即在零落内。故君子居安宜操一片心以虑患，处变当坚百忍以图成”，意思是，大凡出现衰败的现象，往往是很早、在得意时就种下祸根，大凡是机运转变，则多半是在失意时就已经种下善果。所以一个有才学、有修养的君子，当平安无事时，要留心保持自己的清醒理智，以便防范未来某种祸患的发生，一旦置身于变乱灾难之中，就要拿出毅力咬紧牙关继续奋斗，以便策划未来事业的最后成功。

在战场上，一个优秀的指挥官，他第一要知道谁是敌人，第二要知道敌人在哪里，第三要知道用什么方式战胜敌人。

在和平环境下，一个优秀的指挥官不仅要把世界上最强的军队作为自己潜在对手来组织部队训练，还要时时拉响警报，通过“紧急集合”的方式，故意制造“紧张空气”，使部队经常保持“战斗”作风，随时处于“临战状态”。

因此，一个具有效率，具有竞争力的组织，首先应该感谢敌人。

“解放军的效率与强大，是在不断与对手较量、作战中提高的。没有国民党军队的五次‘围剿’，就不可能有震惊世界的长征，更不可能有经过长征磨炼、百折不挠的红军；没有与日军作战、没有百团大战、没有平型关大捷，如何能够显示出共产党领导的八路军的作战能力?”郭代军感悟道。

清朝康熙皇帝在继位执政60周年之际，特举行“千叟宴”以示庆贺。在宴会上，康熙敬了三杯酒，第一杯酒敬孝庄皇太后，感谢孝庄辅佐他登上皇位，一统江山。第二杯敬众大臣和天下万民，感谢众臣齐心协力尽忠朝廷，万民俯首康熙农桑，天下昌盛。康熙端起第三杯酒说：“这杯酒敬我的敌人，吴三桂、郑经、噶尔丹，还有鳌拜。”宴会上的众大臣目瞪口呆。

康熙接着说：“是他们逼着朕建立了丰功伟绩。没有他们，就没有今天的朕。我感谢他们!”

如果没有吴三桂这些敌人，康熙会有一番丰功伟绩吗?历史不能假设，但有一句话说得好，“一个人的身价高低，就看他的对手”。没有对手，你看不出自己的价值，显示不出你的能力。对手总会给你带来压力，逼迫你努力地投入到“斗争”中，并想办法成为胜利者。在同对手的对抗中，你才能真正磨炼自己。就这层意义而言，你的对手就是你前进的推动力，就是你成功的催化剂。

生于忧患，死于安乐。如果你不想一生平庸，就微笑地迎接一切挑战吧，向你的对手敬杯酒。感谢他们给了你成就自己的机会。

解放军之所以拥有强大的战斗力，在于时时刻刻有“敌人”。

抗美援朝战斗结束后的半个多世纪，中国国内基本没有大规模的战争，但是，解放军始终把训练的基点瞄准世界一流军队，并在自己的演习中与其交手。特别是20世纪80年代以后，解放军还借鉴西方军队作战训练的基本经验和方法，在集团军级作战部队培养“蓝军司令”，组建“蓝军部队”，为部队训练制造“敌人”。把世界上最强大的军队作为自己的“假想敌”，是解放军保持活力和战斗力的关键。

对此郭代军的感受是：一个企业的生命与个体生命一样，必须要有来自外部的刺激。一个失去刺激，或者不能接受刺激的生命，没有竞争力。树立竞争对手，就要了解竞争对手，所谓“知己知彼，百战不殆”。

在市场竞争中，应当使用一切可能的和必要的侦察手段，全面获取市场竞争流程各个方面的情况，以达到“保存自己，战胜对手”的目的。

他认为：大凡有作为的企业家，一定是始终保持市场警醒的企业家。微软董事长比尔·盖茨经常挂在嘴上的是“微软离破产只有18个月”。华为集团老总任正非也总是在为企业制造“紧张空气”，通过这种不断地“紧急集合演习”来使企业和员工对市场保持“战斗态势”。任正非是中国为数不多的经常通过写文章来表达自己思想的企业家。他有篇非常著名的文章：《华为的冬天》。文章通篇在讲“危机”，在讲企业要“居安思危”，在讲企业的和平年代越长，“泰坦尼克”沉没的灾难就一定会到来……

华为集团是中国电信设备供应商，在电信设备供应市场上，自1995年后，中国同类产品企业就再无能望其项背者。为保持企业的竞争态势，华为始终瞄准国外一流电信设备供应商，把它们当作自己的追赶目标和竞争对手。2000年开始，华为在一片担心中，与欧洲最大的电信制造商西门子在西门子“家门口”展开竞争，华为取得了可喜的市场佳绩。不久前在中国电信制造中，“巨（龙）、大（唐）、中（兴）、华（为）”四家并驾齐驱，代表了中国本土电信制造业的水平，而在今天，毫无疑问，华为已经远远跑到了前面。

学会变通　万事皆通

郭代军再读《菜根谭》后，更是眼前一亮，思想开了窍，谭长安的“变通法术”对中诚投建工集团的发展壮大起到了强力的助推作用。他讲：“《菜根谭》里说，人心多从动处失真。若一念不生，澄然静坐，云兴而悠然共逝，雨滴而泠然俱清，鸟啼而欣然有会，花落而潇然自得。何地非真境？何物无真机？”意思是，人的心灵大半是从浮动处才失去纯真本性，任何杂念都不产生只是自己静坐凝思，那一切念头都会随着天际白云消失，随着雨点的滴落心灵也会有被洗清的感觉，听到鸟语呢喃就像有一种喜悦的意境，看到花朵的飘落就会有一种开朗的心得，可见任何地方都有真正妙界，任何事物都有真正的玄机。

心性原本是不受任何拘束的，只是因为欲望和浮躁而失去了真性。如果心中没有杂念，保持宁静的心情，就可以和白云一起飘游天边，就可以就着雨滴洗净心中的尘埃，就可以体会鸟语呢喃的奥妙，就可以享受到落英缤纷般的悠然自得。总之，天上的日月星辰，地上的花鸟鱼虫，无不让人感到赏心悦目，心旷神怡，处处充满玄机，处处都是真境，关键在于我们能不能去领会和发掘。

对企业家来说，应对国内外的形势，一定要懂得变通，这样才能“懂得变通，万事皆通”，正所谓“何处无妙境，何处无净土”。以下就以谭鱼头创新思维，改造传统行业的做法，来讲解一下如何变通，变通能带来什么。

1997 年，谭鱼头火锅店成立，第一家门店开业后，因其做工精细、味道鲜美，餐厅门庭若市，天天大爆满，门口经常有几十个人排队等位置。

就在此时，一件意想不到的事引起了谭长安的注意：由于每天用餐的人太多，客人经常要等很长时间。一天，有个客人等了两个小时还没有排到，就很生气，当时叫来了谭鱼头老板谭长安。不管谭长安怎么解释，怎么表示抱歉，那个客人还是怒火中烧，气急之下，抬手就给了谭长安一拳头。

然而，那一拳头不但没有让谭长安恼羞成怒，反而让他开始深刻地反省。他想，为什么那个客人会那么愤怒呢？因为等了太长时间，而导致客人等待时间长的主要原因是上菜速度慢。餐厅都是采用手工写菜单传菜，效率很低。

想到这儿，谭长安萌生了求变的念头。常言道，“变则通，通则久”，要提高效率，由餐饮的小虾米转变为鲸鱼，首先必然要提高效率。经过一番研究，谭长安在自己的各个连锁店开始建设 IT 系统。

IT 系统的操作流程是：餐厅使用 POS 机点菜，后台厨房的打印机同步提交顾客点菜信息，库存管理员根据点菜系统中的物料消耗随时补货，财务系统根据点菜系统和结账系统的数据对每天的销售状况进行精确统计。

这样，从前台点菜到厨房准备，再传到顾客，上菜的时间都可以用系统记录下来，哪些菜必须在几分钟内提交给顾客都有规定，如果执行不到位，服务员、店堂经理就要受罚。

谭鱼头第一次改变了中国式餐饮的粗放式管理，实现了精细化。谭长安说：“从传统管理到数字管理的转变是因为企业需要，企业长大了，管理也必须随之变化，不是我们想要这么做，是市场要求我们这么做。”谭长安正是直面市场后，谋求变革并获得成功。

近年来，谭长安餐饮公司快速发展，他决定代表中国餐饮走向国际市场。走出国门、走向世界的一个重要前提就是实现“数码火锅”的企业目标。谭鱼头选择了 HBM 作为自己的主要合作伙伴，充分吸收了 HBM 在国际餐饮领域的系统建设经验，希望在 HBM 的协助下，实现数码火锅的梦想。

在 IT 应用非常落后的传统餐饮行业里，谭鱼头不仅独树一帜地领先开始 IT 建设，还选择了与 HBM 携手。通过与国际最知名的 IT 公司紧密结合，谭鱼头迅速成长为行业的优秀企业。

客观事物是在不断变化的，无论是对个人还是企业，观念也要随之改变，唯有变，才能获得发展机会。观念决定了行为方式，如果我们把行为方式变“墨守成规”为“解放思想”，这样一替代，将会发现很多创新的机会。不断创新，就需要企业管理者时时发动观念的革命，消除过时的思维，吸收新颖的想法，以观念的变革来带动企业的变革。

绝大多数企业管理者一遇到困难，还未曾仔细思量这个困难的程度到底如何，就预先在自己心底放下了栅栏。一旦栅栏放下之后，再想跨越就不是这么简单的事了。遇到阻碍时，只要找出问题的关键所在，就可以很轻易地征服它。其实跨越栅栏，并不是一件很简单的事，尤其是要跨越思想上的栅栏。

要想创新思考，你首先必须彻底抛弃旧习，拒绝维持现状。事不分大小，从变换午餐的新花样到测试公司由来已久的问题解决方案，都可以有变化。换句话说，有创意的人愿意接受风险，不冒一些风险、不跌几次跤，就不可能有所进步。

日本知名的企业家通口俊夫领导的企业执医药界的牛耳，分店遍布全国。然而，当初刚刚开始经营时，他也曾遇到严重的瓶颈。创业初期，他沿着铁路沿线开了三家店，生意却非常差。这一天，他垂头丧气地从店中出来，坐上火车回家。“怎么办呢？店里的生意这么差，很快要撑不下去了！”通口先生心里嘀咕着。坐在前排的几个小学生的嬉笑声打断了他的懊恼。他抬起眼往前看了一看，目光被一个孩子手上抢转的三角板给吸引住了。“是啊，我的三家店位于同一条直线之上，所以有效客源无法集中，应该要成三足鼎立，如此三点连线起来，就能确保中间的客源了。”不久，他关闭了两家店，另外又开了两家新店，三家店鼎足而立。果然，过了没多久，业绩直线上升。通口先生用这种“三角经营法”陆续地开了上千家分店，成了日本知名的企业。

“通口俊夫的成功经验告诉我们：遇到阻碍时，应该仔细、反复地思考，找出问题真正的关键。在不为人知的一个角落里，永远朝着一个通向光明的出口等待聪明人去发现。这就是通口俊夫给我们的启示。”郭代军发出感慨。

固有的思维模式和思维习惯有可能给我们心里制造更高的栅栏，就像今天有成千上万的推销人员徘徊在路上，疲惫，消极，收入低，有太多的人抱着希望踏进来，又有大批的人抱着失望走出去。为什么？因为他们所想的一直是“自己所要”的，而不是让大家知道他的服务、不是他的商品将如何帮助民众解决问题，为民众带来方便。欧文梅说：“一个能从别人的观点来看事情，能了解别人心理活动的人，永远不必为自己的前途担心。”第一次碰到挫折的时候也许觉得没什么，第二次、第三次碰到挫折的时候，他事先已经在心里给自己设置了一个心理栅栏——他绝不可能成功，他意境无法跨越心理上的障碍。我们要学会换一种角度看事情，出现问题要试着打破固有的思维模式换位思考，也许会有新的发现，找到成功的突破点。

“我们做建筑企业也是如此，假如一味墨守成规走老路，就像老鼠钻牛角，路子越走越窄，走向死胡同，不断接受新生事物，开拓进取，勇于创新，就犹如在大海航行，越走越宽广，走向光明。”郭代军如此总结道。

圈子的性质和作用

圈子的意义在于圈子的人通过以往的交往积累大量的现成信息，这些现成信息不仅有助于决策，同时也有助于信任。

郭代军的好朋友很多，遍布政界、学校、厂矿、农村等社会各界。他告诉作者说，从朋友那儿得到的一个启发是，农转工的要领在哪里？一个农民从小习得的，是世代积累的深耕细作的农业知识。然而，农村目前的问题是，大量剩余劳动力要农转工。农转工的实质是从头积累工业方面的知识，可知识积累是有代价的，农民没有农业土地的转让权，所以付不起重新积累知识的代价。农民自己探索的途径是外出打工，先干力气活生存下来，在这个过程中边干边学。这样，新知识的积累是力气活的副产品，成本为零。与郭代军同住郭家湾大院的郭华安在县移民局工作时，县上实施过对农转工的农民培训，培训费用由财政负担。这个计划使农转工的农民从工之前有了初步的知识积累，从而免于打血汗工。在新农村建设中，这个经验被推广到全国。

人力资本（即个人的知识积累量）交易存在高昂的信息费用。一个人拥有的知识积累量是微不足道的、几乎看不见的，就算把人的大脑切开做解剖，也看不见其拥有的知识积累量。比较准确地量度一个人拥有的知识积累量，要看此人长期全面接触、日积月累大量细节信息后形成的判断。不过，用这种量度方法所获得的关于一个人知识积累量的信息费用昂贵。其他方法如看一个人的绩效记录，或者看文凭，或者凭知识度（凭知识度只适用于少数人，因为绝大多数是默默无闻之辈）……通过这类间接量度获得一个人知识累积量的信息可以降低信息费用，同时用这类方法对一个人的知识积累量进行量度会产生严重偏差——绩效记录、文凭或知名度都可以“灌水”（当然“灌水”也是一种知识，但不是你用得上的知识）、量度（信息费用）是一种事先的交易费用，量度用错会产生事后的交易费用，比如凭知识找一个沽名钓誉之辈做首席执行官，可使一个企业破产。所以只能肯定间接量度节约知识交易的费用，如果因量度出现大错而产生巨额事后交易费用，间接量度就无效。

朋友是一种关系。朋友的内容之一是了解，即在日常接触中了解你的个人信息，这信息中就包括你整个人的知识积累量的了解。同有意识地长期全面接触的量度方法相同，朋友之间一个人对另一个人知识积累量的信息是日积月累大量细节信息所形成的一种判断，量度的准确性远高于间接量度，但是，有意识地长期全面接触的量度方法存在高昂的信息费用，基于朋友关系获得的信息不仅是现存的信息，而且是以前交往的副产品，信息成本为零。基于朋友关系的知识交易可以利用现存的、关于某人知识量的信息，节约知识交易费用。

如上所述，基于朋友关系的信息不限于一个人对另一个人知识积累量的了解，还有其他各类信息，同样这些信息应用于交易，与此同时还能节约交易费用。作为“顾问”单位的中诚投建工集团，位于成都市高新区，距市政府机关很近，该区是成都市高新科技、科研机构密集区域，是航空、地铁、高速的空、陆交通结合部。好的位置可以大量节约相关费用，位置也没有供给弹性。这个位置的区域十分独特，任何一个到过这里的人都可以一目了然。同时集团公司十分注重企业文化建设，利用企业报刊《中诚投建工报》、公众号、网站、宣传画册，使劲宣传企业宗旨、精神和业绩，发展愿景，宣传效果是显而易见的。不过，在各种宣传方式中，陌生人对陌生人的叫卖效果是最小的：你讲的他不完全相信，不及通过会议交流、实地了解的效果明显。个人与个人之间的交流产生朋友，这种关系的链路化就产生一个一个的圈子，圈子是开放的，任何人都可以通过朋友链路进入某个圈子。圈子的意义在于在其中的人通过以往的交往，积累了大量的现存信息，这现存信息不仅有助于量变，同时也有助于信任。

其实，在这个问题上，最有发言权的莫过于郭代军董事长，他说："从现象观察，我们可以看到各行各业都有圈子。圈内的人完成一次交易只需要找个地方喝一杯茶的工夫，不在一个圈子的人，完成同样的一次交易，可能旷日持久。这种差别的原因是，圈内交易有助于朋友链的各个环节，有助于量度和信任度的现存信息，不在一个圈子，则需要从头开始积累这些信息。中诚投建工集团，各类交易基本都借助类似的亲朋关系网络。到目前为止，对这种现象的解释是似是而非的。我以为，这是一种东方式的智慧，利用基于亲朋关系网的现存信息可以大幅度降低交易费用。中国式的群集正是为了利用基于亲朋关系网的现存信息，甚至产生大规模迁移时，如台商内迁大陆，群集不散。有人批评这种做法的交易范围受到严重限制，但是，遍布世界各个角落的温商、浙商，则告诉我们——这种限制并不存在。"

灾难赠予的副产品

“2008年5月12日下午2点28分，我刚午休起来，驾车赶往工地的路上，突然电视台传来一则紧急消息，四川省汶川地区发生8.0级大地震。从这一刻开始，除了带领员工们运送救灾物资到灾区慰问受灾群众和到工地了解情况，解决问题，我几乎都坐在电视机和电脑前，通过电视和互联网了解灾区所发生的一切。”汶川大地震后第三天，郭代军对作者讲了这段肺腑之言。

据同年9月25日统计，“5·12”汶川特大地震共计造成69227人遇难，17923人下落不明，也就是说这17923人事实上可能已经死亡，所以最终确定死亡人数在8万人以上；还有374643人不同程度受伤，1993.03万人失去住所，受灾总人口达4625.6万人。

人生只有一次，没有什么比生命更重要。正因为人生只有一次，生命才显得如此脆弱，以致于伴随了太多致命的威胁。那段时间，郭代军收到很多同学、朋友发来的短信，感慨生命转瞬即逝。当你像关心自己的生命一样关心他人，事实上我们每一个人的生命就都多了一份保障。

这样一个小故事令郭代军记忆深刻——有个战士将一位104岁的盲人老

大爷从震区的深山瓦砾堆里背下来。通过文字讲述，透过画面，看到那些细节，看到解放军和武警官兵冒着强烈余震的危险奋不顾身，拯救生命的种种努力，看到了我们平时看不到的，来自他人的生命保障。这次大地震使 8 万多名同胞丧命，但多了一个意想不到的“副产品”：活着的同胞多了一份安全感。日月奋战在灾区第一线的救援大军的努力说明，我们的同胞已经懂得了生命的真谛和互助救援。如果这种在灾难中获得认知能够变成民众的信念，成为日常行为影响因素，对于降低交易费用，善莫大焉。

其实，大地震还收获了一种重要的附带产品，台湾海峡两岸的同胞和日本的民众、中国和美国的民众、中国和欧洲的民众，彼此之间在一定程度上改变了对方的认知，特别重要的是，一些伤害彼此关系的成见逐渐消除。透过文字描述、透过画面表现，看到那些细节，看到拯救生命的种种努力，不仅国人的自我认知被改变，外部世界对中国民众和政府的认知也显然在渐渐改变。与此同时，来自世界各地的通情和援助，使国内的民众改变了对“他们”的看法。当然，日本侵华战争中那些残酷的场面，成为 70 多年来中国民众挥之不去的深仇大恨，这不是摆几个友好的姿态就可以消除的。

在 2020 年所发生的突如其来的新型冠状病毒肺炎疫情的防控阻击战役中，日本民众表现出来的感同身受的同情，在很大程度上化解或降低了中国人民的怨恨，有人在互联网上搜集日本网民的只言片语，编而成集，并译成汉语。从跟帖发现，对方的认知在悄然改变。新冠肺炎疫情使中国近万名同胞丧命，疫情最严重的美国有 40 余万人失去生命，全球高达数十万无辜的民众死亡。但是另一个意想不到的附带产品是，世界对中国增加了一份了解，这是往后减少冲突的一个关键因素。

这种认知改变，得益于现场信息通过现代网络得到广泛传播。现在媒体倾向于重大事件采取现场直播的方式进行报道，这是信息最完整的载体，很多被其他传播方式过滤了的细节得以保留，观众有身临其境的感觉，真实感最强。因而以这种方式获得的信息对认识的形成和改变，作用最明显的。西方社会戏剧性地改变了对中国民众和中国政府的认知，是因为他们很少获得像这次如此多的现场信息。多年前的 SARS，以及 2008 年 5 月 12 日四川地区大地震，都充分展现出“一方有难八方支援，一国有灾万里援助”的共同行动，展示了地球村人一家亲的温馨和谐氛围。同时，也给我们一种启发，灾难并不是什么丑闻，让现场信息得以充分而广泛的传播，就能免于谣言传播，远离谣言造成的后果。

“新冠肺炎疫情、大地震等这些突如其来的灾害，是悲剧，也是不幸中的万幸，在救灾过程中产生的认知是建设性的。”郭代军如此总结道。

感恩贫困对我们的磨炼

我们感恩贫困，因为它在使我们饥寒交迫的同时，也赋予我们乐观坚强的品格。

有些人总认为上天对自己是不公平的，让自己出生在一个贫困的家庭中，饱受苦难。其实，贫困本身并不可怕，可怕的是贫困的思想以及认为自己命运注定该是贫困，必定死于贫困的错误观念。没有人愿意自己是贫困的，贫困也并非是我们自己的错。一旦我们陷入贫困之中，一定不可抱怨、不可气馁，而是要努力挑战贫穷、战胜贫穷。当有一天你将贫困踩在脚下时，一定会感激是贫困给你的力量和勇气。

这天，郭代军给作者介绍了这样两个男孩的故事——

一个只有七岁的男娃，因为战争失去了童年的快乐，贫困占据了他生活的全部。

幼小的他卖过冰棍，卖过萝卜，但依然难以维持最基本的温饱。于是，他又开始卖报纸。一年半后，他成了当地无人不知的报童，还成了一名卖报领班。他一方面向其他报童收取领班费，另一方面自己也卖报，拥有双份收入。

后来，他考取了韩国延世大学商学院经济系，24 岁时就以优异的成绩大学毕业。再后来，他成了世界第 46 位拥有 200 亿资产的总裁。

在回忆起童年的困苦生活时，他是既有酸楚，又有自豪。他特别感谢童年的艰难困苦，因为正是苦难赋予了他坚韧和聪慧，帮助他创造了人生的伟业。

他就是韩国大宇集团董事长金宇中。

另一个男孩，住在埃塞俄比亚阿鲁西高原上的一个小村子里。

他的家离学校有 10 多公里的路程，贫困的家境使他不可能有车上学，但为了上课不迟到，他就选择跑步上学。于是，他每天腋下夹着书本，赤脚跑步上学和回家。每天他都一路奔跑，与他相伴的除了清晨凉凉的朝露和高原绚丽的晚霞，还有耳旁呼啸而过的风声。

如今，那个曾经夹着书本跑步上学的小家伙已经在世界长跑比赛中先后多次打破世界纪录，成为当今世界上最优秀的长跑运动员之一了。他就是海尔·格布雷西拉西耶。每当他回顾少年时的情景，总是无限感慨："我要感谢贫困。因为贫困，跑步上学是我唯一的选择，但却成就了我今天的快乐和幸福。"可见，如果不是贫困，也就成就不了今天世界的田径骄子。

肥沃的土地可以培育出美丽的鲜花，但枝拂天堂的大树却生长在岩缝中，艰苦贫困的环境磨炼了他们的意志。生活对于我们来说本来就是一种磨炼，而生活中的贫困对我们来说更是一种激励。生活中，常常有人抱怨自己的命运，他哪里想到，现在的困难、贫穷都是暂时的。只要坚持下去，就能靠自己的能力和勤劳的双手摆脱贫穷，世界首富比尔·盖茨也是这样起家的。一粒沙想在蚌的口中成为一颗美丽的珍珠，就必须经过种种痛苦的磨砺。同样的道理，一个人想要成功，也必须经过努力，坚持不懈地追求，才能得偿所愿。我们应该感谢贫困，贫困在使我们饥寒交迫的同时，也赋予我们乐观与坚强的品格，而这正是迎接幸福与未来的希望。

"苦难与贫困并不可怕，可怕的是怨天尤人的生活态度。学会感恩，当我们日后成功时，曾经的坎坷便可转化为成功的基石。"讲完卖报男孩、跑步上学男孩和比尔·盖茨艰辛创业的人生磨砺，郭代军这样寄语。

滴水之恩　涌泉相报

中国儒家思想中有“受人滴水之恩，必当涌泉相报”的古训，其意非常容易理解：要想得到别人对自己有利的一面，就要先做出对别人有益的一面。正因为这一点，使许多成大事者在“滴水之恩”和“涌泉相报”上大展才华。

听完作者的采访意图，郭代军说：“我用一个在亚洲，乃至世界都很著名的大企业家、大富豪李嘉诚的故事来回答你的提问。”

华人首富李嘉诚就是一个这样的人，他自幼学习儒家思想，从小就体会着古训。

小时候，李嘉诚是一个茶楼跑堂的，那时每天要工作十几个小时，天天处于疲乏之中。听茶客聊天，成了李嘉诚排困解乏的最佳疗法，有一天却发生了意外。

那天，一位茶客坐在桌旁，侃侃而谈，大谈生意经，那些生意经的斗智斗勇，尔虞我诈，令李嘉诚大开眼界。他觉得做生意很神奇，也很刺激。李嘉诚听得入了迷，竟忘了自己的本职工作，没有及时给客人续水。

这时，有一位伙计看着李嘉诚如痴如醉的样子，而客人的杯子早空了，便大声叫他，李嘉诚这才回过神来，慌里慌张拿起茶壶为客人冲开水。由于动作匆忙，他一不小心把开水冲到了茶客的裤腿上。

这下可糟了。李嘉诚吓坏了，呆呆地站在那里，脸色煞白，不知该如何向那位茶客赔礼道歉。茶客是茶楼的衣食父母，是茶倌要精心伺候的"大爷"。如遇上蛮横的茶客，必会甩堂倌几个耳光，而且会找老板闹个不休。

李嘉诚知道自己闯下大祸了，真不敢想象将会有什么样的厄运降临到自己身上。他早听说，在自己进来前，一个堂倌也犯这样的过失，而且那个茶客是"三合会白纸扇"（黑社会师爷）。老板自然不敢得罪那位"煞星"，硬是逼着堂倌给那位大爷下跪请罪，然后把他辞退了。

李嘉诚做好了受罚的准备。老板也跑了过来，正要对李嘉诚责骂，想不到的是，那位茶客说："是我不小心碰了他，不怪这位小师傅。"茶客愿意原谅李嘉诚，老板当然乐得顺水推舟，也就不再说什么了，只是恭恭敬敬地向茶客道歉。

事后，老板对李嘉诚说道："我晓得是你把开水淋到了客人的裤腿上。以后做事千万得小心。万一有什么闪失，要赶快向客人赔礼道歉，说不准就能大事化小。那位茶客心善，若是个恶点儿的，不知闹成什么样子。开茶楼，老板伙计都难做啊！"

回到家，李嘉诚把这件事说给父母听，母亲感慨不已，觉得儿子确实很幸运。她说："菩萨保佑，客人和老板都是好人。"她又告诫儿子："种瓜得瓜，种豆得豆，积善必有善报，作恶必有恶报。"

李嘉诚对母亲的告诫谨记在心。他满心感激那位好心的茶客，也感激老板对自己的宽容。

其实，李嘉诚逃过这一劫，并非侥幸。由于他平时真诚对人，吃苦耐劳，顾客和老板自然是看在眼里记在心里的，自然不愿为难他。如果是一个懒散不负责的伙计，客人早就看他不顺眼，老板也早就对他心怀不满。这样即使没事，饭碗也难保住，要是再惹出点事来，还能有好果子吃吗？

所以，从某种意义上说，李嘉诚是自己拯救了自己，是他一贯的诚实勤劳的作风让自己度过了这次险境。

但是，李嘉诚后来依然对那位好心的茶客念念不忘。他多年以后曾对别人说："这虽然是件小事，在我看来却是大事。如果我还能找到那位好心的客人，一定要让他安度晚年，以报他的大恩大德。"

李嘉诚从小便从父母那里接受了中华民族传统的道德教育，如"和为贵""和气生财"等。只不过那时他并不能完全领会其中的真正含义。这次"饭碗危机"才让他真正体会到了这些传统美德的重要作用。有亲身体验，才会去贯彻执行。后来的李嘉诚始终信奉"以和为贵""积德行善"的做人准则，这也为他的事业发展开辟了道路，奠定了坚实的根基。

李嘉诚曾在五金厂做过推销员，离开五金厂后，仍十分感激五金厂的知遇之恩。尽管他为该厂老板立了不少功，他依然对跳槽心怀愧疚之情。

李嘉诚知恩图报，就像当年离开舅父的中南钟表公司一样，离职时也向五金厂老板提出了自己的看法。五金厂老板没有听从李嘉诚的建议，仍然坚持生产铁桶，不久后危机果然降临，五金厂很快便濒临倒闭。

李嘉诚是重情重义之人，当他获知此消息后，立即赶去五金厂找到老板，他劝老板停止生产镀锌铁桶，转为生产系列铁锁。

原来，李嘉诚一直在关注着五金厂的前途。一来，他要证实自己的眼光，二来他深知五金厂对自己不薄，自己跳了槽，老板对也很宽容，心中有一股歉疚之情，总想找机会报答。

李嘉诚进一步指出，为了保证稳步领先，还应制定计划，开发系列铁锁，否则，只要一发现有利可图，其他五金厂就会跟风而上，竞争很激烈。

这一次，五金厂老板对李嘉诚言听计从，马上根据李嘉诚的建议组织人员开发系列铁锁。一年后，危机重重的五金厂果然焕发了勃勃生机，盈利丰厚。

这虽然与整个行业的变化形势有关，但李嘉诚的一番忠告可以说起到了关键作用。后来，五金厂老板再次见到李嘉诚时，欣喜地说："阿诚，你在我厂之时，我就看出你是个不寻常的后生，你将来准会干出大事业！”

“李嘉诚是一个对生活充满感激之心的人，他感恩的对象甚至包括他所雇佣的工人。”“请真心地感谢你的朋友们，感谢他们帮你分担痛苦和责任，感谢他们为你雪中送炭……”郭代军深有感触地讲了这个故事，喟叹道。

低调是一种做人的艺术

讲到低调做人，郭代军是很有发言权的。他说："低调做人，高调做事。低调不会招惹别人的不满和妒忌，更不会树敌。只有心情平静，才是真的处事低调，低调是一种做人的艺术，也是一种为人处世的智慧。低调是经历挫折后的一种持重。要想有所作为，必须学会低调做人，磨炼自己的忍耐力，否则将很难成就大事业。

"看一个人有无修养，就要看他做事低调与否。低调行事的人懂得忍耐，虽然短时间看不出这些人有什么大作为，但久而久之，这类人一定颇有作为。该低头的时候就低头，也就是说在形势不利于自己的情况下，要学会主动退让，自觉认输。学会认输并不是真的认输，而是一种暂时的保全之道，只有保全实力，你才能有重新奋起的可能性……

"有时候，急流勇退也是一种积极向上的自我保护方法，表面看上去有些消极。实则是蓄势待发，谋取更大的发展。"郭代军说。

其实，这种"低调做人"的自卫自保之法，曾国藩早已用过。拥有长矛利器的曾国藩被封为毅勇侯，世袭罔替，对曾国藩来说，这是莫大的荣誉。但是，聪明的曾国藩此时并未感到春风得意。他在这个时候想到的更多的不是如何欣赏自己的成绩和名利，是担心功高震主，恐遭“狡兔死，走狗烹”的厄运。

他想起了历史上许多身居权要的重臣，因为不懂得功成身退而身败名裂的前车之鉴，所以在湘军进了京城后，曾国藩急办了三件事：一是盖功院，当年就举行乡试，提拔江南人士；二是建造南京旗兵营房，请北京的闲散旗兵南来驻防，并发给军饷；三是裁撤湘军 4 万人。这三件事一办，立即缓和了多方面矛盾，原来准备弹劾他的人也不再上奏弹劾了，清廷也只好打消了某些念头。曾国藩在给清廷上奏的裁撤湘军的折子中说：湘军成立和打仗的时间很长了，难免沾染了旧军的恶习，且无昔日的生气，奏请将湘军裁汰遣散。曾国藩以此来向皇帝和朝廷表示：我曾某人无意拥军，不是谋私利的野心家，而是忠于朝廷的卫士。

曾国藩的考虑是完全正确的，表面上他在奏折里极力赞成遣散湘军，但个人问题只字未提。他知道，如果自己在奏折中说要求留在朝廷效力，必将有贪权恋栈之疑；如果明确请求解职而回归故里，则会产生多方面的猜疑，既有可能让上峰形成他不愿继续为朝廷尽忠的印象，同时也有可能被许多湘军将领奉为领袖而招清廷猜忌。

狡兔死，走狗烹，历朝历代都是这样。在太平天国的问题得到解决后，曾国藩就成了政府下一个要解决的问题——他拥有朝廷无法调动的、那么强大的一支军队，对清廷政府而言是一个潜在的危险。

朝廷正在想着如何解决他，而曾国藩本人的请求正中朝廷的下怀，于是清廷下令遣散了大部分湘军。因为是曾国藩本人主动提出的，在对待他的个人问题上，清政府则委任他为两江总督。保持稳立不倒，其实也正是曾国藩自己要达到的目的。

亚里士多德说：“高标准的目标和低姿态的言行的和谐统一是造就厚重而辉煌人生的必备条件。”你一定听过很多世界名曲，至少经常听流行歌曲。你是否发现，很少有歌曲是以高音起奏的，几乎每一首歌曲的过门都是舒缓的低音。只有低音切入，才会使歌曲给人跌宕起伏、荡气回肠的感觉。聪明人大都懂得保全自身的道理，无论是为官做人，锋芒大盛时，要适度收敛一下，低调做人，免得惹来灾祸。先求生存，后谋发展。

对于有大志向的人来说，低头做人并不是苟且偷生，它包含着谦虚和忍让，是一种以退为进的谋略。低姿态做人，便能从容不迫地面对世界的纷扰，不处处张扬，便能把自己融入各种圈子。这是一个人聪明的具体体现，因为这样更容易与他人和谐相处，做事也更容易成功。

我们应该在工作和学习中学会低调做人，低调是修身养性的重要内容。修养越高的人，实际上也是越能成就大事的人。

低调是良好心理素质和谦和的表现，是一种高尚风度。低调是忍一时风平浪静，退一步海阔天空的美德。

做不到低调为人的人，拥有的东西再多，也会为人所瞧不起；能做到低调为人的人，即使你一无所有，也依然受人敬仰。

辉煌说明过去　当下仍需努力

每当站在充满鲜花和掌声的领奖台上，郭代军总是心情激荡，满面春风！台下的他总是说："那已经成为永远的过去了，别人不会永远记住你过去的风光，你也不应把过去的成功当成永远成功和永远骄傲的资本，躺在那温暖的赞扬声中睡大觉，长眠不醒。"

"如果事业取得了一定成功而骄傲，把一时的成功当作永久的成功，这样的人就会从此故步自封，止步不前，甚至前功尽弃。"郭代军有感而发。

我们常说的"好汉不提当年勇"，就是这个道理。很多人往往不能走出曾经的辉煌记忆，沉浸于虚无的胜利幻想中。他们因为过去的一切成功就自我满足，眼前显现的永远是早已逝去的鲜花、掌声与奖牌。他们自视清高、目中无人，更有甚者，为了维护自己的所谓面子和虚荣心，非但自己不思进取，还伺机嘲讽别人的努力，最终导致了心理的扭曲。

此时，作者想起了一个故事：某大学一名男生自杀了，新闻很快传遍了整个校园，整座城市，乃至全省。谁能相信他会自杀呢？四年前，他可是以全省第一的成绩考入一所名牌大学。如此一个优秀的学生怎么走上轻生之路呢？

熟悉他的同学、老师和老乡，都为他的轻率而倍感痛心。谁能想到四年前他的风光呢？这所大学一直鲜有状元考入。他进校后，学校领导、老师对他倍加重视，仅对他个人的宣讲就搞了半学期，他成了全校的热点人物，可说是无人不知，无人不晓。

老师的宠爱、同学的羡慕以及一些人的吹捧，让他有了飘飘然的感觉。从此，他变了，从那个勤奋上进、虚心好学的少年变得极其高傲，他想当然地认为自己就是最棒的。所以，他不像其他同学刻苦用心，他经常觉得老师讲得不好，不去上课，也从不参加集体活动，时常沉浸于武侠小说、言情小说的世界里，混沌度日。

老师为他的滑坡而担忧，经常劝导他要戒骄戒躁。可是他总是把老师的话当作耳边风，认为自己这么聪明，对付那些考试是小菜一碟。就这样，虽然他未在期末考试中挂“红灯”，但始终成绩平平。转眼到大四，保研名单上自然没有他。他终于不甘心起来，向全班同学宣称他要考上全国著名大学的计算机硕士研究生。

从此，他开始起早贪黑地学习了，无奈，由于大学时期专业功底太差，最终他的成绩没有过线。这对于高傲自傲成习惯的他来说，无疑是当头一棒，整个人瞬间崩溃了，在成绩公布榜前默默伫立了很久。

当日晚上，宿舍的同学发现他没有回来休息，也没太在意，以为他心情不好，去哪里散心了。可是，第二天一大早，人们在教学楼前发现了他的尸体。他的衣袋里装着一份浸透了鲜血的成绩通知单和一份遗书。他说：“我知道自己再也骄傲不起来了，所以我选择了死亡。对我而言，没有骄傲就如同剥夺了我的生命。”

一个年轻的生命就这样离去了。正是因为他一贯沉浸于自己曾经的辉煌，一旦梦想变得支离破碎，他那颗习惯了赞扬和吹捧的心，便难以负荷以至于精神崩溃。有一位哲学家说过：“一个人若种植信心，他会收获品德。”而一个人种植下骄傲的种子，他必将收获众叛亲离的果子，甚至不可预知的危险。这位轻生的男同学自满自得，不懂得戒骄戒躁，脚步一味地停留在原地，而虚荣心却日益膨胀，最终由于心理压力承受不住，使年轻的、本来该有所作为的生命走向了终结。可悲的是，直至死前他也没能明白自己失败的原因，他不知道，是骄傲害了他，是虚荣心害了他。

“一些人一旦有了名气，常常会飘飘然。”“那个四岁就懂得让梨的孔融，是家喻户晓的人物。小小年纪就出名，长大后先被提拔做了侍御史，后来又改任北海相，他以为自己既有才又有名望，所以待人傲慢，甚至多次戏弄辱骂曹操。他同其他官吏合不来，以致上怒下怨，被人诬陷图谋造反，不但自己遭受杀身之祸，而且还殃及两个儿子。”郭代军如此感慨。

拿破仑是一个著名的军事家，也是一个躺在过去的辉煌里不愿醒来的人。他率领的军队曾出奇制胜，所向无敌。可是胜利冲昏了他的头脑，曾经的战绩使他骄傲自大、目空一切，逐渐武断专横独裁。他过高地估计战绩，丧失了客观分析敌情的能力，终于导致了滑铁卢战役的惨败，由战争之神变为阶下囚。

大文豪王尔德曾说：“人们把自己想得太伟大时，正是以显示本身的渺小。”因为“人外有人，天外有天”，谁也不是常胜将军。让曾经的胜利，曾经的辉煌留在心底，闲来无事，偶尔拿出来玩味一下，实无不可。万不可把它当成永远的荣耀，从此止步不前。一个真正的智者，是不愿靠吹老本生存的，更不会原地踏步，而是力求百尺竿头，更进一步。

“痛苦属于过去，我们需要放下昨日的痛苦，才能重建美满的新生活。同样，成绩也只能说明过去，我们也需要放下昨日的资本，努力活在当下，这样，我们才能继续前行。沉浸于自满自得，这是愚蠢的表现。过去的自我感觉良好，实际上是一种无知，虽能满足一时的虚荣心，也常使人错生优越感和自我幸福感，实际是自欺欺人，最终只会导致心理更为变态和精神崩溃。”郭代军如此总结道。

聊天悟道

2022 年 11 月初的一个晚上，来自北京、贵阳、成都、峨眉山等地的几位学者、退伍军人、企业家、国学大师欢聚茶楼，品茗、聊天，讲历史、说现实，摆龙门阵，以人讲故事，以故事讲人，给作者留下深刻记忆，受益匪浅，因此感悟笔墨，情融笔端。

大家侧重围绕人们常说的“人分三六九等，下等人聊是非，中等人谈问题，上等人论格局。但划分等级的标准无关乎金钱、地位，而在于聪慧、善恶、心胸”。

“以处理事务的角度来看，中国社会有：‘人有三等之分：下等人，专论是非对错；中等人，一心解决问题；上等人，格局决定成就。’的说法。”国学大师先抛出自己的观点。他讲的话题是：搬弄是非的人是下等人。大家畅所欲言，各抒己见。

中国有句古谚讲“爱听小语（话）”以及“远重衣冠近重人”，也就是说，一般的人都是用这类小事来评论一个人，甚至成为道德人格的砝码。所谓搬弄是非的人，简单地说，就是那些喜欢在背后说别人坏话，挑拨离间的人。

既然没有能力去解决问题，所以他们只好将注意力集中在人上，以传统世俗观念的为依据，去批判和非议一个人，也就是所谓的“对人不对事”。

古人常说“来说是非者，便是是非人”，意思是说：那些喜欢说别人是是非非的人，本身就是一个在生活中经常会挑起“是非”的人，这样的人是“小人”，一定要远离，否则他可能会带来意想不到的麻烦。

说到这，历史上有一位著名人物不得不提，就是北宋时期科学家，《梦溪笔谈》的作者沈括。

虽说《宋史》评价他说：“博学善文，于天文、方志、律历、音乐、医药、卜算无所不通，皆有所论著。”但他死后却没人给他建碑，更谈不上为他写墓志铭，就连他的生平传记也仅仅附在《宋史·沈遘传》（沈遘，沈括侄子）之中。

在科技领域做出重大贡献的沈括，却为何落得如此下场？原因就在于他在生活中真可谓是个不折不扣的“下等人”！

先看沈括与王安石的经历。沈括与王安石是世交，其父亲的墓志铭就是王安石写的，王安石当宰相时，沈括是王安石变法的忠实支持者。

但在变法失败，王安石被罢相后，沈括却出尔反尔，落井下石，立刻起草万言书一份向新宰相吴充从法治以及自然科学的角度论证了王安石新法之荒谬、之祸，出卖既是领导又是朋友的王安石。气得王安石从此再不称呼沈括的名字，而是叫他“壬人”。所谓壬人，就是见风使舵的奸佞之徒，俗称小人。

苏轼也曾吃过沈括的大亏。苏轼到杭州的时候，沈括去拜访他，“与苏轼论旧”后，将苏轼的新作抄录了一遍。回到首都后，沈括立即用附笺的方式，把苏轼文章中他认为是诽谤的诗句一一加以“注释”，无中生有地说这些诗句如何居心叵测，反对“改革”，讽刺皇上等，然后递交上去。

不久，苏轼因为在诗文中“愚弄朝廷” “无君臣之义”而入狱，险些丧命。

例如苏轼歌咏桧树的两句：“根到九泉无曲处，世间惟有蛰龙知。”“皇帝如飞天在龙，苏轼却要问九泉之下寻蛰龙，不臣莫过于此！”

这就是文字狱历史上著名的“乌台诗案”，牵连苏轼三十多位亲友，涉及他一百多首诗词。

喜欢搬弄是非的这类人，最善于捕风捉影，你不经意的一句话，一件小小不然的事情就完全可能被他们信手拈来，大做文章，让你深受其害。因此，要尽量远离这种小人。

说人是非，伤人伤己，好话要多说，是非不要提。我们平时也要注意，传话一定要平平实实，千万不要添枝加叶、添油加醋，弄不好就会变成搬弄是非。

远离是非，不听信是非话，是非自然就会离你而去。

由著名军事专家、退休老军人接着大师的话题讲了第二个话题：“‘对事不对人’的，是中等人。”

如果说“对人不对事”的是下等人，那么喜欢“对事不对人”的则是中等人。他们往往对于自己有清晰的定位，把自己擅长的事情做到极致。

在工作中，他们是战略的执行者，他们往往希望自己做的事情少而精，追求单项工作的完美，并善于享受其中的乐趣。作为骨干，他们可以在自己所管辖的范围内能够干出非常不错的业绩。总之，他们一切行为都在围绕解决实际的问题。

在现代社会，他们可能是某一个领域的资深专家、学者，企业中的领导，或者是两耳不闻窗外事的学术派人物。而在古代，他们被统称为“将才”。

“将才”适合以身作则、冲锋陷阵，如果被安排到帅位，结局一定不会好。大家都知道“冯唐易老，李广难封”这句名言。李广是汉朝有名的飞将军，箭术天下无双，曾立下赫赫战功。

据史书记载，李广做了四十多年的官，薪俸高达两千石，却家无余财，也没有购置任何一分田宅，他把自己的薪俸都拿出来分给需要帮助的人了。对待自己手下的士兵，他爱兵如子，每一次统领部队，都要认真地视察；当自己的士兵们都吃上饭了，自己才吃饭，在缺水的地方行军，当士兵们都喝上水了，自己才去喝水，所有的难事李广都身先士卒。

他不仅对士兵爱护体贴，连敌人匈奴军都很敬佩他。可是一代名将，却一生难以封侯，这又是什么原因呢？是时运不济，还是遭到刻意排挤？难道真是汉武帝没有识人的慧眼吗？

当然不是。李广最多只为“将才”而非“帅才”。诚然，李广作战英勇，有极强的个人魅力，士兵都很爱戴他，但他带兵非常随意，简单省事：部队行军任意而行，行军走路不按方阵，愿意咋走就咋走。部队驻扎只看是否在水草边，驻扎下来后人人自便，夜里也不打更巡逻，来往文书能简则简，能省则省。

也正是这种随意性，才导致卫青与匈奴的决战中，李广竟然迷路了，直到决战结束他才找到卫青的主力部队。

当时宫中的几位大臣往往用程不识和李广相比较。程不识是一位边郡太守，他治军非常严格，行军时编制队列、驻扎等一切都按规章制度。部队在外作战，有责任明确的层级指挥系统，即使休息也处在“人不解甲、马不卸鞍”的高度戒备状态。他的部队从来不打大胜仗，也从来不打大败仗，永远是整批出击，退兵也是一整批慢慢退下来，左右前后，整个部队的旗号整整齐齐，无大胜也无大败。

曾有大臣说：“李广治军追求简单，胜也许胜得漂亮，败也会败得惊心动魄；程不识治军虽麻烦，但他的部队从不会出什么差错。”

的确，“百步穿杨”的李广是个好劳模，是位英勇的战士，但始终不是一个优秀的管理型人才。

所以，中等人适合干中等事，通过自己的踏实努力，做好具体工作就好。尽心尽意将每件事情做得尽善尽美，这也是有意义的人生。

第三个话题：“只论格局的上等人。”是由郭代军主聊的。

他说，现在最缺的，也是最需要的，是有大格局的人。凡是有大作为者必有大气宇，格局小的鲜有成功者。他们常常喜欢站在问题的最高点，不在乎一城一池的得失，以大局为己任。

谋大事者，首重格局。两方势力较量时，最终的结果也取决于双方领导的格局。

历史上最典型的例子，非楚汉相争莫属。秦始皇出巡时，车队浩浩荡荡，威风凛凛。彭城的项羽在围观的人群中说：“彼可取而代之。”沛县的刘邦则说：“大丈夫当如是。”从这两句话中，体现的不只是他们个性上的差异，还有他们格局上的高下之分。

项羽世代为楚国贵族，祖父项燕是楚国抗秦的大将，为秦军所杀。楚为秦所灭亡后，项羽与叔父项梁流落楚地。此时的项羽见到秦始皇，亡国灭祖之恨涌上心头。“彼可取而代之”，项羽的最高理想是灭秦，恢复楚国的辉煌，楚就是项羽的格局。

刘邦世代平民，对亡楚的大秦没有项羽的那么刻骨的仇恨。刘邦只是觉得男子汉大丈夫不应该庸庸碌碌，应该轰轰烈烈地干一番大事业，应该像秦始皇那样威风八面。

正因为如此，刘邦不想做楚王，他要做的就是秦始皇。由此看来，项羽的格局是楚，而刘邦的格局则是天下。

四年的楚汉相争，项羽在历次战役几乎每战必胜，刘邦则是屡战屡败。但是，项羽每次的胜利都会导致力量的一次削弱，而刘邦的每次战役失败后力量都会有进一步的积聚，几次战役都是以刘邦的几乎全军覆没而告结束，而每次刘邦都能东山再起。

项羽的眼光只是眼前的战役胜败，而刘邦心目中总是战争的全局，他不在乎一池一城的得失或一战的成败。

到垓下一战，每战必胜的项羽自刎乌江，长使英雄泪沾襟，屡战屡败的刘邦则是举杯相庆，纵论得失。

所以，格局决定结局，格局有多大，成就便有多大。

这就是中国社会的三等人。道生一，一生二，二生三，三生万物，这三等人构成了中国社会的大千世界。

“知人者智，自知者明。”看懂自己，认清自己的局限，不断提升做人的格局，才是阶层逆袭的最好途径！

最后，郭代军用雨果的名言作为本文结束语。雨果说："世界上最宽阔的是海洋，比海洋更宽阔的是天空，比天空更开阔的是人的胸怀。"诚然，人只有宽阔自己的心胸与眼界，才站位高，提高维度，才会看到人间最曼妙的风景。

企业篇

QIYEPIAN

郭代军怀着把企业做大做强的梦想，捧着一颗火热的心，不负使命、砥砺前行。

郭代军把青春岁月倾注于事业，把辛勤汗水浇灌在行业，把满心热望投向员工，把殷殷嘱托倾注于团队。

郭代军始终以饱满的热情投入到祖国的建筑事业当中去，爱岗敬业、恪守自己的本职，为企业的发展倾尽了全力。

按下“提速”键

中诚投建工集团承建的四川省内江市城市过境高速公路高桥互通连接线工程，新建道路、桥梁、市政管线 2463.137 米，工程标价 3 个多亿，工期 720 天。项目部自 2020 年 2 月中旬复工复产以来科学有序、扎实高效地开展项目复工生产工作，切实做到两手抓、两手硬，较好地履行了企业疫情防控和安全生产的主体责任，确保了项目疫情防控、复工复产取得初步成效。

全力以赴　按下启动键

“什么时候能复工？我们都盼着能早日通车的那一天。”这是内江市市民的愿望，也是项目部全体员工的期盼。因疫情的影响，原定 2020 年 2 月 2 日复工的内江项目按下了暂停键。作为四川省 2019 年重点工程项目、内江市及集团公司的重大项目，备受市民、政府及建设单位的关注。如何能顺利推进项目复工复产？项目经理陈郊、执行经理李江权及技术总工刘先彬等人迅速行动起来，仍在春节休假的他们早已进入工作状态，及时成立项目复工复产工作小组，紧急采购口罩、消毒液和体温枪等防控物资。与此同时，项目提前对团队人员健康情况进行摸排建档，及时掌握员工健康情况，多措并举为项目复工做好准备。

为确保顺利复工，项目部主动邀请集团公司领导及业务管理部门到项目部进行检查指导。同时，也获得了建设单位的大力支持。2020 年 2 月 12 日，项目正式复工，成为内江市第一个复工项目，更是全省第一批复工复产的项目，并获得了“四川经济日报——内江政经事儿”、四川新闻频道的宣传报道，为集团公司在建项目复工复产树立了典范。

由慢变快　蓄势奔跑

“项目进度受到征地拆迁等因素的影响，但我们的施工管理进程和各项工作从未放慢速度!”项目执行经理李江权在接受采访这样说道。

因征地拆迁的影响，目前，建设单位仅提供了 K0+000 至 K0+850 段的施工场地，主要实施高架桥的旋挖桩基础、承台、墩柱、盖梁和桥台等施工，软基的挖掘运弃以及级配碎石换填施工，路基挖填施工等工作。此段作为工程建设的“起跑线”，项目部高度重视各项基础管理工作。在坚持抓好疫情防控的同时，在确保广大员工生命安全和身体健康的前提下，项目狠抓安全文明施工，重投入、抓落实，在各个风险源进行警示牌标识，并轮班派安全员和工长对基坑作业及重点机械作业处进行跟班监督和巡视，杜绝一切安全风险。

“这个项目的施工难点和重点是有旱桥和水桥两座形状不一样的桥，必须要盯紧混凝土模板和钢筋作业。”项目技术总工刘先彬在现场巡视检查中反复强调着。为确保施工质量，作为总工的刘先彬，每天带着工长在施工现场全程监督检查，及时在现场中解决施工技术问题。自启动建设以来，项目部始终坚持以“抓施工质量，创精品工程”为建设目标，严格按照“结构优质工程”建设标准狠抓各项工序工艺；反复测量桥墩定点，细致把控施工细节，确保“起跑线”施工段的质量、安全及进度目标的达成。

齐心协力　启动提速键

“我们每周一开例会，陈经理都会要求我们畅所欲言，说出施工过程中存在的问题和好的建议。”项目安全管理负责人罗工告诉笔者。

为做到全员发力，齐心奋进，如期完成工程建设，项目各级管理人员各司其职，在抓好内部团队工作能力、协作力建设的同时，特别注重外部关系的协调，主动与建设单位内江市路桥集团沟通设计变更，主动与当地住建局、交通局等管理部门对接联系，受到了当地政府及相关管理部门的好评。项目承建以来，先后迎接了内江市委书记马波同志、内江市市长郑莉同志、内江市副市长曾云忠同志及内江市发改委、内江市国资委、内江市人大携同大足区人民政府、内江市住建局、内江市交通局、内江市东兴区、内江市高新区等政府及各级部门相关领导莅临指导工作，同时还迎来了知名企业家王健林的参观考察。

多方的关注重视和高度赞赏，给项目部全体员工增添了干劲儿，按下了工程建设“提速”键。项目预制现场，钢筋切割声、捶打声持续交织，吊车、箱梁预制等有序作业，呈现出一派如火如荼的繁忙场面，所有参建人员都在与时间赛跑。

在施工中提速，在建设中发力！内江高桥互通连接线工程项目全员精诚协作，蓄势起跑，科学安全施工，为整个工程建设按质按时按量完成任务打下了坚实基础，力争为中诚投建工集团在内江打出好名片，树立好口碑。

斗烈日战酷暑　在“烤”验中保工期

2020年8月，重庆地区普遍高温，热浪滚滚，酷暑难耐，然而在重庆分公司忠县中学综合教学楼施工现场，却呈现出一派繁忙而有序的景象，工人们仍在坚持施工。上午10点左右，气温已高达38摄氏度。炎炎烈日下，四层教学楼楼顶上，伴随着轰鸣的机器声，头顶安全帽的工人有的正在扎钢筋，有的正在浇灌混凝土，还有的正在砌筑结构物。为了抢目标，为了抢工期，工人们不畏高温酷暑，斗烈日、战热浪，充分发扬“与天斗其乐无穷”的工作精神。

施工现场，由于作业场地窄小，搅拌机只能停在临时搭建的围墙外工作。项目部执行经理胡宗平站在搅拌机上，正在给工人交代工作。受轰鸣声影响，站在七八米外一点儿都听不清楚讲的什么。只见他脸色通红，胡子拉碴的脸上，豆大的汗珠往下滚，身上穿的灰色汗衫早已被汗水湿透。我们站在凉棚里也能感受到热浪一波又一波。项目部安全员刘兴祥告诉我们，由于重庆连续高温天气，他们已调整时间，每天早上5点过就开始上班，中午11点左右下班。为避开高温，确保工人身体健康，有时下午4点过才上班，每天要将矿泉水、防暑降温药品送到工地。由于天太热，有的工人一天要喝六七斤水，脱下的衣服能拧出水。

作者来到重庆分公司大足新区幼儿园，上午 11 时左右，我们看到由政府招商投资 4000 多万元，场地面积 9200 多平方米的三层楼幼儿园主体工程已修建完工。工程要赶在九月初招生使用，几十名工人连夜加班加点抢修室外 4000 多平方米场地，没时间停顿。站在烈日下，笔者头昏眼花，手中的采访本也湿漉漉的。项目部综合办公室主任赵丽告诉作者，该幼儿园从去年八月开工以来，由于疫情、高温、暴雨，他们实际用于修建时间只有七八个月，为保证质量安全，不误工期，有时施工现场工人有 200 余人在同时作业。项目材料采购员夏福长还告诉我们，为保证孩子们健康，他们用的均是环保材料，所有的工序在不影响安全的情况下同时施工，确保能按时交付使用。

重庆“退烧”预计还有一段时间，但为了保目标，施工仍将迎难而上，趁“热”打铁，项目部各级管理人员及一线工人同心协力，克难攻坚，顶烈日、战酷暑，保进度、践使命，全面加快项目建设速度，为确保工程如期交付而持续战斗。

抗暴雨排险情　在“倾”盆里保安全

2020 年 8 月中旬，强降雨接连袭击四川盆地，从 8 月 14 日开始，四川省气象台的暴雨预警级别先后从蓝色升级到黄色再升级到橙色，三天连跳三级。部分区县暴雨预警级别升级为最高等级的红色，多地出现险情，防洪形势异常严峻。

面对防洪度汛这场“大考”，中诚投建工集团及时发出“加强防暴排险工作，确保人员财产、施工生产安全”的通知，并立即派出检查小组赶赴各项目部检查落实抢险排洪工作。各在建工程项目按照集团公司的统一部署，快速反应，闻“汛”而动，打好防汛“攻坚战”，吹响度汛“集结号”，全力以赴确保项目安全度汛。

在成都锦江区华兴片区配套中学项目施工现场，项目负责人余斌带领两名安全员身穿雨衣，脚穿水胶鞋，冒着大雨下到楼底层，检查积水情况。现场两台抽水泵正在运转抽水，由于提前防范较快较早，没造成大面积积水。他告诉我们：“由于暴雨前我们早准备、早安排，把防范工作做在夏季暴雨来临前面。与此同时，还安排员工 24 小时不间断来回巡检防守，随时掌控施工现场安全情况。项目部还预备了 5 台抽水机，在危急时再派上用场。”由于该项目部提前科学预案，准备充分，面对暴雨来袭，立即启动防洪度汛应急预案，及时清理现场积水，查看现场排水情况，疏通现场车辆，协助完成现场材料货物的转移，检查现场设备，隔离边坡防止发生滑坡事故，运输抢险物资，做好后勤保障工作，将暴雨对现场工作的损失降低到了最小。

在成都市现代职业学校新建学生公寓工程、温江蓉西新城工程、温江停车场工程、雅安康复医院工程等项目部，暴雨尤其严重。面对暴雨带来的不利影响，各个项目部临危不乱，严格按照防汛工作的总体部署，层层压实责任，认真履职尽责，全面巡查排险，筑牢思想堤坝，形成了上下一心、众志成城打赢防汛战役的强大合力。由于各项目部早准备，早安排，抓落实，已将机械设备、建材、钢筋水泥等物资转移到安全位置，未受到大的损失。同时，项目部还要求，在暴雨期间，严禁在外高空施工作业，严禁带安全隐患作业，严禁违章违规作业，从而确保了人员生产安全。

从这次强暴雨检查的情况来看，集团公司在川的多个在建项目未因暴雨洪涝带来较大的影响损失。随着暴雨的停止，各项目生产工作正在有条不紊地进行，均已安全度过汛期。

为了泸州更美丽

名酒、荔枝、桂圆和日新月异的市容市貌，为历史文化名城泸州市增添了浓郁的色彩。而横跨长江的国窖大桥东桥头下方的茜草坝，像一头雄狮横卧在这里至滨江路一带，成为阻隔长江和市区交通的障碍，成为沟通东西市区的“卡口”，严重影响着泸州市的经济发展。

2020 年，泸州市委、市政府作出决定：即从茜草坝长江大桥东岸互通立交工程（一期）向西延 536 米修建双向四车道和新修一条 2 公里多长的地面公路，连接滨江大道，总投资 2 亿多元，把这片处女地打造成泸州市的“上海浦东新区”。

2021 年 3 月，中诚投建工集团的建设者们带着 400 多万泸州人民的期盼和信赖，开进了施工现场。钻机轰鸣，人来车往，钢筋叮当，焊枪飞溅……茜草坝沸腾了。

匠心施工树标杆

“中诚投人志气高，脚踩大地头顶天；架设金桥幸福路，誓在工地当先锋。”不管酷暑严寒，无论晴天雨天，每日清晨，身着工作服，头戴安全帽，肩扛工具的这支筑路大军，就唱着他们自编的歌谣，开始了架桥筑路的战斗。那声势，那热情，让人振奋，催人奋进！

具有 20 多年施工经验的袁茂君经理和科班出身的周亘经理，是该项目的主要负责人。他们心往一处想，劲往一处使，在开工动员大会上讲，中诚投在大西南享有盛名，在全国也是榜上有名，而这次承建茜草坝立交工程，则是中诚投来泸州做的第一个工程，我们一定要团结一致，高标准，严要求，做精品，树标杆，向泸州人民交上一份满意的答卷。

不止一人告诉笔者：袁经理对工程质量要求严格，甚至有时严到极为苛刻的程度。袁经理对工人们说：“平时你们敲我的脑壳、刮我的鼻子、揪我的耳朵都行，可对工程质量，我是六亲不认的！”有一根桥墩编织的钢筋比浇筑的混凝土短了 10 多厘米，他坚决要求返工，直到完全符合质量要求，其经济损失必须责任人自负。有时候好心的人劝他：架桥修路的时间短，往后相处的时间长，何不多“栽花”少“栽刺”。他说回答：“百年大计，质量第一，只要是为了工程质量，我不怕‘栽刺’！”

这个项目领导班子是出了名的执法如山却又严而不死，活而不乱，使工地上始终秩序井然，创优争先的竞赛热潮一浪高过一浪。钻洞、扎钢筋、浇筑混凝土等工序，被称为“硬骨头”作业，尤其是在 20 多米高、直径 1.8 米的桥墩上浇筑混凝土，一边是悬崖峭壁，另一边是深谷，头上是摇摇欲坠的大型吊车和浇筑棒，令人毛骨悚然。工人们就是在这样的环境里战严寒斗酷暑。2021 年 8 月，为了抢在雨期到来之前完成计划施工任务，40 多摄氏度的高温烤得人喘不过气来，他们连吃饭、喝水的时间都舍不得占用。执行经理张祥、项目技术负责人陈和芬、钢筋班工长刘兴贵等人坚持跟班爬上爬下检查施工质量，哪里有事哪里就有他们的身影。工人们说他们像一部连轴转的机器，永不停歇。

宣传栏解难题

“我们项目部办的《安全生产宣传栏》和工地上巨型宣传牌太实用了。”袁经理和几个工人颇有体会地对笔者讲。

为提升项目部员工及施工人员学习的便利性和有效性，项目部结合工作要求，将安全生产总体思想、政策宣传、规范施工、形象打造以及与客户密切相关的有关问题进行收集整理，与企业文化核心内容制作成宣传栏，安放在项目部，并在施工现场、钢筋加工车间和上下班的道路两旁安装了醒目的巨型宣传牌，让工人们随时抬头可见宣传栏和宣传牌，时刻紧绷安全这根弦。同时，项目部还制作了便于携带的安全宣传小手册，发给工人们，利用碎片时间随时翻阅学习。工人们普遍反映，这些形式和内容紧贴施工需求，易懂好记，用语朴实也接地气，让我们牢牢地记住了安全生产要领和企业文化核心。

功夫不负有心人，自 2021 年 3 月开工至今，完成工程量已接近过半，项目上没有发生过任何安全事故。2022 年 5 月，泸州市住建局李益春局长和集团公司郭代军董事长去项目部进行实地考察，对项目前期工作给予了充分肯定。

小菜盘大文章

从工地回到项目部，袁经理从抽屉里拿出一张手掌大的纸条给笔者看，纸条上写着就餐人数：2022 年 5 月 29 日中午 19 人，晚上 11 人；2022 年 5 月 30 日中午 30 人，晚上 11 人。

“厨房、食堂，用得着你亲自管吗？”笔者问袁经理，袁答：“买菜、做饭，看似芝麻绿豆大的小事，其实并不小，菜盘子里大有文章可做。”

他举例，食堂刚开火那几天，工人们意见可大了，菜品单一，味道欠佳，每餐都有剩饭剩菜，伙食费用也超预算，每天人均高达十七八元。

袁经理及时与周经理、分管后勤工作的同志、炊事员商议，最后决定：每人每天标准 10 元，每顿逐个统计用餐人员，按人数按标准购买食材，不得超支。炊事人员也不断提升烹调技术，经常更换、调节食材和菜品，保障工人们每餐都能吃上安全、卫生、可口的饭菜。打那以后，工人们一日三餐都坚持在食堂吃，食物浪费现象没有了，伙食标准也一直稳控在 10 元左右。袁经理粗略地一算，一年下来，仅此一项就可节省开支近 100 万元。

茜草坝长江大桥东岸互通立交工程的建设者们敢为人先，敢于创新，敢于超越自我再出发，他们迈出的每一步都紧扣时代脉搏，向着打造标杆工程目标砥砺前行。为了泸州更加美丽，他们干劲十足，舍得出力流汗！

彩虹连两山　天堑变通途

刚落成的九龙峡大桥犹如一条美丽的彩虹，凌空在九龙河两岸，大桥离水面近40米，桥长146米，其中80米长的拱圈上排列整齐的60根墩柱（1.2米的24根，1米的36根），仿佛一架硕大无比的固定琴盘，算上两段引道共长600多米，双向8车道。全桥设计精巧，造型优美，气势恢宏。宏伟的大桥，使有着悠久历史文化，享有“船城”美誉的资中县城显得更加绚丽多姿。

郭代军董事长说：“资中九龙峡大桥的惊艳亮相，是中诚投建工集团敬献给中国共产党第二十次全国代表大会胜利召开的一份厚礼！”

2022年国庆节，作者踏上九龙峡大桥，追寻中诚投建工集团的建桥“梦想”。

一开始就冲刺　刚开局就决战

九龙峡大桥，是资中县重点建设项目——凤凰大道东段市政道路工程一期的核心组成部分，地处县里打造的旅游景区。县政府决定：为了保护生态环境，保护桥基下层结构不受影响，施工中不能放炮作业，石滓不能倾泻河里，不能堵塞河道。

承建大桥修建任务的项目部经理邓诚领着项目部一班人，来到现场实地勘察，制定施工方案，眼前的现状却让他们傻眼了，两岸都是 10 多米高的悬崖巨石，直入四五米的深水潭，不让放炮，如何施工？如果不放炮，还会延长施工时间，超支施工经费……正当大家一筹莫展时，负责施工技术的经理马胜富开腔了，他说："采用具有现代科技的大型电锯、钩机自上而下开山破石，在大桥两端同时作业，从开出的石头里挑选成块成型的用于挡墙、护坡，剩下的石滓运至弃土场。"马胜富，这位生于 1956 年的退役老军人，原是铁道兵专修铁路桥梁、打隧洞的技术员，有着丰富的施工经验，他的建议，得到大家的认同。

2021 年初夏的一个清晨，由 90 多名工人组成的建桥大军，在荒山野岭中，拉开了开山劈石，修路架桥的序幕。

在施工现场，马胜富兴奋地告诉我们："工人们干劲可大了，一进场就冲刺，刚开局就决战。"每天工人们一进入工地就紧张忙碌，一切都按照计划有序推进，很快就把东侧 400 多米、西侧 80 多米的道路、钢筋加工棚和停车场修建好了。

他们成天与石头、钢筋、混凝土为伴，与风雨雷电为伍，晴天一身汗，雨天一身泥，严冬雪地印两行。贾春贵和妻子是一对 40 多岁的钢筋工人，技术娴熟，工作勤勤恳恳，干起活来一丝不苟，从不缺工，天天上班，晚上加班加点，也从不缺位。为了多挣钱，夫妻俩省吃俭用，从不乱花分文，是大家公认的"模范夫妻""榜样员工"。

中诚投人不惧苦累　胳膊比石头钢筋硬

如果说开山破石是苦累活，那么在拱圈上浇筑混凝土是既苦累又细心的技术活。它要先在钢筋房里制作 90 多个长 4 米、宽 1.4 米，高 1.6 米的钢筋箱，然后把钢筋箱整齐地固定在拱圈上，分两次浇筑混凝土，第一次在箱子底端浇筑 20 厘米，待混凝土强度达到 100%，再在顶端浇注 20 厘米，箱子中部剩下 1.2 米空间不浇筑混凝土，以降低桥的重量，减轻桥的压力。

拱圈上浇筑混凝土，不是数着太阳和月亮的轮回日子，而是要抢在雨季之前，拼在入秋之后。冰冷的泥水浸入冻僵的泥脚，一时半会儿找不到温度的平衡，奋战的汗水浸湿了单薄的衣服，双脚依然蠕动着与寒冬抗争。工人们就是靠坚定的决心和坚强的毅力剿灭烈日与严寒的淫威和残暴。

有人说，修桥工人是天生的强者。为了这个信仰，他们顶天立地，披荆斩棘，殊不知梦呓时的言语，诠释了“男人哭吧哭吧不是罪”。离家时父母的唠叨，儿女的呢喃还声声在耳畔萦绕，妻子虽说不出来，却在心里深深地期盼，这些都时常让铮铮的铁汉难以言说，只能偶尔借酒浇愁。“混凝土浇筑完了就可以回家看看”，为了这个目标，所有相思之苦和情绪上的惆怅，都在坚硬的石头、混凝土上发泄。经过一年半的酣战，如今，在 9000 多方石头，2000 多吨钢筋、30000 多方混凝土的帮助下，九龙峡大桥已经长到与公路一般高了，工人们终于相信自己的胳膊比石头、比钢筋坚硬，他们怎不欢呼，怎不拥抱，怎不奔走相告！

哪轻哪重？中诚投人自有天平在胸

假如一边是舒适的工作环境，享受生活的“安逸窝”，一边是荆棘丛生的崎岖小道，你该往何处投足？如果惬意的工作岗位和祖国召唤同时向你招手，你理想天平的砝码该投向哪边？参加九龙峡大桥建设的中诚投员工用行动诠释着这个问题。

邓玉立，毕业于西南科技大学，2021 年 6 月进入中诚投建工集团，报到这天公司工程部副经理张跃征求他的意见说：“想安排你到资中九龙峡大桥项目工作怎样？”小邓二话没说就赶去工地上班了。

小邓是造价员，工作相对单纯，但他分工不分家，哪里人手不够，他就去哪里补位，哪里工作打堆忙不开了，他就去减压解围，成天蹲守在工地上跟工人们一起干，一起流汗，夜里加班加点也有他的身影，受到领导和工人们一致好评。

一些家在外地的工人，工地上没有星期天、节假日，他们无暇照顾家里，但他们没有牢骚怨言，一门心思安心上班。马胜富家住河南洛阳，在资中工作的 12 年里每年只有春节才回去和家人团聚，春节尚未过完就要急着赶回工地。老伴生气地说："你呀，都快钻土的人了，还像在部队那样积极，家里就待不住你吗？"老马说："我何尝不想在家多待点儿时日，与孩子享受天伦之乐，可是我的心里慌啊急呀，工地马上要开工了，我得回去准备器材、物资。"老伴做着鬼脸风趣地说："好啦，你明天安心走你的，其实我懂，只是说说而已。不过年龄一年比一年大了，还得注意保重身体，家里的事你别担心，自己安心上班吧。"

时光匆匆，转眼又到了一年一度的中秋佳节。这天，他照样跟往日一样，身着工作装，头戴黄色安全帽，手拿钢卷尺，在工地上检查和解决施工中的疑难问题，直到太阳下山才和负责施工工作的温家超、魏大超一起收工回驻地。晚上，他冲掉身上的尘灰，独自一人坐在月光下，沏上一杯清茶，啃着月饼，仰望浩瀚无垠的夜空，朝着家乡的方向，拨通了爱人的电话，对老伴说："中秋节了，祝你们快乐，健康……"

大桥修好了，每天前来参观的人络绎不绝，为了安全和方便群众一饱眼福，项目部特意在大桥东侧搭建了一个观景台。县领导说："千百年来，居住在东西桥头的圣宫村、长山村的 3000 多村民进城需绕道 10 多里路，极不方便，现在大桥修好了，他们的烦恼没有了。"一位退休老师感慨万千："九龙峡大桥啊，家乡的桥，民族的桥，一端连着昔日的贫困，一端连着今日的繁荣。感谢党的好领导，感谢中诚投人的辛勤付出。"

当选全国政协委员　既是荣誉更是责任

2023 年 3 月，北京春意浓浓，迎春花开。

3 月 4 日，备受瞩目的全国两会在京拉开帷幕，作为全面贯彻二十大精神的开局之年，以及“中国式现代化”宏伟蓝图铺陈后的首次全国两会，承载着重要意义和更多期待。

中诚投建工集团董事长郭代军很荣幸当选全国政协新任委员，参加全国政协十四届一次会议开幕会。

为开好这次会议，郭代军董事长通过四川省政协组织的各类会议、活动、培训，特别是 2 月 26 日赴京参加全国政协新任委员培训，全面系统地学习政协知识，提高政治站位和思想认识，准确把握履职方法，并积极准备提案，用实际行动开展履职工作，对履职、建言等多方面内容有了更深

的了解和掌握。

在开幕会中，郭代军作为全国政协委员中的一员，与来自全国各地的2000余名委员一起，认真聆听和审议全国政协主席汪洋代表政协第十三届全国委员会常务委员会作工作报告，行使权力、履职尽责。

认真审议报告　履职尽心尽责

3月6日，郭代军在中华总工会界别团全体会议上，谈了他对全国政协开幕会“两个报告”的感受。

他说，两个报告通篇贯彻习近平新时代中国特色社会主义思想，全面总结了全国政协5年来的工作经验和履职成果。过去五年，全国政协工作始终紧扣党和国家中心工作任务，谋实发展举措，当好民生保障“观察员”和社情民意“代言人”，始终聚焦民生热点、难点，做好同心事、画好同心圆，架起了党和界别群众的桥梁纽带。“举办重要政治协商活动105场”“瞄准决战决胜脱贫攻坚，持续开展调研视察71次”“围绕重大疫情防控机制、健全公共卫生服务体系和应急管理体系等，报送情况反映、意见建议3500多条”……这些数据，是政协人交出的“务实答卷”，是人民政协工作成绩的体现。此次政协常委会工作报告重点围绕“学习”“履职”“协商”“凝聚”“团结”等关键词，用一组组翔实的数据，充分展示了全国政协在全过程人民民主建设中发挥的政治优势，为在百年未有之大变局中赢得战略主动、赢得民族复兴注入了重要力量，也让大家深切感受到了“四新”，即在新时代，人民政协事业展现出的新面貌、新气象，为党和国家的事业做出了新贡献。

同时，报告也为今后五年的政协工作指明了方向，明确了目标。作为新任全国政协委员，同时又是一名企业负责人，郭代军表示深感责任重大、使命光荣，将认真学习贯彻习近平总书记关于加强和改进人民政协工作的重要思想，坚持人民政协为人民，真正做到为国履职、为民尽责。

直面行业现状　提出应对思路

作为建筑行业的企业家，郭代军对整个行业现状有着清醒的认识和应对思路。在接受《工人日报》《成都日报》《华西都市报》记者采访时，他提出要建设高质量的和谐劳动关系，解决建筑业劳动力供给问题。

随着我国人口出生率下降、老龄化加速到来，未来有效劳动力供给将会大大减少，整体劳动力供给结构也会发生变化，农民工作为重要的劳动力资源必将愈发紧张。

国家“十四五”规划和2035年远景目标纲要立足新发展阶段，贯彻新发展理念，构建新发展格局，为深入推动高质量发展擘画出宏伟蓝图，因此，高质量发展对和谐劳动关系构建提出了新问题、新要求，如何在市场化、法治化背景下，建设高质量的和谐劳动关系，确保劳动力的供给，是每个从事建筑行业的企业家需要考虑的“新常态”问题。

面对建筑业“新常态”，郭代军提出，要把建设高质量的和谐劳动关系纳入国家和地方重点发展经济及社会发展规划，制定有关政策措施，改善劳动条件，降低劳动成本，提高劳动生产率，实现农民工与企业双赢；要着力解决农民工的社会保障、子女上学、社会福利等方面的现实问题，探索农民工供需调整的新机制，确保没有后顾之忧。

除了社会保障等问题，郭代军认为，农民工工资支付的长效保障机制也应当不断完善，应进一步推进工程建设领域农民工工资专用账户、实名制管理、工资保证金等制度的规范化与标准化。同时，应探索解决农民工社会保险缴纳的资金来源，研究适应农民工实际的养老、医疗、失业等社会保障机制，制定适合农民工实际的公积金缴纳长效机制。

为了吸引更多的年轻人加入建筑行业工人队伍，郭代军建议加大对农民工的培训和再教育力度，提高农民工就业能力。营造尊重技能人才的良好氛围，加大建筑工人劳模宣传力度，建立良好的企业文化与和谐的劳动关系，切实保护农民工的合法权益，让建筑业农民工在身份上不断向建筑产业工人转型升级。

宣贯两会精神　履行企业责任

3 月 11 日下午，中国人民政治协商会议第十四届全国委员会第一次会议圆满完成各项议程，在人民大会堂闭幕。走出大会堂的郭代军，在接受央视《新闻联播》记者采访时表示，回到企业后，将深入学习宣传贯彻全国两会精神，把两会精神内化于心、外化于行，同时积极向身边的人宣传宣讲全国两会精神，自觉遵守宪法法律和政协章程，坚定信心、勇毅前行，以更加奋发有为的精神状态为国履职、为民尽责，为实现中共二十大确定的目标任务积极贡献智慧和力量，为全面建设社会主义现代化国家、全面推进中华民族伟大复兴而团结奋斗。

3 月 14 日上午，郭代军在两会结束后，回到企业召开两会精神学习会议中表示："当选全国政协委员既是一种荣誉，更是一种职责。"2023 年是全面贯彻党的二十大精神的开局之年，是实施"十四五"规划的关键之年，也是十四届全国政协履职的起步之年。他将认真贯彻落实两会精神，牢记使命，以更强的政治责任感和主动性，深入基层走访调研，聚焦人民群众关心的热点和难点，聚焦保障经济发展，并结合自身工作和四川发展实践，多建睿智之言，多献务实之策，为全面建设社会主义现代化国家贡献力量。

他要求中诚投建工集团各级人员要认真学习贯彻本次会议精神，以更加饱满的工作热情和强烈的责任意识，全面投入到经济建设当中；以更扎实有效的措施，向管理要效益，向创新要效益，积极应对行业及市场形势挑战；尤其是要坚定不移地推进“立足四川、面向全国、走向世界”的市场战略，加快市场拓展，全面提升工程项目承接量，确保企业高质量发展，为经济的振兴发展作出新的更大的贡献。

3 月 24 日，四川省工商联举行学习贯彻全国两会精神会议。郭代军作为省工商联副主席受邀参会。他在谈参加两会感想中指出，2023 年两会是在全面贯彻落实党的二十大精神开局之年召开的一次历史性盛会。产生新一届国家机构和全国政协领导人员，讨论政府工作报告、计划报告、预算报告、人大常委会工作报告、政协常委会工作报告、两高报告、立法法修正草案、国务院机构改革方案……随着各项议程完成，党的二十大作出的战略部署、确立的行动指南通过法定程序转化为国家意志。这非同寻常的全国两会，为新征程标定了新方位。

春天里的“两会”，吹响了新征程奋进的号角。郭代军在发言中向全省企业家发出号召：

一是要认真学习贯彻两会精神，增强信心，坚定信念。过去五年，以习近平同志为核心的中共中央团结带领全党全国各族人民，有效应对严峻复杂的国际形势和各种风险挑战，党和国家事业取得举世瞩目的重大成就。这些成绩来之不易，根本在于习近平总书记作为中共中央的核心、全党的核心掌舵领航，在于习近平新时代中国特色社会主义思想科学指引。作为企业家，要坚定不移听党话、跟党走、感党恩，提高政治站位，把企业发展同国家发展联系起来，跟全国人民站在一起；要认真学习贯彻两会精神，深入贯彻落实习近平总书记重要讲话精神，牢记习近平总书记“沉着冷静、保持定力，稳中求进、积极作为，团结一致、敢于斗争”的嘱托；要洞察时代大势，把握市场动态，沉着应对，脚踏实地，坚持稳中求进的工作总基调，努力实现社会经济健康发展、高质量发展，就一定能够推动经济运行整体好转。

二是要坚持依法合规经营，审慎经营，健康发展。作为企业家，一定要讲正气、走正道，专心致志谋发展，聚精会神办企业，同时也要遵纪守法搞经营，在合法合规中提高企业竞争力；要以“合规经营”为导向，将法治意识、契约精神、履约观念等融入企业文化，贯穿于企业生产经营、科研创新、团队建设的全过程；要坚持“稳中求进”的总基调，明辨发展方向，准确研判发展趋势，促进企业稳步健康发展，走高质量发展道路，走中国式现代化发展道路。

三是要坚守主业做强实业，守正创新，做强做优做大。新时代经济发展中，伴随着政策红利的释放，作为企业家更要沉下心来，聚焦主业，踏踏实实把自己的事情做好，把自己的客户服务好，把自己的企业做强做大；不断加强企业自主创新、转型升级，在促就业、保增长、补短板等方面积极发挥作用。同时，在这个过程中，企业家要不断完善管理，强化企业的战略管理能力，为企业迈好步子、定好方向、谋好思路；增强危机管理能力，让企业在面临严峻局面时能顶住压力逆势取胜。

四是要树立家国情怀，弘扬企业家精神，促进共同富裕。“富而有责、富而有义、富而有爱”。作为企业家，要增强家国情怀，自觉践行以人民为中心的发展思想，增强先富带后富、促进共同富裕的责任感和使命感；要充分发挥企业家精神，切实履行社会责任，担当有为，为巩固拓展脱贫攻坚成果同乡村振兴有效衔接贡献力量，争做爱国敬业、回报社会的典范，带动更多的人走上共同富裕之路。

中诚投在前进

我们先看看 2022 年 2 月 18 日和 2023 年 2 月 23 日，郭代军前后两年在中诚投建工集团年度工作总结会上的报告，对比中看差距、看发展、看进步。

先看 2022 年工作会的总结报告。郭代军说：

各位同志：

上午好！

今天，我们在这里召开集团公司 2022 年工作会，主要是总结 2021 年度工作经验与成绩，查找存在的问题与不足，安排部署 2022 年度工作任务。现报告如下：

第一部分　2021 年度工作回顾

2021 年，面对严峻的宏观形势和激烈竞争的市场变化，集团公司沉着应对多重困难叠加的严峻形势，坚持稳中求进的工作总基调，统筹推进疫情防控和企业发展，承压奋进，攻坚克难，紧紧围绕外拓市场、内强管理、强化履约、力创效益四条主线，一手着眼当前狠抓市场开拓保增长，一手立足长远科学谋篇布局求跨越，使年度各项重点工作有效推进，中标合同额再创历史新高，各项经济指标呈现良性发展趋势。

全年，集团公司签约合同金额同比呈大幅增长。集团公司经营总体呈现出“速度平稳、效益提升、市场优化、品牌更佳”的可喜变化，员工幸福感、获得感持续提升，高质量快速发展的新优势新局面得以加快形成和巩固。

这一年，我们的工作主要有以下几方面的成绩和亮点：

（一）紧盯目标，砥砺奋进，经营业绩实现新突破

2021 年，按照全年工作安排部署，集团公司上下紧紧围绕全年经营目标，以做强做大为重点，细化分解各级目标任务，压实指标到人头，压实职责到岗位，千方百计抓市场、保效益，在大项目和优质项目上下功夫，充分发挥出了企业在川内外市场的优势，实现了经济总量增长的预期目标。

1. 市场拓展，抓中标。全年投标量较去年增长了 22. 5%，中标额增长率为 31%。

2. 省外市场，抓布局。集团公司利用资质优势、管理优势等，以川内、川外双轮驱动为增长点，积极提速川外区域市场发展，新增安徽、青海、山东、西藏、内蒙古、吉林 6 个分公司，开设西北工程局、第十六工程局、第十一工程局、华中工程局 4 个直营工程局。全年，分公司中标项目，同比增长 238%，占比为 14. 84%，为集团公司实现全年经营目标作出了积极贡献。

3. 诚信建设，抓排名。通过 2 次修订《信用综合评价管理办法》，进一步提高了项目现场信用分奖惩标准，增强了项目部对信用平台的重视程度。成都市房建类诚信排名和市政类诚信排名，都比去年同期提升，有力促进了集团公司在川内及核心城市投标市场的地位提升。

（二）重信守诺，大干快上，项目履约能力再增强

1. 项目履约攻坚克难。秉承“干好现场促市场”的项目管理原则，实行最严格的标准化管理，“抓进度”与“创精品”两手抓、两手硬，千方百计加速工程项目建设。2021 年，在建项目比去年增长 59%，全年完成产值比去

年同期增长 43%。

2. 安全生产平稳向好。采取市内项目每月检查全覆盖，市外项目检查季度覆盖的方式，全年共组织开展月度综合大检查 10 次，召开生产会议 8 次，审批完成在建项目安全专项方案 264 份，下发质量、安全隐患整改通知单 137 份，停工整改通知单 5 份，隐患整改率 100%，有效遏制了安全事故发生，全年未出现一般、较大、重大质量、安全事故，项目安全管理标准化水平得到了进一步提升。

3. 技术质量明显提升。深化项目技术管理及施工质量改进，组织各在建项目技术人员参加成都市住建局及省、市质量协会举办的专业培训学习及工程观摩学习 9 次；对项目部开具技术资料整改通知单 27 份；组织在建项目危大工程专项方案专家论证评审工作 28 次；锦江区华兴中学项目、辽宁省第二女子监狱改扩建工程通过结构优质验收。

4. 施工实力不断彰显。武青一路小学承办市区级第 20 个全国“安全生产月”启动活动，接待了市区级建设主管部门、系统内外同行人员考察观摩；QC 成果实现零的突破，已申报 4 项成果；创建安全文明工地 3 个，优质结构工程 2 个，绿色工地 2 个，玫瑰杯 1 个。

（三）严防风险，安全营运，创效能力大幅度提升

1. 项目成本管控有突破。针对各个项目部的不同问题，采取多种方式沟通、监督、约谈，并建立部门间横向联动机制，成立了 6 个联动工作小组；对不合格供应商和项目部采取联动管理模式，确保项目成本可控，有效保证签订的每个向下合同为真实成本，并及时提前预判向下合同的支付是否做到收支平衡，有效降低了向下合同的纠纷率。

2. 商务扭亏推进有序有力。对少管所、长沙项目、中诚 · 铂悦府等重点项目进行主动出击，对项目工程计量、过程资料、认价文件进行彻底梳理，积极推动重点项目竣工结算工作，取得了实质性进展，个别亏损项目有望扭亏。

3. 财务管理逐步规范提升。完成了所有项目收入成本核算；夯实基础工

作，确保了新准则的平稳过渡和有效执行；深化执行项目税控方案的实施与管控，及时与项目沟通，解决项目合理诉求，合理控制项目税负，使集团公司整体税负始终保持在一个合理的水平。

4. 劳务风险控制有力有效。重点对集团公司的工程项目及所属的 22 个分公司在建项目的农民工投诉事件，工资发放，班组、工人合同签订以及劳务资料完善等工作进行监管控制，较好地帮助各项目部完善了劳务费支付结清相关手续，尽最大努力规避了一定的劳务风险。

5. 风险防范化解成效凸显。优化案件管理台账，对向下合同模板进行全面修订，对各类经济合同进行严格审核把关。案件胜诉率和结案率有了一定的提高，法务风险管控及集团公司内控管理得到了充分体现。

（四）加强内控，修炼团队，内驱能力全面加强

1. 实施计划管理，强化实效。实施目标计划管理制度，将财务、市场、人力、成控、生产等目标量化，为目标达成分解细化为季度计划、月计划及周计划，通过计划来指导目标实现的推进，有效提高了执行效率，达成了预期的目标和结果。

2. 完善制度建设，提速营运。对各管理中心岗位职责进行汇编，修订完善并印发日常管理制度 17 份，并启动了《企业管理手册》完善修订工作；不断优化了办事效率，提升了客户服务水平。

3. 强化人力资源，巩固支撑。全面梳理企业现有人才队伍结构，新招优质人才 55 人，在职员工达到了 267 人。督促各管理中心按年度培训计划实施各项培训 70 次，有力激发了全员工作热情，同时也提高了员工福利待遇，人均工资涨幅 2.04%。

（五）凝心聚力，共促发展，党工建设坚实有力

1. 强化党建基础工作，促发展。先后组织支部人员赴泸定开展主题党日活动、参观四川省庆祝建党 100 周年主题展览、观影《长津湖》活动等 7 次。对习近平主席“七一”重要讲话、十九届六中全会精神及党史等进行了重点学习和领会，切实提高党员思想政治水平。全年，党支部收到了 7 名青年同

志递交的入党申请书，并培养了3名预备党员，党员人数已有35名，获得“先进基层党组织”荣誉称号。

2. 丰富职工文体活动，聚力量。全年组织开展了员工户外拓展培训、读书分享活动、首届职工运动会、女职工手工活动等8次；组建集团公司足球队，并进行了多场训练赛，开展联谊足球赛1场；开展“三八妇女节”女职工慰问活动，对3名职工（家属）进行了慰问，对10余个项目进行了送“清凉”慰问活动，较好地促进了团队凝聚力和向心力的提升。

（六）宣贯文化，提升形象，品牌影响力大力提升

1. 狠抓企业文化宣贯，促落地。制作《中诚投企业文化手册》、企业文化PPT宣讲视频等，并将企业文化上墙展示，在每个员工工位摆放了“12字”企业文化核心内容、“三个客观对待”及“三个办事准则”。组织了1次全员集中宣贯培训活动，系统学习了企业文化内容；分别到泸州市政、中诚·铂悦府、三利广场、蓉西新城、青白江铁路港等5个项目部开展企业文化宣贯培训，并组织了33人次中、高层管理人员开展学习体会宣讲。

2. 重视品牌宣传工作，树形象。全年公众号共推出150篇推文，视频宣传27条；与《新川商》《川商杂志》及川商创新发展商会、四川省建筑商会等社会组织合作，对企业履行社会责任、董事长个人荣誉等进行推广宣传；向《中华工商时报》投稿，与央视《对话品牌》栏目合作，对企业品牌在全国范围进行了一次重点宣传与推广。

同志们，2021年的发展成就令人鼓舞，也是来之不易的，是我们用实力完成了任务，用信心战胜了困难，用奋力拼搏取得了新成绩，圆满实现集团公司“十四五”开好局、起好步。但是，在看到成绩的同时，我们要清醒地看到集团公司发展还面临着不少挑战，也应当认识到存在的“痛点”及尚未解决的问题。主要表现在：

1. 区域市场发力不均。全年，辽宁分公司中标项目最多；河北分公司中标金额最多；华中工程局、第十一工程局、山东、浙江、安徽分公司仍处于

中标空白状态。

2. 项目管控能力偏弱。一是内部管理联动力还不强，对现场施工的过程管控弱，导致个别项目工期推进缓慢，验收要求无法满足。二是劳务实名制管理水平急需提高，过程管控弱，管理实效需要进一步提升。三是快速建造及总承包管理能力需要进一步提升。

3. 安全管理水平不高。一是全员安全管理理念还需加强，部分项目管理人员安全意识不高，不充分履行岗位安全职责，管生产不管安全的现象仍有发生；二是危大工程监管存在漏洞，安全交底及过程管控不到位，会造成安全隐患；三是安全管理品质不高，未能打造出影响力较大的高端项目，近三年来未取得国家 AAA 级安全文明工地。

4. 内控水平还需提升。效率意识、服务意识、风险防范意识有待提高；管理粗放、效率低下、制度执行不严等仍然是制约集团公司发展的重要问题；内部工作推动力、活力不足的情况不同程度地存在。

5. 人才建设亟待加强。一是专业性及高技能成熟人才储备不足。二是人才培养及职业规划不成体系，重点人才、后备人才的培养不突出，关键岗位的梯队建设尚未形成体系。三是集团公司整体绩效考核机制已形成，但员工创优争先意识不够强烈。

对于这些问题和困难，我们要刀刃向内、勇于面对，集中精力克服和解决，全力以赴保证集团公司的健康发展。

第二部分　2022 年主要工作安排

展望 2022 年，世界经济仍可能在新冠疫情阴影笼罩之下，但经济活动会有所恢复，经济增速会有明显反弹。

从国内经济形势来看，中央经济工作会议作出的一系列科学部署都释放了更强的稳增长信号。在住房和城乡建设领域，房地产市场的基本面没有变，住房需求依然旺盛，同时，基于数字化、网络化、智能化的新型城市基础设施建设投资需求巨大，是新的经济增长点。

2022 年是集团公司提高运营质量的攻坚之年，也是加快发展步伐的关键之年，工作总体要求是：坚持以习近平新时代中国特色社会主义思想为指导，全面贯彻党的十九大、十九届历次全会精神，全面加强企业经营管理，坚持稳中求进工作总基调，立足新发展阶段，贯彻新发展理念，构建新发展格局；紧紧围绕全年经营目标及企业愿景，充分践行企业文化，狠抓落实不放松；着力稳增长、抓质量、防风险，持续锻长板、补短板、育新板，促进企业新阶段的高质量发展。

1. 全年目标：在上年完成任务的基础上增长 8%。

2. 全力争创更多的省、市级优质结构工程，文明标准化工地，绿色工地、绿色标准化工地和奖杯；力争安全事故 0 次，质量事故 0 次。

围绕全年经营目标任务，我们要统筹做好以下几个方面的工作：

1. 高标准起步，高质量推进全年目标任务。精准分解落实年度目标，对全年各项指标任务进行计划分解，并以计划和目标为导向，积极探索计划目标实现的有效路径，完善高质量发展考核机制，做到生产、经营和管理同步提升。

2. 紧盯目标进度，优化经营深耕市场促业绩。要舞活经营“龙头”，树立专业化、多元化、区域化、全球化的经营思路，推动经营转型，提升经营品质。

3. 聚焦管理提升，为高质量发展助力增效。要以抓铁有痕、踏石留印的劲头，抓住管理的关键领域和薄弱环节，牵好基础管理的“牛鼻子”。一是要加大经营管理指导力度，实施经营管理分析会制度，对照先进、发现问题、明确目标、夯实责任，提升经营管理水平。二是补履约短板，提升项目基础管理能力。强抓体系建设，加强项目管理人员履职考核，加强业务管理部门与项目部的工作联动，形成“事前交底，事中检查，事后反馈”的联动管理机制。三是重视项目前期策划，联动小组牵头组织各部门对新开工项目进行全面策划、编制策划书，召开专题推进会，确保项目建设有序推进。四是加强生产计划管控，确保年度履约值的达成。五是加强质量过程控制，提升实体质量，推进质量创优，确保优质结构工程目标计划的达成，力争早日实现集团公司国家级质量奖项“零”突破。六是提升商务管理能力，加强过程商务策划动态调整，对重大项目、风险项目结算应重点跟进。七是进一步优化成本控制管理流程，做到审批准确、高效、操作精简，提高工作效率。八是进一步加强财务管理，守住财务风险底线，充分发挥财务的参谋服务功能。九是加强内控机制建设，强化总部管理支撑，不断发挥人力资源支撑作用，扎实开展人才培训和培育，为加快企业发展提供“智”“力”保障。

4. 增强忧患意识，防范化解各类风险挑战。一是狠抓安全生产，切实防范疫情风险，建立完善风险分级管控与隐患排查双控体系，保安全文明标准化工地目标的达成；二是加强风险源头防控，从项目背景、业主履约、合同风险等方面进行法律风险评估，严控大额垫资、放弃优先受偿权等违反底线项目进入集团公司；三是加大劳务实名制管理力度，提升项目实名制上网率，督促项目按期足额发放民工工资，消除欠薪隐患。四是切实防范经营风险，严把合同签订、合同支付、资金管理等关口，把握关键环节，有效防范各类风险连锁联动。

5. 抓好党建工作，打牢推动发展的思想基础。以“三会一课”为主要形式，深入抓好党员队伍的思想教育学习工作，加大党员培训力度，切实发挥榜样示范作用，引领集团公司上下形成学习型组织的氛围，做到以学习促提升、以学习助企业高质量发展。

6. 践行企业文化，宣传凸显品牌实力优势。继续做好企业文化宣贯落地，多举措、多渠道，创新宣传企业文化、企业经营业绩、企业风采和企业形象，用实力塑造品牌，用品牌提升实力，用诚信夯实行业地位，不断显现出“中诚投”品牌优势。

7. 积极担当作为，切实履行企业社会责任。以更大的力度践行企业责任，更实的举措让发展成果惠及员工。对内，我们将积极为员工搭建良好的发展平台，依法保护员工合法权益，提高福利待遇。对外，我们巩固诚信守法经营的企业形象，向社会建造更多优质工程；积极参与社会公益事业，助力乡村振兴，扶贫帮困，回报社会。

同志们，征途漫漫，唯有奋斗。让我们再出发，带着初心，带着使命，带着感恩，继续以只争朝夕、奋发有为的奋斗姿态和越是艰险越向前的奋斗精神，扑下身子、真抓实干，为中诚投高质量发展不懈努力。

接着看，郭代军对中诚投2022年工作情况总结和对2023年的发展作工作部署。

题目是：《坚定信心，迎难而上保持韧性发展，确保企业行稳致远》。

同志们：

上午好！

今天，我们在这里召开集团公司2023年工作会，全面总结集团公司2022年度工作，分析研判当前形势，安排部署2023年重点工作任务。现报告如下：

第一部分　2022年度工作回顾

2022年，是疫情影响的第三个年度，世界面临百年未有的大变局，给企业的发展造成了诸多不确定、不稳定因素。在面对疫情反复、高温限电等多重极端情况叠加的艰难形势下，集团公司坚持“稳中求进”工作总基调，紧紧围绕年度目标，通过积极采取各种举措，沉着应对不利因素影响，努力拔高能级、提升效益、夯实管理、防控风险、激发活力，企业运营质量和经营业绩保持了稳中有进、稳中提质的良好态势。

全年，集团公司签约合同金额圆满完成年度既定目标任务，全面彰显出了企业生存、发展韧性，为企业加快高质量发展积蓄了强劲动能。

2022年，我们坚持党的领导，把稳前进方向，为企业高质量发展提供了坚强的政治保障；我们推进市场拓展下沉地市州策略，业绩发展取得新突破；我们坚持对标一流，提质增效，降本节流，综合实力迈上新台阶。

这一年，集团公司的工作主要有以下几方面的成绩和亮点：

（一）锐意进取，经营业绩完成既定目标

1. 完成全年既定目标。2022 年，集团公司狠抓经营团队管理提升，通过业务人员每周积极拜访新客户，从对客户的认识，到客户的选择及客户的开发，做好过程管理，积累客户信息，加强拜访，达成合作目的；用“六勤”和“六强”指导客户维护和开拓工作，不断加强与客户的互动和沟通，协助客户解决问题，不断挖掘出了项目合作机会，为完成全年市场经营目标打下了良好的基础。全年，集团公司投标个数比上年增长约 16%；中标个数较上年增长约 8%，其中新客户中标数量占总数量的 63.3%；从中标项目类型来看，房建项目占比为 70.8%、市政项目占比为 14.4%、水利项目占比为 6.2%，其业绩贡献主要来源于领导层、市场管理中心、分公司。

2. 区域市场拓展发力。得益于中诚投品牌知名度的提升和核心竞争力的增强，2022 年区域市场拓展方面持续发力，全年新增了 12 家分公司，较上年增长约 50%，分别为新疆、吉安、山东、江西、福建、闽南、浙江、淮安、南充、凉山州、宜宾、阿坝州等地新增分公司，其中，南充、凉山州、宜宾、阿坝州等地的为川内分公司。全年，分公司投标个数较上年增长约 50%；中标项目个数较上年增长约 41%；中标总额较上年增长约 45%，为集团公司实现全年既定经营目标作出了重要贡献。

（二）真抓实干，项目管理提升步伐坚实

1. 项目安全生产平稳推进。全年，集团公司在建项目比去年增长 57.4%。为保障项目建设安全有序，全年开展生产安全巡检 170 余次，发现隐患并下发整改通知单总计 83 份，收到整改回复共 83 份，整改率 100%；以“遵守安全生产法　当好第一责任人”为主题，举行“安全生产月”活动启动仪式，并积极开展安全月系列活动，全面提升了项目部应对洪涝灾害的综合处置能力；全年累计组织开展月度综合大检查 7 次，召开生产会议 7 次；统计分析在建项目质量、安全月报 615 份，更加精准把控了各项目质量、安全、进度等情况；首次组织开展机械检查工作，分别于上、下半年完成 2 次专项检查，阶段性排除了施工现场大型机械的安全隐患，对项目在后续生产建设具有较强的指导意义。通过强化巡检制度与奖惩措施，有效提升了在建项目质量安全管理水平，促进了“安全生产、预防为主”思想在项目建设全过程中的落实，顺利完成了 6 个标化工地、3 个绿色工地创优指标。

2. 强化技术支持项目建设。全年，集团公司共完成审批在建项目的施工组织计划及施工方案共计 870 份，同比 2021 年增长 12.11%。针对在建项目超危大工程施工方案，集团公司技术部严格遵照相关法律法规及现行行业标准、规范要求进行重点管控，全年累计审批超危大工程方案 37 项，组织召开并通过专家论证会议；完成施工技术资料审核数量达 1 万余次，同比去年增长 11.23%，对各项目进行技术专项巡检累计次数 55 次，下发质量整改通知单共计 49 份；完成工程项目质量验收数量共计 35 项；按照三体系规范标准完成了《中诚投管理手册》和《中诚投程序文件》的编制工作，顺利通过认证检查；对《施工方案模板库》进行了补充，逐步完善了施工组织总设计、施工现场临时用电方案、土方开挖安全专项施工方案、顶管安全施工专项方案等 25 个房建及市政工程重要性施工方案模板，累计为 85 个新建项目提供了方案支持。

3. 强化质量提升工程品质。为进一步提升质量管理意识，集团公司开展“质量月”活动，以“质量月”系列活动增强了项目质量意识，加强了现场生产质量管理重视程度，取得较好效果，树立了中诚投良好的质量信誉、品牌形象，成功申报获得优质结构奖 4 个、优质工程奖 3 个；累计编制 QC 成果 8 项，其中获得四川省Ⅰ类成果奖 1 个、四川省Ⅱ类成果奖 2 个。

4. 强劳务管理降项目风险。全年，集团公司签订劳务合作协议共 63 个项目，解决劳务及专业分包纠纷事件 17 起；开展项目劳务专项巡检次数累计 247 次，下发整改通知单 102 份，收到整改回复 99 份，整改率达 97%；通过现场摸排、约谈项目管理人员、现场班组成员等措施，梳理年度回款金额，欠款情况，明确原因，制定解决计划，最大程度保证了劳务支付工作顺利完成；助力雅安雨城区人民医院项目顺利通过了国务院农民工工资支付专项检查，并获得优异的成绩，集团公司获得雅安市“诚信A级企业”授牌。

5. 提升信用平台评分排名。为适应新型评价模型，树立良好的企业形象，促进企业核心竞争力的提升，集团公司不断完善信用系统管理责任分配，按周进行工作情况分析，精准把控各项目信用分值状态；针对现场人员考勤不足问题频繁发生，对于扣分情况，进行统计分析，找出失分点，针对失分原因进行管理、开展培训；对于名次高于集团公司的标杆企业进行信用成绩对比分析，逐项分析优劣势，针对短板进行重点补强。全年，协同处理信用平台扣分事件68起，帮助项目成功申诉52起，扣分16起，申诉成功率达76%。2022年，据成都市建筑市场信用平台数据显示，集团公司最高成绩房建排名14，市政排名13。

（三）夯基筑台，内部治理体系巩固提升

1. 强化成本管控，提升项目履约率。集团公司始终坚持“事前预判、事中监控、事后处理”成本控制原则，督促项目部良好履约，降低管控风险，以《项目成本管控风险评级办法》为标准，分别对在建项目实施动态等级管理，实时管理项目的支付、项目团队配备、诉讼情况、形象进度等共10项指标；不断强化“以收定支管理办法”的实施，从而降低合同诉讼风险，已接管项目375个中，年度累计新增诉讼有28个，累计有诉讼的项目共15个；本着服务至上的企业理念，成控管理中心耐心沟通仔细宣贯，做到事前与项目部达成一致，并充分发挥联动小组作用，有效提高了合同审核效率；集团公司全年承接的项目、在建的项目及项目施工合同评审管控率、向下合同管控率、成控方案编制率均达到100%，完成了年度既定目标。

2. 强化规范管理，守住财务风险底线。2022年，集团公司坚持实施“以收定支”管理模式，完成了所有项目的收入、成本会计核算、债权债务管理等管理工作；坚持强化过程风险管控与杜绝重大缺陷的原则，优化项目资金台账，提高资金计划表数据的准确性，提高工作效率，通过对各项经济业务手续的审核严格把关，按照既定的税负目标严格控制成本费用，及时、准确地进行各项目核算，从而对集团公司业务成果进行全面完整的反映；按时完成了集团公司及关联公司共数十家公司的税务登记，税金申报和缴纳工作，有效避免了税务风险；充分挖掘内部资金潜力，健全和完善内部资金市场，控制有息负债规模，减少财务费用支出，提高资金归集率，对资金进行集中管理，集中付款日付款，有效提高了资金使用效率，优化了支付管理，守住了资金使用的风险底线。

3. 强化商务策划，重点项目扭亏有效。2022 年，集团公司重点对马厂、少管所、观东幼儿园和湖南长沙等项目进行全过程分析。通过在结算过程中对分包分供结算部分进行全面分析，整理出超结部分并找到超结原因，及时查找出了项目存在的亏损点及亏损原因，为及时挽回损失提供了有力依据和有效措施。

4. 强化计划管理，督促落实年度指标。2022 年，集团公司坚持发挥“计划指标+绩效考核”的指挥棒作用，确定了全年计划实施、目标值设定、时间节点、考核指标、考核方式和对象，并在年初与各部门签订了年度目标责任书；全年以季度考核为周期，共完成 4 次目标完成情况考核，并及时发现目标实现过程中存在的问题和困难，根据指标完成情况采取纠偏动作，对各部门存在偏差的任务指标进行原因分析，下达纠偏任务单，明确纠正措施与预防措施，确保了各项指标完成情况稳中求进，整体呈良性增长。

5. 优化综合管理，增强发展支撑力。2022 年，集团公司继续优化综合管理，完成《企业管理手册》全面修订、汇编，并通过管理例会、部门例会方式实施全员宣贯，达到了全员熟知企业制度、流程的目的；实施降本增效，严格控制费用申请及管控，实际发生费用占年初预算总额的 81.9%，实现了节流目标；及时完成了资质证书更换、延期及升级管理工作，为市场经营工作的正常开展提供了有力保障；全年招聘员工 58 人，其中硕士研究生 4 人，应届生 16 人，完成了 44 名员工职称申报，进一步优化了人员结构，并按照年初既定的年度培训计划，组织培训 64 次，有效提升了各级员工的业务知识和业务素质；及时协助领导参与重大决策事项，提供法律意见，完成各类合同审批，把控经营风险，并积极联络各项目部或业务部门处理各类法律案件，及时管控法务风险，有效降低了风险损失；完成公众号与官网同步推送宣传文稿136篇，编发视频55条，有力提升了品牌形象、品牌影响力、知名度和美誉度。

（四）务实笃行，企业文化宣贯践行有力

2022年，集团公司着力加强企业文化宣贯落地，先后组织各管理部门完成了企业文化论文的撰写修改工作，形成了《文化在企业—中诚投企业文化管理实践》书稿；拟定了39个论题，组织33人自选论题对企业文化学习践行进行了宣讲，并通过集团公司上、下半年集中培训，外派人员、新员工入职培训等，进行了3次企业文化集中培训。同时，为打造中诚投企业文化品牌，集团公司将企业文化内容及宣讲稿通过今日头条、微信公众号进行展示推广。通过这一年的宣贯践行，集团公司内部已初步形成企业文化宣贯融入日常生产经营管理，纳入各部门日常管理工作内容的良好之状，切实让员工感受到了中诚投文化内涵，并逐步认同和践行中诚投文化。

（五）强根铸魂，党的建设发展坚强有力

2022年，集团公司始终以习近平新时代中国特色社会主义思想为指引，坚持把深入贯彻党的二十大精神作为推进党建工作的原动力，全面贯彻落实新时代党的建设总要求，围绕集团公司中心任务，党支部以“三会一课”形式丰富党建活动，组织召开了支部换届选举大会，并先后组织支部全体人员赴成都烈士纪念馆开展扫墓活动、赴陈毅故里开展庆“七一”主题党日活动、党员加入志愿者队伍助力疫情防控活动等7次，有效丰富了组织生活的内容和形式。为进一步提升党建工作质量，打造中诚投党建品牌，党支部重点在发展党员的工作上下功夫，先后对优秀员工、管理人员进行谈话发展，收到了32名员工递交入党申请书，培养了2名党员发展对象，2名预备党员，党员人数已有40名。通过强化基础工作，务实党员教育学习活动，党支部工作质量得到大幅提升，并于2022年11月初顺利完成了支部升级为党委的工作，为集团公司高质量发展筑牢了根与魂。

（六）共进共赢，企业发展活力持续激发

2022 年，集团公司以企业工会为平台，紧紧围绕中心工作，先后开展趣味闹元宵活动、职工户外拓展培训、“三八妇女节”职工慰问活动、夏送清凉活动、第二届职工运动会、辞旧迎新送健康活动等 15 次活动，充分调动了员工工作积极性和主动性，营造了奋发向上、和谐温馨的良好氛围，为集团公司高质量发展增添了活力。

（七）履行责任，以爱为名积极回馈社会

在稳步前行的 2022 年里，集团公司始终将企业责任与社会责任紧密相连，积极参与光彩事业活动：2022 年 4 月，集团公司响应国家及省委省政府号召，积极参与并支持疫情防控，捐赠 100 余万元防疫物资驰援上海疫情防控；6 月，集团公司向未成年人保护基金会爱心捐款 30 万元；8 月，为支持攀枝花盐边县教育、科学、文化、卫生、体育及乡村振兴等事业发展，集团公司向盐边县慈善会爱心捐款 30 万元；9 月，集团公司向泸定县地震灾区捐款捐物 500 万元；10 月，集团公司向宁波市邵逸夫慈善文化促进会捐款 50 万元、向西安市中东欧国家智库交流与合作网络研究中心捐款 400 万元；12 月，集团公司再次向西安市中东欧国家智库交流与合作网络研究中心捐款 200 万元。勇于担当，传递正能。这一年来，集团公司坚持积极参与光彩事业充分发挥出了义利兼顾的光彩精神，为社会公益事业倾注了一份爱，献上了一份情。

同志们，2022 年，我们坚持防住疫情，稳住经济、安全发展，迎难而上实现了企业行稳中有进、进中提质增效，市场经营、生产建设和内部管理等方面均取得了新成绩，企业高质量发展迈上了新台阶，也彰显出了企业生存发展韧性。这些成绩的取得，是全体中诚投员工众志成城、攻坚克难的结果。但在看到成绩的同时，也要清醒地认识到不足，切忌护短护缺，切忌盲目自信自大。对标行业内先进企业，集团公司行政化现象依然存在，决策效率不够高，盈利能力不够强，项目履约能力有待提升，管理创新意识不强，管理还不够精细，高端人才依然缺乏，市场占有率不够高，各级人员责任意识、市场化意识、风险意识、成本意识还有欠缺。这些问题，需要我们认真加以研究和解决。

第二部分　当前国际国内经济形势

站在2023年的岁首，观察世界经济，各类挑战不断加剧，各种矛盾日益突出。

从国际经济形势来看：在疫情、地缘政治冲突、供应链挑战、通胀压力等多重冲击下，全球经济增长预期仍不乐观。在此背景下，国际社会将更多目光投向东方，期待回稳向上的中国经济给世界经济复苏注入更多动能、提供强大支撑。

从国内经济形势来看：2023年是全面贯彻落实党的二十大精神的开局之年，是实施“十四五”规划承前启后的关键一年，也是全面建设社会主义现代化国家开局起步的重要一年，做好经济工作具有重要意义。当前，中国经济仍然面临“需求收缩、供给冲击、预期转弱”的三重压力，同时也看到了一些积极的变化，比如在重提一些积极性的产业政策调整，包括重提房地产行业的支柱地位，重提支持民办教育，重提发挥平台企业的作用，重提民营企业家的信心等，系列政策的推动必将助力市场经济逐渐爬升，也会为我们建筑企业的发展带来新的机遇。

第三部分　2023年主要工作安排

2023年，集团公司将坚持“稳中求进、二次创业、再创辉煌”的工作总基调，将高质量发展作为首要任务。集团公司上下要围绕“创建值得信赖的百年建筑企业”愿景，进一步创新思维，全力以赴拼经济、抓项目、搞建设，以克难奋进、跳起摸高的精神推动集团公司高质量发展走得更稳、走得更实、走得更好。聚焦全年目标任务，集团公司将2023年定为中诚投“二次创业年”，是“激流勇进开新局”的紧要当口。全体中诚投人要齐心协力、奋进有为，全力实现质的有效提升和量的合理增长，推动企业高质量发展纵向有提高、横向有拓宽、整体再上新台阶。

2023年，全年工程承接任务量在去年的基础上增长20%。

围绕全年经营目标任务，我们要统筹做好以下几个方面的工作：

一要强化党建引领，推动企业文化建设，筑牢企业的根与魂。要提高全体党员干部的政治站位，加强党建赋能生产经营；开展“党建+分公司”“党建+项目”建设，按照企业发展目标、战略定位及企业文化建设要求开展好各项工作，实现党建全覆盖；坚持党建与生产经营深度融合，切实把党建优势转化为创新优势、发展优势、竞争优势。同时，着力培养全员舆论宣传意识，通过“党建+企业文化”“工会+企业文化”“竞赛活动+企业文化”等形式多样的活动，全面开展企业文化建设和宣贯，推动“12字”“六勤”“六强”“六讲”等企业文化落地落实，让中诚投文化体系化形入耳，入脑，入心，入行，成为全体员工共同的价值目标所向，为集团公司高质量发展提供源源不断的精神力量。

二要坚定发展信心，聚焦市场深耕主业，巩固企业市场布局。继续实行末位淘汰制，不断引进优秀业务人才，优化市场经营团队，并通过内部传帮带措施进一步提升业务人员的素质和市场开拓能力；坚持战略思维，以房建、市政、路桥等工程专业为主要业绩增长点，进一步构建大市场经营格局，深耕川内市场，开拓地市州市场，稳固全国分公司区域市场，充分发挥品牌底蕴优势和管理优势，集中资源协同作战，努力实现市场营销新突破。

三要突破壁垒，借船出海拓市场，行稳致远促发展。当前，随着国内市场回暖、经济复苏，国际市场需求强劲释放，各行企业抢抓机遇积极拓展国际市场，加快“走出去”步伐，力争在境外业务方面取得良好开局。2023年，集团公司将继续探索海外建筑市场，加强与国企央企合作对接，借助国企平台“走出去”，共同开拓海外建筑市场，充分发挥央企国企平台的资金、技术、人才优势，发挥集团公司的高度灵活性，围绕重点区域、重点专业领域和重点工程项目，在工程总承包、专业分包及基础设施建设等领域实现资源共享、高效合作，力争突破国内市场壁垒，把握住海外市场机遇，探索出一条海外市场合作共稳共赢的捷径。

四要加强项目策划，努力提升履约能力，增强企业竞争优势。在抓项目承接增量工作的同时，在项目引进和建设的全过程中要持续提高项目的策划、组织、实施和协调能力；要培养全员履约意识，确保项目履约服务工作有效推进；强化工期成本与精细化管理，确保项目高效益推进；要落实培养安全管理意识，杜绝重大安全事故发生；要加强项目施工现场督导支持，确保项目综合管理水平有效提升；要分别从项目合同管理、工程分包管理、材料和设备采购管理、项目现场施工管理、项目预结算管理等方面强化精细管理，从而不断提升工程总承包能力，确保高标准、高质量、高效率履约，以品质赢口碑，以现场保市场，才能不断增强中诚投在行业市场中的竞争优势。

五要实施精益管理，强练内功规范营运，增强总部管理能力。着力做强总部，打造管理高效、战斗力强、服务到位的总部团队；坚持进一步完善内部治理结构，强化制度建设，加快推进企业内部信息化建设；加强财务管理，强化全面预算和资金管理，推进核算体系标准化，提升资金集中度；强化“以收定支”的成本管控制度，提高工程项目经济效益；完善考核指标体系，更好地发挥绩效考核的驱动作用和指挥棒作用；坚持不懈地抓好安全生产工作，为企业稳健发展保驾护航。

六要强化防控意识，拧紧扣牢责任链条，夯实安全发展底线。切实增强全员风险防控意识，从工程项目引进、合作、生产建设的全过程，坚持抓好项目合同、资金、安全、劳务等环节的风险防控；积极防范处置各类风险隐患，及时化解总部与合作项目、分公司等之间的管理分歧和矛盾，努力在风险防范上有本质提升，确保企业和谐稳定。

七要坚持人才强企，强化人才引进培养，促进团队活力迸发。加强领导干部队伍建设，发挥出领导干部带团队“能打仗、敢打仗、打胜仗”的能力与水平；加强高学历、高水平专业人才的引进和培养工作，实现“招来能用，用就胜任”的目标；深化并创新内部培训机制，加大对各类人员的培训力度，不断适应生产经营管理的发展需求。同时，通过各种形式的活动持续加强团队建设，提升团队业务水平和服务能力，加大对人才和优秀员工的奖励，不断激发出团队活力和凝聚力。

时序更替奋楫者先，梦想前行勇进者胜。中诚投“二次创业”的冲锋号角已吹响，全体员工要以使命在肩、奋斗有我的担当，踔厉奋发、大干快上，努力实现“全年红”“全面红”的年度目标。

在这两个报告中，可以看出中诚投的发展历程令人惊叹，折服！同样也能看出郭代军的人生轨迹，使人感慨、学习。

郭代军个人经历及主要活动

1972—1979 年，在忠县乌杨公社新春大队第 11 生产队（现为乌杨镇文峰村）度过童年；

1979—1985 年，在新春小学读小学；

1985—1988 年，在乌杨中学读初中；

1988—1992 年，在成都航空建筑工程学校读中专，学习工业与民用建筑专业；

1992 年，从成都航空建筑工程学校毕业，分配到成都建工第一建筑工程有限公司工作；

1998—2000 年，在职就读四川大学工商管理学院（MBA）；

2004 年，成立四川弘盛达建筑工程有限公司，任总经理；

2005—2006 年，在职就读西南交通大学，主要学习核算管理、税务管理、投资管理、风险管理等 20 余门课程；

2008 年 4 月，在中央党校学习企业经营管理；

2008 年 5 月，“5・12”汶川特大地震，组织员工前往灾区救灾，捐款捐物；

2010 年 8 月，为玉树地震捐款捐物；

2011 年，为甘孜藏族自治州丹巴县 10 多名藏族贫困学生捐助从小学到大学的学杂费、生活费；

2011 年，捐款为忠县修建两条乡村公路，解决了两个村村民的交通困难；

2012 年 9 月，参加四川省委组织部、统战部、工商联组织的“明日之星企业家”北京大学培训班学习；

2013 年 4 月，芦山发生强烈地震，带领员工前往灾区救灾并捐款捐物；

2013 年 9 月，第二次参加由四川省委组织部、统战部、工商联组织的“明日之星企业家”北京大学培训班学习；

2014 年，资助重庆忠县中学 9 名大学生和 10 多名贫困学生完成学业；

2015 年，参加四川省光彩事业促进会“光彩广元行”并捐款；

2016 年，参加“万企帮万村 · 光彩事业凉山行”，为肺癌患者捐款；

2016 年 7 月，参加中央统战部、全国工商联在大连高级经理学院举办的重点骨干企业主要负责人专题研讨班学习；

2017 年 1 月，参加由四川省委组织部、统战部、工商联组织的“全面创新改革成长型企业家培训班”香港城市大学培训班学习；

2017 年，参加“中国光彩事业凉山行”捐赠活动；

2017 年，到重庆江津吴市小学为贫困学生捐资助学；

2018 年，给重庆忠县中学修建体育场馆捐款；

2018 年 6 月，给重庆江津吴市小学捐款；

2018 年 10 月下旬，带队前往对口扶贫点——凉山州木里县乔瓦镇锄头湾村，捐赠扶贫款及扶贫物资；

2018 年 12 月，荣获“第三届四川省优秀中国特色社会主义事业建设者”称号；

2019 年 3 月，参加中央统战部、全国工商联在江西省井冈山举办的百名青年企业家理想信念教育培训学习；

2020 年 9 月，荣获“2020 杰出青年川商年度人物”；

2020 年 10 月，率队前往木里县锄头湾村检查验收三年脱贫帮扶工作；

2020 年 12 月，入选脱贫攻坚“四川好人榜”；

2021 年 3 月，在第五届全球川商年会上荣获多项荣誉；

2021 年 4 月，为重庆江津吴市小学捐款捐物；

2021 年 5 月，荣获“四川省‘万企帮万村’精准扶贫行动先进个人”称号；

2021 年 12 月，出席四川省光彩事业促进会第五次会员大会暨五次一届理事会，并连任副会长；

2022 年 8 月，当选为四川省工商业联合会（省商会）第十二届执行委员会副主席；

2022 年 9 月，为“9·5”泸定地震灾后恢复重建捐款；

2022 年 12 月，当选为中华全国工商业联合会第十三届执行委员会委员；

2023 年 1 月，当选为中国人民政治协商会议第十四届全国委员会委员；

2023 年 3 月，参加中国人民政治协商会议第十四届全国委员会第一次会议。

［附录一］

溯源“忠”文化

忠县位于重庆市中部，地处三峡库区腹心，东邻石柱土家族自治县，南连丰都县，西接垫江县，北靠万州区、梁平区，幅员面积2187平方公里，户籍人口约96万人。

忠县历史文化厚重。

忠县，是巴蜀文化的主要发祥地之一。2300多年来，这座长江边上的城市，涌现出无数忠义之士，流传着无数“忠”的美谈佳话，其中“忠”文化一直影响到今天。

青铜时代的热血剑气，明朝危局中万里勤王，造就出忠肝义胆，舍生取义的英雄，浊浪沉船，折戟沉沙。

岁月更替中，这片土地又迎来了一个属于诗歌和文化的时代。

更早的章节，来自大自然的回馈，源源不断的盐卤，谱写了它延续5000年的大地篇章。依山傍水的环境，孕育了它独特的物产和鸟岛风貌。40万亩金橘，遍野橙黄，曾让文人雅士们流连忘返，诗韵逾越千年。

尘封的遗址，历史的碎片，将沧海桑田的故事，娓娓道来。

春秋时期，忠县隶属巴国。乃至战国，秦灭巴国蜀郡，此地取名为临江县。

临江，乃取意于濒临长江，或因该地盛产盐卤，由盐字演变而来。因为在古代文字中，临、监、盐三字以通假用，而最终取意于“忠”，其中有着惊心动魄的故事。

2300多年前的一个雨夜，巴国将军巴蔓子生命的最后一刻来临了，手中的青铜剑，曾伴随他数十年浴血征战，顷刻间，却终结了属于巴蔓子的时间。据史书记载，时逢巴国内乱，事态紧急下，巴国将军巴蔓子，以许诺酬谢楚国三城为代价，借楚兵叛乱平息后，楚国派使臣前往巴国割让三座城池。在这个紧急情况下，巴蔓子就陷入两难境地，一方面国家不可分裂，同时做事做人要讲诚信，巴蔓子对楚使说：“将我头往谢之，城池不可得也！”说罢，巴蔓子拔剑自刎。楚使无奈，捧巴蔓子将军头颅归楚，楚王嘘嘘感叹道：“如得此忠臣，又何须几座城池！”遂以上卿之礼葬其头颅，巴亦举国悲痛，于国都厚礼葬巴蔓子将军无头之遗体。

巴蔓子死后500多年，历史进入三国争雄时代。建安十九年（214年），刘备在益州与刘璋决裂，命令张飞、诸葛亮和赵云率荆州兵前往增援。大军沿江西上，一路所向披靡，很快就到达益州东部最重要的军事要塞江州城下，江州在今天的重庆市内，当时巴郡的首府。

在江州，张飞遭到守城将领严颜的顽强抵抗，几番激战后，张飞终于生擒严颜。

张飞喝怒严颜：“大军至此，为何不降，而敢拒战。”严答曰：“卿等无状，侵夺我州，我州但有断头将军，无有投降将军也！”

严颜的回答彻底激怒了张飞，张飞命令属下将严颜砍头，此时，严颜面不改色，厉声喝道：“砍头就砍头，有什么好怕的呢？”严颜临死不降。张飞敬佩严颜的勇气，随即释放严颜，并以宾客礼仪待之。

“天地有正气，杂然赋流形……为严将军头，为嵇侍中血……”文天祥的这首《正气歌》道尽了历史忠义之士的正气，实乃千古绝唱。诗中提到的严将军就是严颜。

贞观八年（634 年），唐太宗李世民为褒扬巴蔓子及严颜的忠勇，改临州为忠州——这是忠县的前身。史籍《太平寰宇记》，以巴蔓子及巴郡守将严颜并著忠烈而名。1913 年 4 月，改忠州为忠县，并沿用至今。据 2019 年 7 月国家有关部门的统计，全国 2844 个县级和相当于县级的行政单位，用“忠”字作县名的唯有忠县。千百年来，自始至终，一个“忠”字，道尽铁骨心，千古风流。以“忠信”“忠义”“忠诚”“忠勇”“忠孝”为特征的“忠文化”独领风骚，世代相传，成为百万忠县人民宝贵的精神财富。

忠县自古地灵人杰，就有两个不断代。一个是历史文物不断代：土出文物达 20 多万件，堪称文物大县、三峡文物第一县。乌杨阙为三峡博物馆“十大镇馆之宝”魁首。著名的甘井沟中坝遗址完整展现了 5000 多年中华文明史，有“中国活的地下二十四史”之美誉，1998 年被评为中国十大考古发现之一，考古专家称：河南有殷墟，忠州有巴墟。

二是历史名人不断代：忠诚良将，文人墨客，人才辈出。武将除巴蔓子、严颜外，还有甘宁、秦良玉一门八将。他们同样是“义怀忠信，精忠报国”的名人。

甘宁，是三国时期孙吴名将，官至西陵太守，折冲将军。孙权非常看重甘宁，曾经夸他：“孟德有张辽，孤有甘兴霸，足相敌也。”甘宁，字兴霸。孙权将甘宁视为与曹操手下虎将张辽旗鼓相当的人物。

甘宁在孙权手下，战功累累，特别精彩的一幕发生在 213 年。当时曹操亲自率领大军攻打濡须口（今安徽巢县南），来势汹汹。为了打击曹操锐气，甘宁率领精兵百骑，夜袭曹操大营，横冲直撞如入无人之境，斩得数十首级从容而退。曹操不堪甚扰，没过多久便撤兵了。

其实，在唐太宗之后，忠县还出了许多名载史册的人物。比如，中国古代唯一载入正史，与将相一起列传的女将军——秦良玉。

秦良玉与巴蔓子、严颜、甘宁等人一样，都是土生土长的忠县人。秦良玉文武双全，胆识过人，既能上马杀敌人，也能下马写诗文。她丈夫叫马千乘，是东汉开国功臣马援的后人。

1599年，贵州播州世袭土司杨应龙叛乱，马千乘率部前去平叛，秦良玉率领五百精兵押运粮草。1600年，杨应龙率军偷袭，马千乘、秦良玉将其击败，并乘胜追击，接连攻破7座营寨。后来，秦良玉又协助官兵攻取桑木关，大破杨应龙军队。杨应龙走投无路，兵败身亡，秦良玉却不为自己请功。

1613年，马千乘因得罪太监，遭到诬告，死于狱中。秦良玉代领了丈夫的职务。

那时候，后金开始在东北崛起。1620年，后金入侵辽东。明朝从全国各地调集兵力，抵抗后金入侵。秦良玉先派兄长秦邦屏、弟弟秦民屏在浑河与八旗军展开一场血战。秦邦屏与陈策、童仲揆、戚金、袁见龙、邓起龙、张名世、张大斗等明军将领一起战死沙场，书写了极为悲壮的一幕。

秦良玉闻讯，亲自率领了3000人前往辽东，驻守山海关。

在那以后，秦良玉率部平定了永宁宣抚使奢崇明的叛乱。当努尔哈赤攻入内陆围困京师之间，秦良玉又率部进京勤王。张献忠转战于四川等地时，秦良玉率部数次与他作战。

1648年7月10日，秦良玉以75岁高龄病逝。清朝时，张廷玉编纂《明史》，在列传第158中为秦良玉作传，成了中国古代唯一载入正史，与将相一起列传的女将军。因此，秦良玉又是中国唯一以战功封侯的女性。

文有文立，高倬与明清一榜四进士、杜氏一门三进士，晚清巴渝才子李芋仙之盛况。有的经世济民，治国安邦；有的精明修行，著书立说；有的一身正气，忠贞为国；有的经商理财，关注民生。刘晏、陆贽、李吉甫、白居易唐代四贤为官忠州，李白、杜甫、苏轼、黄庭坚、蒋介石、冯玉祥等历史名人游历忠州，名人们用才智和热血为忠州增光添彩。2002年重庆市评选200个历史名人，忠县入选9人。巴文化的代表人物巴蔓子为重庆本籍历史名人之首。

这座具有2300多年历史的古城，朝不乏人，代不乏将，历史名人不断代，诞生并走出了灿若星辰的政治家、军事家、科学家、艺术家150多人。

文化厚重，人杰地灵的忠县，我们没有理由忘记它，千年古城忠州虽已消失，但忠州几千年悠久而厚重的历史，以“忠信、忠义、忠诚、忠勇、忠孝”为核心的“忠”文化，已渗透在忠州这片沃土里，流淌在忠州人的血液中，成为人们永远的记忆与传承。

［附录二］

郭家湾，一个传奇宝地

郭代军的家乡郭家湾大院，隶属忠县乌杨镇文峰村，改革开放前为乌杨公社新春大队 11 生产队，位于长江南岸。

郭家湾大院，坐落在鸡公岭山下一个“U”字形状的窝窝里，面迎长江，背靠海拔 1600 多米的方斗山。村民们的房子依山而建，规划合理有序，高低错落有致，多为传统的木石结构，黑瓦盖顶，建筑风格传统古朴，老远望去像是一座古镇，更像一把精美的藤编座椅。大院左侧是 1958 年村民们自个修筑的一个大水塘，主要保障村民们生产用水。

郭家湾大院，与邻近的文家坝、罗家湾、新湾、彭家坝、杜家坝、凉山坝等几十个院落连成一片，同居一块盆地，交相辉映，和谐相处。

提到郭家湾，方圆百里无人不晓。它是一个自然资源和历史文化资源较为丰富的古老院落，有着较深厚的文化底蕴，传统古朴的建筑保存完好；翠竹葱茏，古树参天，岁月久远的黄桷树 10 多人都合围不拢。雕梁画栋的祠堂，虽经数百年风雨，依然是金碧辉煌，保持着它的庄严和神圣。最具地标性的要算那两眼已走过数百年历程且常年不竭不溢的水井，展示着这座乡村院落悠久的历史。

郭家湾不仅土质肥沃，物产丰富，而且文化发达，村民们重视教育，谈天说地的文化人和教书育人的教师不少，木石工匠艺人更是名扬长江沿岸鄂渝省市区域。

郭家湾是一个有故事的传奇宝地，历代人才辈出。自古多才俊，豪杰也风流。听老人们讲，古时候，这里出了两位名声远扬的大名人：一个是秀才，他具体叫什么名字，老人们各说不一，有的说他叫郭焕儒，有的叫他郭梦焕，还有人喊他郭秀才，我们就叫他郭梦焕吧。

郭梦焕自幼聪慧，天赋极高。他博览群书，雄才大略，胸怀天下，仁慈宽厚，一心为民，鞠躬尽瘁，死而后已，为官几十载，两袖清风，一尘不染。加之他外表如玉，人品如金，颇受人们的敬仰。

另一个则是武生，名叫郭如海，他身长 8 尺，头大脸阔，两眼射光，声若巨雷，力大无比，武功高强，势如奔马，威风凛凛。但他为人谦和，秉持家训院规，施善积德，扶弱济穷，很受人敬重。

郭梦焕、郭如海的品德和故事，被传为佳话，尤其是郭如海那传奇而滑稽的故事，至今仍在长江沿岸广为传颂。

古时候郭家湾大院有严格的家训院规，其中有一条明文规定：凡是前往或经过郭家湾的人，无论是骑马还是坐轿的，一律得下马、下轿，步行通过，违者严惩不贷。

据说有一年夏季的一天，一个书生打扮的中年男子骑着一匹棕色大马，慢悠悠地进了郭家湾，正在耕田的郭如海见状，即刻上前施礼道：“先生，请你遵守我们这里的规矩，下马步行通过郭家湾。”来者盛气凌人竟把郭如海的劝告当耳边风，并十分傲慢地说：“州府、京城，我都是来去无阻，你这个山旮旯小院立的规矩管得了我吗?”说罢，挥鞭催马意欲强行通过。习武出身的郭如海，别看他平时为人谦和，要是你惹横了他，他可是性情暴躁，脾气如雷，一言不合，汤钵大的拳头就会落在你身上。一气之下，郭如海怒斥中年男子，并一掌劈断了马的左前腿。

这下，麻烦惹大了！听了中年男子的哭诉，忠州府派来了几个卫兵赶到郭家湾，捉拿郭如海归案。郭如海说：“请你们等一下，我先给水牛洗个澡，然后就跟你们走。”说罢，他把水牛抱进深水处洗得干干净净，随后领着卫兵们进到郭家大院，他让卫兵们稍等片刻，随即提来几个石磨墩，递给卫兵们当扇去热取凉，再去抱来两个硕大的石头碾滚，让卫兵们当凳子坐……郭如海的这一系列举动，把卫兵们一个个吓得大汗淋漓，全身颤抖！他们窃窃私语，高个子卫兵出声了：“算了吧，你看他那个阵仗，如果真动起手来，我们几个一起上都不是他的下饭菜，他可以毫不费劲地把我们几个的骨头捏碎！我们走吧，好汉别吃眼前亏！”说完，他就领着卫兵们撒腿就跑。后来，朝廷得知此事，派专人到郭家湾请郭如海进京效力。郭如海说：“我上有父母，下有子女，家里离不开我……”他婉言相拒。

历史总是一段一段的，每一段都有不同的精彩，也有不同的蹉跎，只要笃信光明，就能迎来下一段的精彩。如今郭家湾被誉为“历史文化大院”。其实，这话一点不假，仅改革开放以来，仅 100 多号人的郭家湾院落，从大学走出来的学生就有 20 多名，仅书香门第郭荣武老师为例，他有 4 个儿子和 4 个孙子。4 个儿子中，大儿子从政，另外 3 个儿子都是解放军；4 个孙子中 2 人分别考入电子科技大学和四川大学，另两个孙子被双一流大学录取。

如幻如梦的水网稻田和肥沃的梯地，紧紧环抱着郭家湾大院，世世代代郭家人在这片沃土辛勤劳作，繁衍生息。

鸡公岭的奇花异草，四季常青，争奇斗艳，风情万种。每年春季，栀子花枝繁叶茂，叶色四季常绿，且翠绿有光泽，花香四溢，除观赏外，其花、果实、叶和根部都可入药，有泻火除烦，清热利尿，凉血解毒之功效。就连陈子庄先生笔下的百姓花卉，它已经从河南洛阳的帝王宫廷开到了山野乡村，脱胎换骨的牡丹也在鸡公山安家落户，开成民间野趣，百姓村花……秋收时节，村民们肩挑背驮金灿灿的玉米、稻谷，一路颂歌而来所经历的艰辛，感受到了龙滩水库的蓝，鸡公山的清，成就了郭家湾的兴旺……

2018 年春天，作者连续几天行走与停留在郭家湾的山与水之间，行走与停留在温润而又细致的古典情怀里，屡屡想起一些美好的诗句，想起一些令人唇齿留香的字句。

这样的行走与停留，将一些纷杂庸常的世事摒弃在外。所见，无欲无求的山色；所听，是无欲不求的溪声，世间变得如此安静友善，不匆促、不计较，光明缓缓流过，心中尽是山光之静美，水色之清澈。

郭家湾好像就是一本并非一次几次就能解读完和读懂的书，我因为对郭家湾的认知而对自己有了认知。郭家湾不仅是一颗熟悉而又陌生的明珠，也是人生和自然和谐相处的一面镜子。郭家湾的魅力，在于我还没有真正了解和读懂它。我明白，从此开始，从郭家湾开始，从忠县开始，去与大自然亲密接触，去和大家一道分享。

如今，郭家湾大院随着县里经济建设发展的需要，已乔迁新址，旧貌换新颜，它以全新的璀璨姿态，成了长江南岸熠熠发光的一颗明珠，在历史的风云之中不舍昼夜笃定前行。

2022 年农历四月中旬，作者去忠县参加三舅舅文佑禄 93 岁诞辰庆典，趁便探访郭家湾大院。随我前往的是我妹夫周光成。

车子刚驶出工业园区，来到一个岔路口停了下来。“车子停在路边，我们从这条混凝路进去不远就是郭家湾大院后大门。”周光成说。

路是蜿蜒曲折的乡村公路，据说修这条路时，郭代军是捐资的两人之一。刚走几步，天突然黑了下来，看样子要下雨了。老天爷就像娃娃的脸变得比翻书还快，话音未落，雨点就打在头上，好在雨点不急不大，和风细雨，我们冒雨前行。路像刷了一层油似的，走起来跟溜冰一样。我们艰难地一步一步往前挪动，100 多米的距离，竟然走了 20 多分钟。到了郭家湾大院，可门口堆积如山的残缺瓦砾、房梁木柱挡住了我们去路。站在高处放眼望去，院子里头是被混凝土半掩半埋的墙脚基础，满地杂草丛生和枯黄的树枝、竹叶。

曾经那座古朴典雅、繁花似锦的郭家湾大院如今变成了一片废墟，仿佛经历了一场惨烈战斗的洗礼留下的凄凉场景。

“郭家湾大院搬迁到哪里去啦？”周光成说：“搬到凉山坝新农村居民区。

不光是郭家湾搬了，我们周家桥、彭家坝、文家坝、杜家坝、罗家坝、罗家湾、背树湾等东溪、乌杨两镇相邻的十几个村约两万人都搬到了凉山坝和水地坝两个居民新区。这些人以前生活的地方都规划成县里工业区了，就是刚才我们经过的那一片崭新的厂区。凉山坝居民新区安宜，地势平坦，条件好，离乌杨镇又近，坐车赶船进城都很方便。”

“哥哥，你去居民新区看看不？看是你们成都人住的房子好，还是我们乡下人住的房子漂亮？路又不远，几分钟即到，上到这个山梁子就可以看到。”他跟我开起了玩笑。

路上，在微风吹拂下，漫山遍野的野花睁开了眼，一朵朵、一丛丛……连成片，汇成海。面对这色彩的海洋，刚才的叹息没有了，我的心情愉悦起来！感谢初夏给我们带来奋发向上的力量和信心。云雾散去，天空露出了笑脸，太阳出来了。

“哥哥，你看，对面那个新建的大院子就是我们凉山坝居民新区。”站在山梁子上，我顺着周光成手指的方向放眼望去，果然一大观，位置就像一把精美的藤编圈椅，居民新区楼房就建在里面，几十栋10多层楼房组成的居民大院，高低错落，横竖排列成行，整齐划一，美观规范，温馨和谐，在阳光照耀下熠熠生辉。空中飘来几朵白云，燕子在房顶上飞来飞去，小河边的柳树长出的新枝迎风摇摆，周边那宽阔的沟陇田野，山坡一片翠绿，绘成一幅壮美的人与自然和谐共生共处的美丽图画。说句实在话，成都周边的新农村居民点（区），我还真见得不少，规模如此之大、如此漂亮的确实不多。

与新区比邻的是幼儿园、小学和中学，中学是成都外国语中学忠县校区。

展现在新区周边的道路，就像血管一样，有主动脉乌杨镇直通忠县城区的双向六车道，仅10来分钟的车程，有通往洋渡、石子、磨子、东溪等乡镇的宽阔公路；还有纵横交错的乡村公路和蜿蜒曲折的机耕道路。条条道路互联互通，四通八达，条条通“罗马”。

郭家湾大院的一代又一代年轻人，就是从故乡的小道走出山区，走向光明，走向远方！

站在梁子上，初夏的风，扑面而来。田野里的秧苗，地里的玉米、高粱、瓜果蔬菜苗汇成的绿色海洋、绿色香味，幼儿园、学校里的书香味与居民新区的农家饭菜味混成了忠县独有的家乡味，回味无穷，源远流长！而忠县的龙头企业忠县海螺水泥厂和工业园区 10 多家企业，以及坐落在长江北岸目前位居忠县最大的龙头企业金沙河面业集团有限公司在县委、县政府领导下合奏的交响曲，令人激荡，催人奋进！

改革开放给郭家湾带来了巨大变化，院子变大了，房子变新了，从传统的木石结构瓦草房变成了水电气齐全的电梯洋房，路变宽了、平坦了，更畅通了，生活更方便了，祖祖辈辈的乡下人也变成城镇居民了，郭家湾人同 14 亿多中国人一样真的变了，变得扬眉吐气了，变得幸福快乐了！

那座古朴而传奇，饱受风霜，历经沧桑的郭家湾大院，已经成为历史，成为我们永远铭记的回忆。

[附录三]

郭代军委员：做推动实体经济高质量发展的建设者

《人民政协报》记者吴志红

习近平总书记在看望参加全国政协十四届一次会议的民建、工商联界委员并参加联组会时发表重要讲话，他指出，民营经济是我们党长期执政、团结带领全国人民实现“两个一百年”奋斗目标和中华民族伟大复兴中国梦的重要力量。贯彻落实全国“两会”精神之际，企业家委员怎么看？如何以实际行动为中国式现代化献策出力？日前，本报记者专访全国政协委员，中诚投建工集团董事长郭代军。

营商环境没有最好只有更好

记者：3 年疫情已经过去，经济逐渐复苏，呈现出良好的发展态势。在营商环境建设上，您的体会如何？

郭代军：百年不遇的疫情暴发导致经济发展的不确定因素和风险增多，经济下行压力大。以我们建筑行业为例，项目工期滞后、停工停产等，确实给企业的运营带来许多困难。值得欣慰的是，中国的营商环境建设并没有停滞，各级各部门都在想方设法地帮助企业减轻负担。

比如，在疫情防控期间国家出台针对小微企业实施社保缓缴政策、减税降费政策等，帮助了大量的中小微市场主体谋生存，成绩有目共睹。这些都是坚持“两个毫不动摇”在经济建设中的体现，国家有力保障了各种所有制经济依法平等、公平参与市场竞争，依法保护了企业和企业家的权益，对帮助企业渡过难关起到了很好的作用。

建筑业是国民经济的重要支柱产业和富民产业，在促进经济、拉动内需、增加就业等方面发挥着重要作用。现在经济重回正轨，党和国家再次明确重申“两个毫不动摇”“三个没有变”，让民营企业的发展信心更足，更有干劲。办法总比困难多，我相信，在党的二十大精神指引下，建筑行业一定会克服困难，践行新发展理念，实现健康发展高质量发展。

我希望，国家和地方政府给予建筑行业更多的关注和政策引导。例如，改善建筑施工企业的税收优惠政策，帮助中小型建筑施工企业更好地发展；完善建筑施工企业的资质申请（升级）管理制度，妥善处理建筑施工企业在办理过程中遇到的各种问题，为中小型建筑施工企业搭建良好的政策框架等。

记者：4 月 3 日，学习贯彻习近平新时代中国特色社会主义思想主题教育工作会议在京召开，习近平总书记在会上提到“三组关系”，其中包括“亲清统一的新型政商关系”。您如何理解？

郭代军：“亲”“清”是企业家与领导干部的互动的行为规范，更是推动市场经济健康发展的常态化机制，构建亲清政商关系对当前经济振兴发展产生积极的推动作用。希望各级政府领导切实加强对企业的走访调研，尤其是有针对性地帮助中小微企业解决困难和问题；进一步提振它们的发展信心，增强它们对党和政府的政治信任；政府部门还要力戒形式主义，清除官本位思想，不断提高治理能力和服务效能，助推市场经济高质量发展。

当然，“亲”“清”是双向互动的，新时代企业家也要积极主动同各级党委、政府多沟通交流，讲真话，说实情，建诤言，满腔热情支持地方发展；

企业家还要洁身自好、走正道，做到遵纪守法办企业、光明正大搞经营；要大力弘扬优秀企业家精神，着力提升自身政治参与的素养和能力；各级委员企业家要带好头，多参加界别活动，积极反映社情民意，不辱使命。

构建新时代和谐劳动关系

记者：目前，中国建筑业的增长已从高速轨道转入中高速轨道，经济增长的放缓倒逼建筑业不断调整和转型。对此，您怎么看？

郭代军：建筑业确实是到了不转型就难发展的历史发展新阶段。建筑业是劳动密集型行业，从劳动者的角度看，我们的“人口红利”在消减，“人口红利”亟须向“人才红利”转变。如何力促建筑工人职业技能素质及年轻化劳动生产率的提升，成了加快建筑业转型升级的重要因素。从企业管理者的角度看，强化人才队伍建设，让企业人才队伍年轻化、先进化、智能化，是企业未来必须重视并积极探索的工作。

对企业来说，人才是最宝贵的资源和资产。尊重、关爱每一名职工，使其获得体面劳动、全面发展，产生获得感、幸福感，充分释放出工作的主动性创造性，推动企业稳健发展。和谐的劳动关系是劳动者职业幸福感的保障，更是企业健康有序壮大的根基。

记者：您认为，如何构建具有新时代特色的和谐劳动关系？

郭代军：从企业管理者角度，可以从以下几个方面着手：一是坚持“党建带工建、企务公开、以人为本、民主监督”的团队管理原则，尊重员工的知情权和监督权，让员工真正参与企业的发展管理，不断增强主人翁意识。二是坚持发展共赢，关注员工的衣食住行，提高员工幸福度建设，开展关爱员工促进和谐发展的活动。例如，冬送温暖夏送清凉、慰问员工子女，重视员工自身素质的提升和学历技能的培养等等。三是建立昂扬向上的企业文化，坚持全员参与，不断巩固共同的思想基础，形成强大的精神动力；推进企业文化建设的同时要多倾听员工心声，准确及时把握好职工思想脉搏，以先进的文化凝聚人心，调动员工的工作干劲。四是不断完善管理体系和制度建设，不仅适应企业发展的需求，更要可操作，员工可接受。

今年，我根据扎根建筑行业多年的工作经验，以及在日常巡查项目有针对性的走访调研，听取了不少一线建筑工人的意见和建议，了解他们的“急难愁盼”。我通过提案的方式，为建筑工人群体建设高质量和谐劳动关系，保障农民工个人权益，解决农民工的社会保障和子女的教育等问题积极建言，希望这些建议能被有关部门关注，对行业的健康发展有所裨益。

践行共同富裕的社会责任

记者：共同富裕是社会主义的本质要求，是新时代坚持和发展中国特色社会主义的必然选择。促进共同富裕，离不开企业的深入参与。您认为企业应当怎么做?

郭代军：实现全体人民共同富裕是新时代赋予企业的神圣使命，也是企业家承担社会责任的内在要求。企业在促进共同富裕过程中，首先要立足本业、做强产业，实现高质量发展。其次，企业在赚取合法、合理利润的同时，要主动承担对环境、社会和利益相关者的责任。中诚投建工集团是中国建筑行业的标杆企业，我们与农村劳动力转化关联密切，在企业成长的过程中，我们回馈“三农”从来没有缺席过。

从“光彩事业”“万企帮万村”到新时代的“万企兴万村”，我们助力脱贫攻坚和乡村振兴，为促进共同富裕贡献力量。2018—2020 年，在完成了对口帮扶木里藏族自治县乔瓦镇锄头湾村脱贫攻坚任务以后，中诚投建工集团一直关注该村的发展及村民的生活。为助力当地森林草原常态化防火工作，2021 年 4 月，中诚投建工集团向当地赠送了一批价值 24 万元的高压接力水泵和高压水管。2022 年 7 月，中诚投建工集团得知四川省理塘县农产品销售受到疫情影响，立即派专人采购当地农产品用于职工福利发放，将落实职工福利与促进农民增收相结合。2022 年 8 月，公司向盐边县慈善会捐款 30 万元，用于支持盐边县教育、科学、文化、卫生、体育及乡村振兴等事业。在未来，中诚投建工集团将持续关注，并积极参与到乡村振兴工作中，进一步加强企业与乡村的沟通与互动，主动发掘乡村投资产业，助力缩小城乡差距，力促实现共同富裕目标。

后 记

团结出版社工作人员电话通知我："你的《三峡骄子》一书的审评、编辑、设计等工作已结束，马上就下厂印刷了。"

清晨，空气中淡淡的带着湿润的清香，夹杂着湿气的晨风迎面扑来，令我亢奋的心神骤然宁静。

2021年初书稿完成了，准备为建党100周年献礼，不料这年时逢出书高峰年，未能争取到书号，故延至今年才算圆梦。

后记写点什么？该说的书稿里都有了，心里没数，就谈点感受吧。

从军30多年，其中做专职新闻工作20余载，20多次进藏和上川藏线采访，无数次赴云南前线部队采写稿子，可谓是在战火堆里找粮，在雪盆里觅食，采写了30多位将军，宣传了几十个各类典型。浓浓的军旅情怀始终包围着我，至今不能忘怀。长期以来，一直为那些包括本人在内的军人，为了我军建设而默默奉献的精神所感动，并为之无比骄傲和自豪！

不知多少年来，我始终有一个梦想，想把中诚投建工集团董事长郭代军家国情怀的动人事迹变成文字，我甚至有着这样的心理准则："用我的心去读，用我的心去思，用我的心去写！"任他人飞短流长，只为圆了这个久远的梦想！只为留住那悠悠的年华岁月！只为让情感彻底地释放！只为让精神的再次升华！

每当同学或战友相聚，大家感受最深的就是指缝太宽——几十年岁月真是弹指一挥间，光阴从指缝间溜走，咋个也抓不住。虽然时光能带走我们的青春年华，却带不走深厚的同窗同室情谊。为啥？因为我们永远是同学，我们永远难忘那段躁动的青春年华。

战友、同学们说得好，不论官大官小，钱多钱少，房宽房窄，车好车孬，同学、战友、亲戚之间绝对没有贫富贵贱之分。山有山的高度，水有水的深度，没必要攀比，每个人都有自己的长处。风有风的自由，云有云的温柔，没必要模仿，每个人都有自己的个性。我们应坚守的是健康的身体，丰富的知识，永不熄灭的梦想，坚强的自信，军人的血性，内心深处的真诚。

在岁月的长河中，只要我们热血未冷，情怀不老，只要我们弦歌未断，奋斗没止，生命的彩虹定会绽放出未来更宽更广的人生长空。

回首昔日，恰同学少年，我们没有虚度年华。同学是人生路上最美的景色，战友是心心相印、彼此相连的心弦。愿我们用心灵的笔墨点缀人生路上最亮丽的风景，战友、同学们的深厚情谊地久天长。

“自古万事难得圆，好也随它，赖也随它。”这是一位名人的几句话，他告诫我们：已经拥有的就满足，那些失去的就放下。把自己活成一束光，让自信坦荡光芒万丈，活得精彩，笑得放肆，过得从容，玩得开心。心宽的智慧，善良的吉祥。见的是温柔，结的是佛缘。对待过去深情而不纠结，对待今天笑而不遗憾！

《三峡骄子》能在中国共产党 102 周年诞辰和本书主人公郭代军 52 岁生日的喜庆日子与广大读者见面，我非常感谢团结出版社诸位领导的慧眼，感谢他们的热情和积极支持。

致　谢

2016年春节期间，亲戚们相聚，言谈间讲起郭代军的人生经历，我对他说：“你的事业发展得很好，这么年轻，知名度很高，应该有一本严肃真实的传记，向广大读者分享你的人生经历，也给后人留下启迪、记忆。”

郭代军笑答：“我还没有考虑这个问题呢！我想趁年轻多做点事，有了成绩，才有说话的本钱！”

转眼到了2018年8月下旬，我正式“入伙”中诚投建工集团，主要任务是重复部队时的工作。之后与郭代军的接触越发增多，我又向他提起为他写传记的事，他说再等等，等个两三年吧。

再等了两三年，便是2023年了。2023年，正好是中国共产党建党102周年，也是郭代军52周岁之年。这一年出版他的传记，不是更有纪念意义、更有价值吗？真是千载难逢的好年份、好时机呀！

《三峡骄子》这本书，我从2019年国庆节后开始准备，到今日完稿，历时近三年。

封面上的作者，只是田木我一人的名字，但是也只有我本人晓得，这本书，包含了许多人的心力和体力。一些曾经和郭代军共事的同事、同学和他的直接领导，令我十分感动。比如郭代军的师父杨兴明经理，他 1978 年到成都建工第一建筑工程有限公司工作，1979 年参加全国建筑系统青年工人“打擂比武”大赛，夺得成都市第一名，公司奖励他免费进成都建校学习深造，完成学习回来当项目经理直到退休。为了配合我的采访，他早早就赶到文殊坊的“四方缘”（露天）茶铺等我，给了我很具体的帮助，提供了许多历史素材，毫无保留、不遗余力地支持我。如今，他虽然已经离开了我们，但他如此肝胆相照和真诚负责的精神给我留下了难忘的印象。像工程部的两位经理李响林、刘建国和技术员苏普、张跃等都不厌其烦地尽心尽力配合我采访。我非常感谢他们。集团公司综合管理中心总监丁小英和同事们都给我很多支持和帮助。特别是综合管理中心副总监兼党宣部部长邱世坤和同事李丹、何川、马玉荣都给予我许多支持。邱世坤除了忙碌自己繁重而繁杂的工作，牺牲了大量属于自己支配的时间耕耘在键盘上，无数次放弃对孩子的辅导、忽略对家庭的照顾，帮助打印、校对、改错，给我提出修改意见，为我做了许多事情。对此，我特向他们深表谢意！

本次《三峡骄子》一书由团结出版社出版，他们很专业也很敬业，有这些专业人士负责细致的后期工作，着实让我放心。我万分感谢他们。

我应当将最大的谢意送给《三峡骄子》的主人翁郭代军董事长和他的妻子及郭总贤伉俪的一双儿女。没有他们，不可能有这本书，感谢他们为我提供了第一手材料。对于一本负责任的人物传记来说，一手资料是何等重要，何等弥足珍贵！我感谢他们的慷慨、无私，我感谢他们坦诚地回答我的各种提问；更重要的是——在倾听他们身处艰难坎坷和拼搏奋斗的故事时，我看到了他们丰盈繁盛的人生经历、看到了他们强大的生命力，以及他们对事业、对生活孜孜追求和勇于担当的一片赤子之心。

采访的过程就是学习的过程，采访的经历也丰富了我自己对人生的思考和感悟。

书稿写作是折磨自己，更是折磨家人的工作。其实，自己受点折磨倒没啥，理所当然，只是相当长的时间里打扰、折磨家人，着实心怀歉意。每当我再一次道歉，老伴总是说："你们摇笔杆子的，哪个家不是这样，几十年了，我们都习惯啦！"在此，我很感激我家人对我的支持和付出！

完成《三峡骄子》一书，不仅是一次漫长的采写，更是一场反复的咀嚼、感悟。2023年正月十九，当我写上最后一个标点符号时，仍觉得意犹未尽：郭代军丰富的人生，仅这200多页、20多万字的书稿，远远没有讲完、没有写完。

这本书深入剖析郭代军创办企业的核心精神，涵盖了郭代军20多年管人、用人、育人的智慧，"诚信做人，匠心做事"的经营方针，完整阐述了郭代军的经营理念，不断探索推进企业发展的创新思路、领导方法、工作方法、管理方法。特别是他"求贤若渴，爱才如命"的用人准则，为创业路上感到迷惘、工作途中感到困难的年轻人提供了一套可以借鉴的工作思路。

最后，我也要感谢每一位喜欢和阅读这本书的读者。

时光易逝，岁月留痕，话长纸短，就此打住。

田　木

二〇二三年正月十九日　成都